Michael Romahn

MCE
KRIMI

Das Buch

Nach zehn Jahren Haft führt Dennis Höfers erster Weg nach Stade, zum Grab seiner Frau. Nur zwei Tage später wird in den Überresten eines abgebrannten Heuschuppens eine verkohlte Frauenleiche gefunden. Bei der Toten handelt es sich um Marion Wolff, der ehemaligen Sekretärin des Reeders Daniel Peters.
Oberkommissarin Ilka Hansen übernimmt zusammen mit ihrem türkischen Kollegen Cem den Fall. Doch die Vernehmung von Höfer bringt Ilka ebenso wenig weiter wie die des Reeders und der Tochter der Toten.
Dann geschieht ein zweiter Mord. Die Leiche des Anwalts Axel Steinberger schwimmt in einem Fischteich im Auetal bei Harsefeld. Wieder tappen Ilka und Cem zunächst im Dunklen. Auf den ersten Blick haben die Fälle nichts miteinander zu tun. Doch dann fällt ihnen ein Abschiedsbrief von Marion Wolff in die Hände, der vieles in einem neuen Licht erscheinen lässt...

Der Autor

Michael Romahn wurde 1959 in Stade geboren und lebt seit einigen Jahren mit seiner Familie in Harsefeld im Landkreis Stade. Er arbeitet als technischer Redakteur im Flugzeugbau, seine Liebe jedoch gilt der Schriftstellerei.
Mit dem vorliegenden Band erscheint sein erster Kriminalroman, der in seiner Heimat spielt. Zur Zeit arbeitet Romahn am zweiten Fall der Oberkommissarin Ilka Hansen.

Michael Romahn

Tod im Auetal

Kriminalroman

I

Impressum:

(MCE Verlagsgesellschaft mbH & Co. KG – Medien Contor Elbe)

Sietwender Straße 73, D-21706 Drochtersen
Tel. 04143/435, Fax 04143/6782
Internet: www.mce-verlag.de, Mail: info@mce-verlag.de
2. Auflage November 2014

Titelfoto: Martin Elsen
Titelentwurf und Satz : Esmer Ülker-von Allwörden
Druck: CPI - Clausen und Bosse, Leck
ISBN: 978-3-938097-28-1

GEFÄHRLICH IST'S DEN LEU ZU WECKEN,
VERDERBLICH IST DES TIGERS ZAHN,
JEDOCH DER SCHRECKLICHSTE DER SCHRECKEN
IST DER MENSCH IN SEINEM WAHN

AUS

LIED VON DER GLOCKE

FRIEDRICH VON SCHILLER

Kapitel 1

Mittwoch, 18. Oktober

Als der Zug in den Stader Bahnhof einfuhr, überkam Dennis Höfer ein eigenartiges Gefühl. Er war wieder zu Hause, doch es fühlte sich an, als wären die vernarbten Wunden der Vergangenheit wieder aufgerissen. Dabei hatte er sich diesen Tag so sehr herbeigesehnt.

Keine Sekunde hatte er daran gezweifelt, dass er zurückkommen würde, hatte niemanden vergessen, weder ihre Namen noch ihre Gesichter. Er war nicht gekommen, um zu töten. Nein, das war zu keinem Zeitpunkt seine Absicht gewesen. Doch sie sollten leiden, sich gegenseitig zerfleischen und den Tag verfluchen, an dem sie geboren wurden. Allein der Gedanke, dass sich dieses verdammte Pack bald vor lauter Angst in die Hose pinkeln würde, entlockte ihm ein Grinsen.

Kurz hatte er darüber nachgedacht, ob er nicht den letzten Zug kurz nach Mitternacht nehmen sollte. Im Schutz der Dunkelheit wäre er auf Nummer sicher gegangen. Doch er verwarf den Gedanken so schnell, wie er gekommen war. Er war sich ziemlich sicher, dass niemand mit seiner Rückkehr rechnen, dass ihn niemand mehr erkennen würde. Diejenigen, die damals dabei waren, hatten ihn mit Sicherheit aus ihrem Gedächtnis gelöscht. Wie sehr er sie doch verachtete.

Höfer schob das Fenster nach unten und lauschte dem metallischen Quietschen der Räder, als der Zug bremste. Augenblicke später strömten die Menschen aus den Waggons, liefen links und rechts an ihm vorbei, als gäbe es ihn nicht. Als einer der letzten stieg Dennis Höfer aus dem Zug. Er stand da wie ein Fels in der Brandung, breitschultrig, einen Kopf größer als die meisten anderen. Er bewegte sich nicht von der Stelle, zündete eine Zigarette an und blies den Rauch in die feuchte Abendluft.

Dunkle Wolken zogen über die Stadt, doch der Regen blieb aus. Er zog trotzdem die Kapuze seines Shirts über den Kopf. Je weniger er von sich preisgab, desto wohler fühlte er sich. Als er so dastand, sah er aus wie ein Boxer, der gleich durch die tosende Menge zum Ring geführt würde. Sein Puls schlug schneller, und er spürte, wie sich seine Muskeln anspannten.

Zehn Jahre war er fort gewesen, unschuldig eingesperrt. Wie oft hatte er vor dem Spiegel über dem Waschbecken gestanden und sich gefragt, wie er das Unglück hätte verhindern können. Wie oft hatte er sich in seiner kargen Zelle diese eine Frage gestellt und nie eine Antwort darauf gefunden. Doch dafür war es jetzt ohnehin zu spät.

Seit fünf Uhr morgens war er auf den Beinen und hatte, bis auf das letzte Frühstück in seiner Zelle, nichts mehr gegessen. Er nahm einen tiefen Zug aus der Zigarette und sah sich um, als würde er nach jemandem Ausschau halten. Er ließ seinen Blick in die Ferne schweifen, an den Leuten vorbei hinüber zur Straße, die über eine Brücke in die Innenstadt führte. Als er eine Frauenstimme hörte, die ihm scheinbar etwas zurief, hielt er den Atem an. Doch die blonde Frau lief lachend vorbei, direkt in die Arme eines Mannes, der nur ein paar Schritte von Höfer entfernt stand. „Glückspilz!", dachte Höfer, als sich die beiden in den Armen lagen und küssten. Und im nächsten Moment brachen die Erinnerungen an Susanne wieder durch.

Sie waren einmal genauso glücklich gewesen wie jetzt die beiden neben ihm. Der einzige Vorteil im Knast war, dass er dort nicht ständig verliebten Paaren über den Weg lief, die ihn an Susanne erinnerten. Er schnippte die Zigarette von sich weg und wartete, bis der Zug sich wieder in

Bewegung setzte. Dann ging er ein paar Schritte an den Gleisen entlang, bevor er den Busparkplatz und die Straße überquerte, die am Burggraben entlang führte.

Die Schuldigen von damals hatte er nie vergessen. Er war gekommen, um ihnen Angst zu machen, wollte ihnen zeigen, dass auch er noch am Leben war. Die letzten Jahre hatten ihn grundlegend verändert. Es war die Hölle gewesen. Er hatte die Tage gezählt, die Wochen und Monate, und schließlich die Jahre. Die erzwungene Enge, das beklemmende Gefühl, eingesperrt zu sein, und die quälende Erinnerung an Susanne, all das hatte aus ihm einen zynischen Einzelgänger gemacht.

Natürlich hatten sie sich auch gestritten, aber sie hätten es gemeinsam geschafft, da wieder herauszukommen. Aber nun gab es nichts mehr, an das er sich noch klammern konnte. Außer seinem Zellennachbarn Nico hatte es niemanden gegeben, mit dem er hätte reden können. Er würde die unzähligen Nächte nie vergessen, in denen er wach in seiner engen Zelle gelegen und an die Decke gestarrt hatte. Seit jener verhängnisvollen Nacht war kein Tag vergangen, an dem er nicht an Susanne denken musste.

Höfer sah über die Köpfe hinweg zur Brücke. Sie führte in die Innenstadt. Bald würden sie wissen, dass er zurückgekehrt war. Sie sollten sich fürchten, zittern vor Angst.

Er bog nach rechts ab, betrat die Brücke über dem Burggraben und schaute über das Wasser an den Weiden vorbei in die Ferne. Ein kühler Wind strich ihm übers Gesicht. Er riss sich von dem Anblick los und setzte seinen Weg fort. Mit jedem Schritt, der ihn näher an sein Ziel brachte, wuchs die Anspannung. Wie würden sie reagieren, wenn sie ihm nach so langer Zeit gegenüberstehen würden?

In seiner Hand hielt er ein Foto. Es zeigte Susanne in ihrer feuerroten Regenjacke. Sie hatte die Kapuze so weit über den Kopf gezogen, dass ihre Augen im Schatten lagen und nur ein paar feuchte Haarsträhnen an den Seiten herabhingen. Sie stand an der Reling der „Maid of the Mist" und strahlte übers ganze Gesicht. Es war ihre Hochzeitsreise zu den Niagarafällen gewesen, auf der sie geschworen hatten, sich ein Leben lang zu lieben. Damals waren sie die glücklichsten Menschen auf der Welt. Er beschleunigte seine Schritte. Er lief weiter, an den Geschäften und Lokalen der Fußgängerzone vorbei, den Blick starr nach vorn gerichtet, immer weiter seinem Ziel entgegen. Susannes Grab war der Ort, an dem er jetzt sein wollte. Alles andere war zweitrangig, war ihm in diesem Moment scheißegal.

****

Als Dennis Höfer den Friedhof erreichte, spürte er, wie seine Stimmung kippte. Sein Herz schlug schneller. Er konnte den Hass, der in ihm wütete, nicht verdrängen.

Höfer ging durch den Eingang auf die Kapelle zu. Auf beiden Seiten säumten riesige Trauerweiden den Weg. Die Stille, die diesen Ort umgab, beruhigte ihn keineswegs. Im Gegenteil. Sie ließ den Zorn wieder in ihm aufflammen. Er hasste Friedhöfe, hasste diese akkurat angelegten Kieswege, die kerzengeraden Koniferen und das Gefühl von Vergänglichkeit. Obwohl die Wolkendecke allmählich aufriss, drang die Sonne kaum durch die dichten Zweige der Eiche, in deren Schatten sich Susannes Grab befand. Nur vereinzelte Strahlen fanden den Weg bis zum Boden.

Bei Nicos Haftentlassung hatte Höfer noch ein halbes Jahr vor sich. Er hatte Nico gebeten, nach dem Grab seiner Frau zu schauen und anscheinend hatte Nico Wort gehalten. Die Erde war erst vor kurzem geharkt. Er kniete vor dem schlichten Holzkreuz nieder.

Seine Gedanken kreisten um Susanne, unaufhörlich in all

den Jahren. Er dachte an ihr offenes Lachen, ihre lebensfrohe Art, die ihn immer wieder aufgebaut hatte, wenn es ihm dreckig gegangen war. Die letzten Tage, die er mit Susanne verbracht hatte, drangen so klar in sein Bewusstsein, dass er an nichts anderes mehr denken konnte.

Seine Hände in den Hosentaschen ballten sich zu Fäusten. Sie hatten ihm seine Frau genommen und damit auch einen Teil von ihm getötet. Nein, er war noch nicht bereit zu vergessen. Noch nicht!

Viel zu klar waren die Gesichter, die ihn ins Gefängnis brachten. Er sah sie vor sich, als wäre es gestern gewesen, die Gesichter von Marion Wolff und seinem damaligen Anwalt Axel Steinberger. Er hörte wieder ihre verlogenen Stimmen. Sie waren es, die ihn hinter Gitter gebracht hatten. Was hätte diese Frau schon sehen können? Zwei Schatten, die sich hinter einem Vorhang bewegt hatten, zwei Schatten, die aneinander geraten waren, ein harmloser Streit, wie er in jeder Ehe mal vorkommt, mehr nicht. Doch sie hatte geschworen, dass er sie geschlagen habe, dabei hatte er Susanne über alles auf dieser Welt geliebt.

Er versuchte sich wieder ins Gedächtnis zu rufen, was damals geschehen war. Doch das gelang ihm genauso wenig wie die unzähligen Male zuvor. Die Mosaiksteinchen, die in seinem Kopf herum schwirrten, ließen sich nicht zusammenfügen. Es tat immer noch verdammt weh. Die Zeit, in der sie ihn weggesperrt hatten, hatte nichts daran geändert. Das Unrecht konnte niemand mehr rückgängig machen, auch nicht den Schmerz und die Tränen, die er in den schlaflosen Nächten vergossen hatte.

Er strich mit der flachen Hand über die Erde, zupfte ein paar Grashalme aus, bis er sich schließlich erhob und dem Grab seiner Frau den Rücken zuwandte.

Er ging zwei, drei Schritte über den knirschenden Kies,

dann drehte er sich noch einmal um.

„Ich werde herausfinden, wer dir das angetan hat", flüsterte er. „Auch wenn es das Letzte ist, was ich in meinem beschissenen Leben machen werde!"

Er wusste genau, was er tat. Was hatte er schon zu verlieren? Er hatte doch bereits alles verloren. Was er noch besaß, trug er bei sich; ein paar Habseligkeiten in einem Plastikbeutel, mehr nicht. Er wischte die letzten Zweifel an seinem Vorhaben beiseite und ging zielstrebig zurück zur Innenstadt. Er hatte sie sich auf dem Hinweg gemerkt, die Telefonzelle am Anfang der Fußgängerzone. Als er sie betrat, huschte ein kaltes Lächeln über sein Gesicht. Er brauchte nicht lange, bis er die Nummer vom Reisebüro fand. Er griff zum Hörer, wählte und wartete. Nach dem zweiten Klingeln vernahm er die angenehm weiche Stimme einer Frau.

„Reisebüro Wolff, Franziska Seidel, guten Tag."

„Hallo, hier ist Höfer. Ich hätte gern Marion Wolff gesprochen."

„Oh, das tut mir leid. Frau Wolff kommt erst heute Nachmittag ins Büro. Kann ich etwas ausrichten?"

„Das können Sie", sagte er. „Richten Sie ihr bitte aus, dass ich angerufen habe!"

„Ja, ich werde es ihr sagen, Herr... wie war noch mal Ihr Name?"

„Höfer, Dennis Höfer. Sie wird sich an mich erinnern." Dann legte er auf. Das Spiel konnte beginnen.

Kapitel 2

Freitag, 20. Oktober

Ilka Hansen stellte den Spaten an die Hausmauer, streifte die Handschuhe ab und strich sich mit dem Hemdsärmel über die feuchte Stirn. In diesem Teil des Gartens schien die Erde nur aus Steinen und Lehm zu bestehen. Immer wieder gab der Spaten einen hellen, metallischen Klang von sich, wenn sie ihn mit voller Wucht in die Erde stieß. An Ideen mangelte es ihr nicht. Sie träumte schon lange von einer Holzbank unter einem schmiedeeisernen Rosenbogen und einem schmalen Bachlauf, der sich plätschernd durch die Beete schlängelte.

Sie strich sich eine Haarsträhne aus dem schweißnassen Gesicht und starrte auf das Loch, das nicht viel größer war als ein Autoreifen. Normalerweise wäre es ein Fall für einen Bagger; alte Erde raus, neuer Mutterboden rein, doch allein der Gedanke an die Kosten machte alle weiteren Planungen in diese Richtung zunichte. Zwar verdiente sie als Oberkommissarin gar nicht schlecht, doch als allein erziehende Mutter und stolze Besitzerin eines alten Bauernhauses blieb am Monatsende nicht viel übrig. Sie musste wohl oder übel so weiter machen wie bisher. Es war eine Plackerei, aber auch das würde sie schaffen, wie so vieles, seit ihr Ex-Mann sich dazu entschlossen hatte, lieber in einem Flüchtlingscamp im pakistanischen Grenzgebiet zu helfen, anstatt für seine Familie da zu sein.

Jetzt freute sie sich erst mal auf das erste freie Wochenende seit langem und es hätte nicht perfekter beginnen können. Ihre zehnjährige Tochter Sina übernachtete bei einer Freundin und sie hatte den ganzen Abend für sich allein.

****

Ilka arbeitete seit knapp zwei Jahren im Team der Stader Kripo und sie hatte es nicht eine Sekunde bereut, dass sie dem Trubel Berlins entflohen war. Als ihre Mutter ihr die Zeitungsannonce von dem Bauernhaus direkt am Auetal gezeigt hatte, brauchte sie nicht lange zu überlegen. Vom ersten Augenblick an hatte sie sich in dieses Haus verliebt und als sie mit der Maklerin einen Termin zur Besichtigung vereinbart hatte, war ihre Entscheidung längst gefallen. Sie hatte das Haus gekauft, obwohl es in einem katastrophalen Zustand und der Garten hoffnungslos zugewuchert war. Sie wollte endlich zu sich selbst finden. Über ein Jahr lang hauste sie mit ihrer Tochter zwischen grob verputzten Mauern, losen Dielenbrettern und von Holzwürmern zerfressenen Deckenbalken. Es gab kaum eine Ecke, die nicht mit Farbeimern, Tapetenrollen oder Werkzeugen zugestellt war.

Sie hätte auch eine schöne, zentral gelegene Wohnung in Stade bekommen können, nur ein paar Gehminuten von der Polizeiinspektion entfernt, doch das wollte sie nicht. Sie hatte lieber die zwanzig Minuten Autofahrt in Kauf genommen, um nicht mehr in der Stadt leben zu müssen. In Harsefeld gab es einfach alles, was sie brauchte, sogar ein italienisches Eiscafé und ein kleines, kuscheliges Kino, richtig nostalgisch mit kleinen Lämpchen auf den Tischen. Viel wichtiger jedoch war, dass sie endlich wieder nah bei ihrer Mutter sein konnte.

Elfriede Hansen lebte schon seit einigen Jahren hier. Jetzt, wo ihre Mutter nur einen Katzensprung von ihr entfernt wohnte, war vieles einfacher, vor allem was ihre Tochter Sina betraf.

Das erste Jahr nach der Trennung von ihrem Mann Tobias war die reine Hölle gewesen. Sie waren an einem Punkt angelangt, an dem sich ihre Wege unweigerlich trennten. Es gab nichts mehr, was sie hätte tun können, um ihre Ehe zu retten. Der Traum von der ewigen Liebe war wie eine Seifenblase zerplatzt. In dieser Zeit hatte sie es niemandem recht machen können, weder ihrer Tochter noch ihrem Einsatzleiter bei der Kripo in Kreuzberg.

Damals, als sie mit Sina schwanger geworden war, hatte sie sich nach Ruhe und Geborgenheit gesehnt; ein stinknormales Familienleben, in dem der Mann von der Arbeit nach Hause kam und den Rest des Abends im Kreise seiner Familie verbrachte. Doch einen Mann wie Tobias konnte man nicht ändern. Ilka hätte es von Anfang an wissen müssen. Man konnte einen Vagabunden nicht zum Stubenhocker umerziehen. Nur war ihr das am Anfang ihrer Beziehung nicht bewusst gewesen.

Es war auf den Tag genau vor zwei Jahren, als er aus ihrem Leben verschwand. Er hatte die Tür geöffnet, sich noch einmal zu ihr gewandt und gelächelt, so als würde er in ein paar Stunden wieder zurück sein. Aber er kam nicht wieder. Vielleicht hatte er es mit der Angst bekommen, sie vor vollendete Tatsachen zu stellen. Es war leichter, einfach zu verschwinden, als jemandem die bittere Wahrheit zu sagen.

Manchmal ist Stille viel schwerer zu ertragen als Lärm. So wie an manchen Abenden, wenn sie müde und ausgelaugt auf dem Sofa lag. Dann kämpfte sich die Erinnerung an die glücklichen Tage mit Tobias wieder in ihr Bewusstsein zurück. Sie war immer davon überzeugt gewesen, dass sie es auch ohne ihn schaffen würde. Sie wollte es nicht nur sich beweisen, sondern auch ihm. Soll er doch bleiben, wo der Pfeffer wächst, oder wo immer er jetzt auch sein mochte.

Einerseits bewunderte sie, dass er sich für andere Menschen einsetzte, dass er versuchte, das Leid der Flüchtlinge zu lindern, doch auf der anderen Seite konnte sie nicht verstehen, warum er seine Familie im Stich gelassen hatte. Das würde sie ihm nie verzeihen, selbst wenn er eines Tages vor ihr stehen und alles bereuen würde. Doch nun war er aus ihrem Leben verschwunden. Sie hatte gewusst, dass es nicht einfach werden würde, Familie und Beruf in Einklang zu bringen.

Obwohl er schon lange fort war, schien es manchmal so, als würde er immer noch Teile ihres Alltags bestimmen. Ilka spürte eine innere Unruhe, wenn Sina mit dem Telefon in ihr Zimmer lief und lange Gespräche führte. Angeblich war es jedes Mal eine gute Freundin, doch Ilka wusste, dass Sina ihren Vater nie vergessen würde und jede Gelegenheit wahrnahm, mit ihm in Kontakt zu treten.

Seit Tobias fort war, hatte sich Sina immer mehr verändert. Das kindliche Lachen war aus ihrem Gesicht verschwunden. Sie wirkte nachdenklicher und ernster, viel zu ernst für eine Zehnjährige. In den ersten Wochen war es ganz besonders schlimm gewesen. Sina war nach der Schule sofort in ihr Zimmer gegangen und hatte sich komplett zurückgezogen. Manchmal, wenn Ilka mit einem Ohr an der Tür lauschte, konnte sie das Weinen ihrer Tochter hören, leise aber herzzerreißend für eine Mutter.

Anfangs glaubte sie, Sina würde sich irgendwann beruhigen und mit der neuen Situation arrangieren. Doch Sina wirkte verschlossen und abweisend. Kein Zweifel; Sina gab ihrer Mutter die Schuld, dass die Ehe zerbrochen war. Sie liebte ihren Vater über alles. Kein Wunder. Er war nur selten zu Hause gewesen, und in den wenigen Stunden, die er mit Sina verbrachte, hatte er ihr mehr erlaubt als Ilka lieb gewesen war.

Die letzte Nachricht, die sie von Tobias erhalten hatte, kam aus der Stadt Peschawar in Pakistan, einem Flüchtlingslager an der afghanischen Grenze. Sie konnte sich noch gut an seinen Anruf erinnern. Erst hatte er so getan, als wenn nichts gewesen wäre. Er hatte von seiner Arbeit gesprochen, dem Elend und der Not im Camp, bis er ihr schließlich gestanden hatte, dass er nicht mehr nach Hause kommen würde. Zitternd hatte Ilka den Hörer aufgelegt. Sie sah ihn manchmal in Gedanken in seinem provisorischen Operationssaal stehen, weißer Kittel, Handschuhe und Mundschutz. Er hatte Ilka oft davon erzählt, wie die Menschen zu ihm gebracht wurden, abgemagert bis auf die Knochen und wie sie ihn mit großen, ängstlichen Augen anstarrten.

Sie hatte sich nicht mehr die Mühe gemacht, nach dem ‚Warum' zu fragen. Sie hatte keine Lust auf eine weitere endlose Diskussion. Tobias war Arzt aus Leidenschaft. Es war für ihn eher eine Berufung als ein Job, mit dem man sein Leben finanzieren musste. Wenn sie ehrlich war, konnte sie ihn sogar verstehen. Doch er hatte auch eine Verantwortung seiner Familie gegenüber. Man hätte über alles reden können, doch er hatte sie nicht einmal gefragt, als er für sich beschlossen hatte, sich in den Dienst der Armen zu stellen.

Als sie sich damals entschlossen hatten, ein Kind zu bekommen, hatten sie sich gegenseitig versprochen, gemeinsam für Sina zu sorgen. Ilka hatte sich für das erste Jahr vom Dienst freistellen lassen, um für Sina da zu sein. Danach wäre Tobias an der Reihe gewesen, doch er hatte sein Versprechen gebrochen und damit das Ende ihrer Ehe eingeläutet.

****

Nach dem Duschen kochte sich Ilka einen Tee und ließ sich auf die Couch fallen. Sie streckte alle Viere von sich, wollte an nichts mehr denken, wollte einfach nur das Wochenende genießen. Sie ließ ihren Blick durch das Wohnzimmer schweifen; die weißen Deckenbalken, der geölte Holzfußboden, die blauen Sprossenfenster und ein Kachelofen. Dazu gab es einen traumhaften Blick über die Wiesen hinweg bis zu den Wäldern, die nur noch als verschwommene Silhouette zu erkennen waren.

Dieses Haus hatte sie davor bewahrt, alles hinzuwerfen. In Berlin hätte sie es nicht länger ertragen können. Sie musste raus, nicht nur aus ihrer gemeinsamen Dachgeschoßwohnung in Mitte, sondern auch aus der Stadt. Je weiter sie sich von ihrem früheren Leben entfernen würde, desto besser.

Sie hatte noch nicht einmal an ihrem Tee genippt, als das Telefon klingelte. Als sie den Hörer abnahm und die Stimme ihres Kollegen Cem Kayaoglu hörte, ahnte sie schon, dass der Abend nicht so entspannt verlaufen würde, wie sie es sich gewünscht hatte. Er hatte ein Talent dafür, immer dann anzurufen, wenn sie ungestört sein wollte.

„Hallo Ilka, störe ich?"

„Wenn ich jetzt ja sage, legst du dann wieder auf?"

„Würde ich ja gern, aber..."

„Schon okay", fiel ihm Ilka ins Wort. „Was ist passiert?"

„Ein Heuschuppen ist abgebrannt, auf einem Bauernhof in der Nähe von Harsefeld."

„Ist das alles?" Eigentlich hätte sich Ilka die Frage sparen können. Obwohl Cem immer für einen Spaß zu haben war, würde er sie nie wegen so einer Bagatelle belästigen.

„Nein, im Schuppen wurde eine stark verkohlte Leiche gefunden."

„Ist schon jemand am Tatort?"

„Die Feuerwehr und eine Streife sind schon vor Ort. Die Jungs von der Spurensicherung sind auch schon unterwegs."

„Wo bist du jetzt?"

„Auf dem Weg dorthin."

„Wo ist das genau?"

„An der L124 Richtung Stade, zwischen Harsefeld und Helmste. Auf der linken Seite kommt ein Waldstück, dahinter biegst du links ab. Kannst du gar nicht verfehlen!"

„Okay, ich bin in einer Viertelstunde dort!"

Hastig warf sie sich ihre Jacke über die Schultern, schnappte sich Handy, Ausweis und Dienstwaffe. Dann verließ sie das Haus.

Kapitel 3

Freitagabend, 20. Oktober

Ilka bog auf einen schmalen Feldweg ein, der das Waldstück vom Land des Bauern trennte. Er war voller Schlaglöcher und sie hatte Angst, dass ihr Fiat 500 irgendwo mit dem Unterboden oder Auspuff aufsetzen würde. Ihr Auto war erst ein halbes Jahr alt, weshalb sie es liebevoll ‚mein Baby' nannte. „Das nächste Mal nehme ich einen Dienstwagen," fauchte sie vor sich hin und war heilfroh, als sie das Auto neben einem Streifenwagen abstellen konnte. Schwarzer Rauch stieg in den Himmel. Die letzten Flammen züngelten um die zusammengefallenen Reste des Schuppens.

Eine junge Polizistin wartete mit gerötetem Gesicht an der Absperrung. Noch bevor sie etwas sagen konnte, hielt Ilka ihr den Dienstausweis vor die Nase.

„Ilka Hansen, Kripo Stade. Haben Sie meinen Kollegen irgendwo gesehen?"

„Cem ist dort hinten", sagte die Polizistin und deutete zum Waldrand. Obwohl der Hof des Bauern abgelegen an der Landstraße zwischen den Dörfern lag, hatten sich bereits kurz nach dem Brand gut ein halbes Dutzend Presseleute und eine stattliche Anzahl von Schaulustigen eingefunden. Ilka bedankte sich und stieg über das rotweiße Absperrband. Sie konnte sich ein Lächeln nicht verkneifen. Selbst die Polizistin, die sicherlich noch nicht allzu lange im Dienst war, kannte Cem schon mit Vornamen. Typisch für diesen Macho, war der erste Gedanke, der Ilka durch den Kopf ging.

Cem Kayaoglu war neben Ilka und ihrem Chef Stefan Breuer der Dritte im Team der Mordkommission. Cem war türkischer Abstammung und ein typisch südländischer Frauenschwarm, braun gebrannt, mit kurzen, pechschwarzen Haaren und einer goldenen Kette um den Hals. Ständig hatte er irgendwelche Verabredungen, aber wenn es darauf ankam, war auf ihn hundertprozentig Verlass.

Ilka musste husten. Der Qualm brannte sich mit jedem Atemzug in ihre Lungen, ließ ihre Augen tränen. Bevor sie sich Cem nähern konnte, trat Thomas Leitner, der Chef der Spurensicherung, neben sie und reichte ihr einen Mundschutz. Eine Windböe trieb heiße Luft in ihr Gesicht. Asche wirbelte auf.

„Danke Thomas", sagte sie mit einem gequälten Lächeln. „Hast du schon was für mich?"

„Das Opfer wurde mit ziemlicher Sicherheit nicht im Schuppen erschlagen." Er deutete auf eine Schleifspur in dem Teil des Maisfelds, das noch nicht abgemäht war. „Sie führt direkt zum Waldweg. Ich denke, dass er dort auch umgebracht wurde und erst dann zum Schuppen geschleppt wurde." Ilka folgte mit den Augen der Spur durch die abgeknickten Maispflanzen, deren braun gefärbten Blätter auf eine magere Ernte hindeuteten. Wer so wie Ilka mindestens einmal in der Woche in Ritas Bauernladen einkaufte, erfuhr neben dem normalen Tratsch auch, wann welche Ernte eingefahren und wie sie in diesem Jahr ausfallen würde.

„Hinweise auf die Tatwaffe?" fragte Ilka, doch kaum hatte sie es ausgesprochen, da hielt Thomas ihr auch schon eine Plastiktüte entgegen. „Dieses gute Stück haben wir dort gefunden. Der Stein lag nur ein paar Schritte von der Stelle entfernt, an dem die Spur aufhört. Offenbar hat sich der Täter keine große Mühe gegeben, die Spuren zu beseitigen. Meine Jungs sind noch dabei, die Gegend weiträumig abzusuchen. Vielleicht finden wir ja noch was." Ilka nahm die Tüte an sich und warf einen kurzen Blick auf den grauen Feldstein, auf dem die Blutspuren deutlich zu erkennen waren. Sie schürzte die Lippen. „Er lässt die Tatwaffe einfach fallen, aber sein Opfer erschlägt und verbrennt er." Sie schob gedankenverloren eine Strähne hinters Ohr. „Irgendwie ergibt das keinen Sinn."

„Tja, das herauszufinden ist dein Job, meine Liebe", bemerkte Thomas mit einem Lächeln und nahm das Beweisstück wieder an sich. „Ich werde mir den Stein im Labor mal genauer ansehen. Ich glaube zwar nicht, dass wir Fingerabdrücke darauf finden werden, aber wer weiß. Spätestens morgen Vormittag hast du den Bericht auf deinem Tisch."

Ilka nickte ihm zu und wandte ihren Blick zum Wald. Er bestand aus einer Mischung aus Kiefern, Eichen und Buchen, und war von schmalen Wegen durchzogen, auf denen sich tagsüber Jogger und Spaziergänger tummelten. Er grenzte direkt an das Land des Bauern. Links das Maisfeld und rechts die Weide, auf der seine Kühe grasten. Genau dazwischen stand noch bis vor ein paar Stunden der Heuschuppen. Ilka straffte den Rücken, um die Verspannung zu lösen. Allerdings nur mit mäßigen Erfolg. Sie sehnte sich auf ihre Couch zurück, doch daran war in den nächsten Stunden wohl nicht zu denken.

Ilka schaute zu den Männern in weißen Papieranzügen, die sich Stück für Stück durch die Asche kämpften. Hin und wieder steckten sie ein nummeriertes Täfelchen in die verbrannte Erde.

„Sonst noch was?", wollte Ilka wissen.

„Nicht viel. Bei so einer Hitzeentwicklung bleibt nicht viel übrig." Er beugte sich über seinen Koffer und hielt Ilka ein weiteres Beweismittel entgegen.

„Diese Überreste stammen nach meinen bisherigen Erkenntnissen von einem Handy. Da ist nichts mehr zu holen."

„Kannst du schon etwas über die Brandursache sagen?" Thomas hob unschlüssig die Schultern.

„Vermutlich Brandstiftung", antwortete er und wischte sich mit dem Ärmel über das mit Ruß beschmierte Gesicht. „Da wollte wohl einer auf Nummer sicher gehen. Ich schicke dir den Bericht zu, sobald wir alles ausgewertet haben."

„Ja, danke." Ilka ging um die glühenden Reste herum und blieb neben einem Feuerwehrmann stehen.

„Wisst ihr, wer euch informiert hat?" Mit einem Nicken wies er auf eine zusammengesunkene Gestalt, die ein paar Meter weiter auf dem Boden hockte. „Hannes Lüders! Soviel ich weiß ist er der Bauer, dem die Scheune gehört."

„Wann war das?"

„Den Notruf bekamen wir kurz nach zwanzig Uhr. Wir sind sofort losgefahren, aber da war nichts mehr zu machen."

Ein übler Gestank schlug ihr entgegen. Der aufkommende Wind schob schwarze Rauchschwaden über das Land. Die Erde war bedeckt mit Pfützen aus schwarzem, vom Ruß gefärbtem Löschwasser. Von dem Schuppen waren nur noch glühende Holzreste und das zersplitterte Glas der Fensterscheiben übrig geblieben. Ilka wandte sich von der Glut ab und lief auf Dr. Anna Beringer zu.

„Hallo Anna. Schon etwas herausbekommen?" Die Pathologin machte noch ein letztes Foto und zog das Leichentuch über den Kopf des Brandopfers.

„Nein, nicht wirklich. Der Körper ist derart verbrannt, dass ich nicht einmal sagen kann, ob es sich um eine Frau oder einen Mann handelt. Ich lasse die Leiche zur Obduktion in die Pathologie bringen. Ohne DNA-Analyse kommen wir da nicht weiter. Vielleicht weiß ich morgen schon ein bisschen mehr."

Der Geruch nach verbranntem Fleisch stieg Ilka in die Nase. Sie unterdrückte einen Fluch.

„Manchmal ist das ein richtiger Scheißjob!"

„Wem sagst du das, Ilka."

Ihr war flau im Magen. Jetzt rächte sich, dass sie den Tag über kaum etwas gegessen hatte.

„Thomas hat mir den Stein gezeigt. Ist das die Tatwaffe?"

„Sieht ganz so aus", stellte Anna nüchtern fest. „Das Opfer wurde zweifelsfrei erschlagen." Anna beugte sich herab und hob das Leichentuch ein wenig an. „Die Schädeldecke weist erhebliche Verletzungen auf. Der Stein würde auf jeden Fall passen." Ein Schauer lief Ilka über den Rücken. Armer Teufel, dachte sich Ilka. So einen Tod hatte keiner verdient, egal was für ein Mensch er war.

Für einen Moment starrte sie auf das Loch in der verkohlten Schädeldecke, dann wandte sie sich von der Leiche ab. Sie hatte zwar keine Angst vor dem Anblick einer verbrannten Leiche, doch im Magen rumorte es. Auch nach vielen Jahren bei der Kripo wunderte sie sich immer wieder, wozu Menschen fähig waren. Eine Strähne wehte Ilka ins Gesicht. Genervt strich sie sie wieder hinters Ohr.

„Wird Zeit, dass die Mähne abkommt."

„Ärger oder neuer Freund?", fragte Anna schmunzelnd.

„Weder noch", entgegnete Ilka knapp. „Gibt's sonst noch etwas?"

„Nein, für mich war's das." Anna legte das Tuch wieder über den Schädel und gab den Bestattern ein Zeichen, die Leiche in die Gerichtsmedizin zu bringen. „Mit dem Bericht dauert es noch eine Weile."

„Ja, danke."

In diesem Moment gesellte sich Cem zu ihr. „Erst erschlagen, dann verbrannt. Da hat jemand ganze Arbeit geleistet."

„Zeugen?"

„Nein, bisher nicht. Niemand will irgendetwas Auffälliges gesehen haben. Ich frag' gleich mal nach, ob eine Vermisstenanzeige vorliegt. Vielleicht hilft uns das ja weiter."

Ilka deutete mit dem Kopf zum angrenzenden Wald.

„Normalerweise müssten um die Tatzeit eine Menge Jogger und Spaziergänger unterwegs gewesen sein."

„Soll ich eine Suchmeldung an die Presse rausgeben?"

„Nein, noch nicht. Frag dich erst einmal durch, ob irgendjemand etwas gesehen hat. Die Presse kann bis morgen warten. Ich kümmere mich in der Zwischenzeit um den Bauern. Und pass bitte auf, dass die Leute von der Absperrung fernbleiben, bis die Jungs von der Spusi fertig sind."

Widerstrebend machte sich Cem auf den Weg. „Leute, geht nach Hause", hörte sie ihn rufen. „Hier gibt es nichts mehr zu sehen." Ilka sah, wie er mit ausgebreiteten Armen auf die Leute zuging. Erst als er sich ihnen bis auf eine Armlänge genähert hat, wichen sie Schritt für Schritt zurück. Ilka wandte sich dem Bauern zu, der zusammengesunken mit dem Rücken am Weidezaun hockte.

„Ilka Hansen, Kripo Stade. Wie geht es Ihnen?"

Der Alte schob seinen speckigen Hut aus der Stirn und schaute zu ihr auf. Seine Augen waren rot vor Müdigkeit und der Hitze, die immer noch von den glühenden Überresten des Schuppens ausging.

„Die letzte Nacht war verdammt kurz und die nächste wird auch nicht viel besser. Sind Sie hier verantwortlich?"

„Ja", sagte Ilka freundlich. „Herr Lüders, darf ich Ihnen ein paar Fragen stellen?"

„Was wollen Sie wissen?"

„Wann haben Sie das Feuer entdeckt?"

„Kurz vor acht." Er wischte mit der Hand über seine brennenden Augen. „Kann auch ein bisschen später gewesen sein. Ich hatte gerade die Temperatur meiner trächtigen Kuh gemessen. Sie wird in dieser Nacht kalben und noch eine Todgeburt wie im letzen Jahr kann ich mir nicht leisten. Ich wollte noch einen Ballen Stroh vom Heuboden holen. Also bin ich raufgestiegen und da habe ich es gesehen... durch die Dachluke."

„Was haben Sie gesehen?", hakte Ilka nach.

„Dass mein Schuppen lichterloh brannte", knurrte er. „Was denn sonst?"

„Haben Sie jemanden in der Nähe des Schuppens gesehen oder ist Ihnen sonst noch irgendetwas Ungewöhnliches aufgefallen?" Der Alte schüttelte den Kopf. „Nur Rauch und Flammen, sonst nichts."

„Was haben Sie in dem Schuppen aufbewahrt?"

„Heu", sagte er, „ja, das meiste war Heu für meine Kühe und eine Wassertonne." Bauer Lüders warf einen Blick auf seine Armbanduhr und zog sich am Zaunpfosten hoch. „Kann ich jetzt gehen?" brummte er, ohne Ilka anzusehen. „Ich muss zu meiner Kuh. Ich will dabei sein, wenn sie kalbt."

„Ja, Sie können gehen", sagte Ilka.

Er rappelte sich hoch, doch er konnte sich nur noch mit Mühe auf den Beinen halten. Die Aufregung der letzten Stunden hatte all seine Kräfte aufgebraucht.

„Darf ich Sie begleiten?", fragte Ilka. „Ich würde mir bei der Gelegenheit gern die Stelle ansehen, von wo aus Sie das Feuer entdeckt haben."

„Wenn's Ihnen hilft", brummte er, wandte sich von ihr ab und ging mit schweren Schritten Richtung Stall.

****

Als sie den Hof erreichten, fiel Ilka sofort auf, dass das Bauernhaus nicht mehr in allerbestem Zustand war. An den Balken des Fachwerks und den Holzfenstern hatte sich die Farbe bereits gelöst. Das ganze Anwesen machte einen vernachlässigten Eindruck.

„Meine Frau ist vor zwei Jahren gestorben", sagte Lüders, als hätte er Ilkas nächste Frage erahnt. „Es ist schwer ohne sie, aber ich bleibe hier, bis der da oben mich auch holt."

Er führte sie zu der steilen Holzleiter. „Hier bin ich hinaufgegangen. Und dann habe ich das Feuer gesehen."

Ilka deutete nach oben. „Darf ich?"

„Meinetwegen. Aber passen Sie auf, wo Sie hintreten. An den Seiten sind ein paar morsche Bretter!"

Ilka zog die Stirn in Falten. Na toll, ein paar morsche Bretter! Dann konnte es ja mit der baulichen Substanz des Heuschobers nicht weit her sein. Nach kurzem Zögern stieg sie schließlich hinauf und kroch auf allen Vieren zu der Dachluke. Das Bild, das sich Ilka bot, war gespenstisch. Grelle Schweinwerferkegel bohrten sich in die einbrechende Dunkelheit. Noch immer stiegen Rauchschwaden auf. Hin und wieder erkannte sie die weißen Umrisse von Thomas Leitners Leuten, die nicht aufgaben, nach Spuren zu suchen.

„Im Moment können wir nicht mehr viel tun", sagte Ilka mehr zu sich als zu dem Bauern und kletterte wieder hinunter. Ilka reichte ihm ihre Karte.

„Wenn Ihnen noch etwas einfallen sollte, können Sie mich jederzeit anrufen." Bauer Lüders nickte stumm, ohne sie anzusehen. Seine ganze Aufmerksamkeit galt jetzt wieder seiner trächtigen Kuh.

Ilka verabschiedete sich von ihm und ging direkt zu ihrem Auto. Sie sehnte sich nach ihrem zu Hause. Nach diesem Tag freute sie sich nur noch auf ihr Bett und wollte niemanden mehr sehen.

Kapitel 4

Samstagmorgen, 21. Oktober

Ilka hatte sich auf ein ausgedehntes Frühstück und einen langen Spaziergang durch das Auetal gefreut, doch das freie Wochenende war dahin. Was blieb war ein Toast mit Honig und eine Tasse Tee. Nach dem Duschen trug Ilka noch dezent Make-up auf, schrieb noch eine kurze Nachricht für Sina und machte sich auf den Weg zum Friseur. Leiche hin oder her, aber die langen Zotteln mussten endlich ab.

Eine gute Stunde später stellte sie ihren Wagen vor dem gerichtsmedizinischen Institut ab und betrat den Vorraum zur Autopsie. Durch die Glasscheibe schaute sie zu Anna Beringer, die noch ein paar Worte in das Diktiergerät sprach und dann zu ihr kam.

„Hallo Ilka, bin gerade fertig geworden. Zumindest das Geschlecht konnte ich schon bestimmen. Es handelt sich um eine Frau mittleren Alters, zwischen 30 und 50, würde ich sagen. Der Täter muss schräg hinter ihr gestanden und mit großer Wucht zugeschlagen haben."

„Immerhin ein Anfang", seufzte Ilka. „War sie schon tot, als das Feuer ausbrach?"

„Ob der Schlag tödlich war, kann ich noch nicht sagen. Dafür war die Leiche einfach zu stark verkohlt. Der Tod kann aber auch erst während des Brandes eingetreten sein. Durch eine Kohlenmonoxidvergiftung beim Einatmen der Gase oder ähnliches. Aber ich habe keine Russteilchen in der Lunge und der Luftröhre gefunden. Wie du ja auch gesehen hast, haben wir die Leiche in Boxerhaltung aufgefunden. Diese Haltung bildet ein Körper durch das Zusammenziehen der Muskeln, Sehnen, Haut und das ab einem bestimmten

Grad des Brandes. Ich kann dir also nicht mit Gewissheit sagen, ob sie bereits tot war, als der Brand gelegt wurde, oder eben nicht."

Sie zog die Latexhandschuhe von den Fingern und wusch sich die Hände.

„Mehr habe ich im Moment nicht. Für alles weitere brauche ich Vergleichsmaterial. Sie hatte mal einen Kieferbruch und eine Fraktur am Oberarm. Beides ausgeheilt, aber wenn wir entsprechende Röntgenaufnahmen hätten, könnte ich die Tote einwandfrei identifizieren."

Anna zog ihren weißen Kittel aus.

„Gehen wir noch einen Kaffee trinken?" Ilka schüttelte den Kopf.

„Geht leider nicht. Ich habe einen Friseurtermin und anschließend ruft das Büro nach mir." Anna tätschelte ihr mitfühlend die Schulter.

„Okay, dann ein anderes Mal. Grüß Cem von mir!"

Ilka konnte sich ein Schmunzeln nicht verkneifen.

„Ich dachte, du kannst ihn nicht ausstehen?"

„Auch Pathologinnen können sich mal täuschen, Frau Oberkommissarin", sagte Anna, setzte sich, schlug ihre langen Beine übereinander und lächelte. „Sonst noch Fragen?"

Ilka erwiderte ihr Lächeln. „Nein, im Moment nicht, Frau Doktor."

Ilka bewegte sich ein paar Schritte auf die Tür zu, drehte sich dann aber noch einmal um: „Sag mal, habt ihr wirklich was miteinander?"

„Cem und ich?" Anna schüttelte auffallend heftig mit dem Kopf. „Nein, da ist nichts. Wie kommst du darauf?"

****

Ilkas erster Weg nach der Gerichtsmedizin führte zu Patrick Dannenberg, dem Leiter der Polizeiinspektion.

„Hallo Ilka, setz dich." Spätestens jetzt hätte sie einen Kommentar über ihre neue Frisur erwartet, doch Dannenberg schien mit seinen Gedanken weit weg zu sein.

„Guten Morgen, Patrick. Was hast du auf dem Herzen?"

„Wie ist es gestern gelaufen?"

„Das Opfer wurde erschlagen und anschließend verbrannt. Ich komme gerade aus der Gerichtsmedizin. Unsere Leiche ist weiblich und zwischen 30 und 50 Jahre alt. Das ist alles, was wir im Moment haben."

„Keine Zeugen, nehme ich an."

„Nein, nur ein Bauer, der den Brand gemeldet hat."

Dannenberg nickte bedächtig. „Ich habe mit Stefan telefoniert", sagte er plötzlich. „Ich denke nicht, dass er euch in diesem Fall unterstützen wird! Seiner Frau geht's ziemlich schlecht."

Sie presste die Lippen fest aufeinander. „Hoffentlich kommt sie wieder auf die Beine." Zusammen mit Stefan und Cem bildeten sie ein unschlagbares Team und Ilka konnte nur hoffen, dass er bald wieder bei ihnen sein würde.

Mühsam erhob sich Patrick Dannenberg aus seinem Sessel. „Die Bandscheibe spielt mal wieder verrückt", sagte er entschuldigend und stützte sich mit den Händen auf dem Schreibtisch ab.

„Du solltest mal zum Arzt gehen", sagte Ilka.

„Das sagt meine Frau auch ständig", brummte er, goss zwei Tassen Kaffee ein und reichte Ilka eine davon.

„Wie lange bis du jetzt bei uns?"

„Nächste Woche sind es zwei Jahre", sagte Ilka. „Sag schon, was habe ich verbrochen?"

„Du hast gute Arbeit abgeliefert." Er sagte es so emotionslos, als würde er jemandem einen guten Tag wünschen. Ilka hatte nichts anderes erwartet, aber wenn es etwas gab, das Ilka an ihm nicht ausstehen konnte, dann war es seine beinahe stoische Ruhe. Er besaß eben das Gemüt eines Elefanten.

„Also, um auf den Punkt zu kommen. Stefan wird wohl noch eine ganze Weile ausfallen."

„Wenn ich nur irgendetwas für ihn tun könnte", sagte Ilka leise. „Vielleicht sollte ich..."

„Kannst du!", fuhr Dannenberg ihr ins Wort.

„Kann ich?" Ilka stellte ihre Tasse auf den Schreibtisch und beugte sich vor. „Und das wäre?"

„Um es kurz zu machen, Ilka. Ich möchte, dass du die Mordkommission leitest, solange Stefan nicht da ist!" Ilka war baff.

„Wie meinst du das?" Sie hatte mit allem gerechnet, nur nicht damit.

„So, wie ich gesagt habe. Stefan hat dich vorgeschlagen. Er sagt, dass er sich keine bessere Vertretung vorstellen könne."

„Das heißt, ich soll den Fall leiten?"

„Ja, genau das heißt es." Dannenberg sah Ilka direkt in die Augen. „Wir kriegen im Moment leider keinen Ersatz. Sieht der Haushaltsplan nicht vor." Ilka rümpfte die Nase.

„Auch nicht aushilfsweise?"

„Nein, auch das nicht." Dannenberg lockerte seine Krawatte. „Wir müssen davon ausgehen, dass Stefan für eine längere Zeit nicht zur Verfügung steht. Wir können es nur intern regeln. Wenn du Unterstützung brauchst, kannst du dich an die Kollegen der Streife wenden." Nach einer kurzen Pause fügte er hinzu. „Traust du dir das zu?"

„Klar", sagte sie ohne zu überlegen. „Klar traue ich mir das zu!"

„Na dann, Frau Oberkommissarin! Dann wünsche ich dir viel Erfolg!"

„Danke!" Ilka wollte gerade zur Tür hinausgehen, als sie noch einmal die Stimme ihres Chefs vernahm. „Ilka?"

„Ja?" „Tolle Frisur. Gefällt mir!"
Ein Lächeln huschte über Ilkas Gesicht.
„Ich wäre auch enttäuscht gewesen, wenn du es nicht bemerkt hättest."
„In unserem Beruf solltest du niemanden unterschätzen", entgegnete er lakonisch. „Und den eigenen Chef schon gar nicht!"

****

Als Ilka in ihr Büro kam, war von Cem noch nichts zu sehen. Sie kochte sich einen Kaffee, setzte sich an den Schreibtisch und dachte über das Gespräch mit Dannenberg nach. Natürlich wünschte sie sich, dass Stefan so schnell wie möglich wieder zum Team zurückkehrte. Sie hatte auch kein Problem, wieder in die Rolle der Stellvertreterin zu schlüpfen, doch dies hier war ihr Fall und sie wollte beweisen, dass man sich auf sie verlassen konnte. Doch wenn sie es vermasseln sollte, war es der erste und letzte Fall, den sie geleitet hatte. Sie wagte nicht daran zu denken. Ilka wollte gerade zum Telefon greifen, als Cem ins Büro kam.
„Günaydin", begrüßte er sie. „Glückwunsch, Chefin. Ich hab's gerade von Dannenberg erfahren." Ilka runzelte die Stirn.
„Wenn wir gut miteinander klar kommen wollen, dann lass den Quatsch mit der Chefin, okay?" Cem hängte seine Jacke auf und musterte sie mit einem anerkennenden Lächeln.
„Übrigens, habe ich dir schon gesagt, dass du heute ausgesprochen gut aussiehst? Die Farbe steht dir und die Länge auch!" Ilka schaute kurz zu ihm auf. Typisch Cem! Erst die Nummer mit der Chefin und jetzt wieder einschmeicheln.
„Findest du?"
„Ja, schwarz passt zu dir."
Sie freute sich tatsächlich über Cems Worte, auch wenn er

diese Art von Komplimente bei fast jeder Frau anwendete, die ihm über den Weg lief. Warum sollte er es bei ihr nicht ausnahmsweise ehrlich meinen? Mal waren es ihre blauen Augen, dann die Grübchen, wenn sie lächelte und hin und wieder auch ihr zorniges Gesicht, wenn ihr etwas total gegen den Strich ging. Sie mochte Cem, obwohl er eigentlich nicht zu dem Typ Mann gehörte, dem sie sich bedingungslos hingeben würde.

Auf dem Weg zur Kaffeemaschine warf sie einen Blick in den Spiegel über dem Waschbecken. Cem hatte absolut Recht. Die neue Frisur passte viel besser zu ihr und, was noch viel erfreulicher war, sie machte sie jünger.

„Hast du schon die Vermisstenanzeigen durchgesehen?"

„Fehlanzeige", sagte Cem. „Aber die Kollegen von der Streife haben einen schwarzen Landrover sichergestellt, auf einem Waldparkplatz, nur zweihundert Meter vom Tatort entfernt. Vermutlich stand der Wagen die ganze Nacht dort." Ilka hob die Augenbrauen.

„Hast du das Kennzeichen überprüft?"

„Klar. Der Wagen ist auf Marion Wolff zugelassen. Sie besitzt ein Reisebüro in der Fußgängerzone."

„Irgendwelche Spuren im Auto?"

„Die Auswertung der Fingerabdrücke und Faserspuren habe ich noch nicht. Auf dem Beifahrersitz lag eine schwarze Handtasche. Es scheint nichts zu fehlen; Ausweis, Schlüssel, eine Packung Taschentücher, ein weinroter Lippenstift, eine Geldbörse... sogar die Autoschlüssel steckten noch."

„Ich war gerade bei Anna. Das könnte die Arme sein, die gerade bei ihr im Kühlfach liegt."

„Na, dann wollen wir mal zum Reisebüro fahren!" Ilka nahm Cems Jacke vom Ständer und warf sie ihm zu. „Ich soll dich übrigens ganz lieb von Anna grüßen." Ilka blinzelte ihn an. „Alles klar bei euch beiden?" Cem wirkte für einige

Sekunden ein wenig irritiert, dann fand er zu seiner gewohnten Selbstsicherheit zurück.

„Und bei dir? Neue Liebe?"

„Wie kommst du darauf?" Cem grinste sie frech an.

„Ich habe mal gehört, dass Frauen, die ihr Leben verändern wollen, zuerst zum Friseur gehen."

„Du wirst der Erste sein, der es erfährt!", sagte Ilka auf dem Weg zum Auto. „Ich schwöre!"

Kapitel 5

Samstagnachmittag, 21. Oktober

Als sie das Reisebüro betraten, war niemand zu sehen. Es dauerte einige Sekunden, bis eine junge Frau mit einem Fax in der Hand aus dem Nebenzimmer kam. Sie legte es auf den Schreibtisch und strich mit einer raschen Handbewegung eine Strähne ihrer schulterlangen, blonden Haare hinters Ohr.

„Entschuldigen Sie", sagte sie lächelnd. Was kann ich für Sie tun?"

„Wir sind von der Kripo Stade." Ich bin Ilka Hansen, mein Kollege Cem Kayaoglu."

„Kripo Stade?" Mit einem Schlag verschwand das Lächeln aus ihrem Gesicht. Ilkas Blick fiel auf das Namenschild an ihrer cremefarbenen Bluse.

„Frau Seidel, es tut mir leid. Aber wir müssen davon ausgehen, dass Marion Wolff gestern Abend ums Leben gekommen ist."

Franziska Seidel schlug die Hände vor das Gesicht und schluchzte.

„Marion... tot... wie ist das passiert?" Ilka bemerkte aus dem Augenwinkel, dass sich Cem mit zusammengepressten Lippen abwandte und aus dem Schaufenster starrte.

„Sie ist bei einem Brand umgekommen", sagte er. „Zwischen Harsefeld und Helmste. Viel mehr wissen wir auch noch nicht!"

Franziska Seidel zog mit zittriger Hand ein Taschentuch aus ihrer Handtasche und wischte sich die Augen trocken.

„Das ist ja schrecklich", flüsterte sie. „Wie ist das passiert?" Ilka schüttelte den Kopf.

„Tut mir leid, dazu kann ich noch nichts sagen. Wir sind erst am Anfang unserer Ermittlungen." Franziska hockte auf dem Stuhl und hielt das Gesicht in den Händen vergraben. „Was soll ich jetzt ohne sie machen?" Sie blickte kurz zu Ilka auf und fiel dann wieder in ihre alte Stellung zurück. Sie zitterte am ganzen Körper. Ilka trat neben sie und legte ihr den Arm um die Schulter.

„Ich kann Ihnen nur versprechen, dass wir alles tun werden, um den Täter zu finden", sagte Ilka.

„Haben Sie eine Ahnung, was sie da wollte? Ging sie dort öfter joggen oder wollte sie sich mit jemandem treffen?"

„Nein, ich weiß nicht, warum sie dort war." Sie schniefte ins Taschentuch, warf es weg und holte ein neues hervor. „Wegen dem Joggen aber bestimmt nicht. Seit ich sie kenne, hat sie das noch nie gemacht."

„Ist Ihnen irgendetwas anderes an ihr aufgefallen? War sie anders als sonst? Gab es Ärger mit Kunden?"

„An ihr selbst ist mir nichts aufgefallen. Sie war ganz normal, wie immer. Es kam sehr selten vor, dass sich unsere Kunden beschweren und wenn, dann ist es wegen Baustellenlärm am Urlaubsort, Kies statt Sandstrand, Straßenlärm, das übliche halt."

„Ich verstehe." Cems Blick wanderte über das Regal voller Urlaubsprospekte.

„Es gab also niemanden, der sie bedroht haben könnte?"

„Nein, nicht dass ich wüsste", sagte Franziska.

„Wenn es mal eine Reklamation gibt, versuchen wir das friedlich zu regeln." Cem spitzte die Lippen. „Und das haben alle Kunden akzeptiert?"

„Ja", bestätigte sie.

Cem schaute Ilka einigermaßen ratlos an.

„Können Sie uns sagen, ob Frau Wolff Verwandte hatte und wo wir sie erreichen können?"

Franziska Seidel ließ die Hände auf den Schoß fallen und sah Ilka mit rot geweinten Augen an.

„Marion lebte allein. Sie hat nur eine Tochter, Lisa. Sie lebt in Kalifornien, San Francisco. Soviel ich weiß, hat sie dort Meeresbiologie studiert und ist nach dem Studium gleich dort geblieben."

„Haben Sie zufällig die Adresse von ihr?"

Sie zögerte, dann öffnete sie eine Schublade und zog einen Brief hervor.

„Der kam letzte Woche. Die Adresse steht hinten drauf."

„Wie alt ist Lisa jetzt?", fragte Ilka.

„Mitte zwanzig, würde ich schätzen."

Cem nahm sich einen Stuhl und setzte sich. „Hatte Frau Wolff irgendwelche Schwierigkeiten, finanziell oder privat?"

„Nein, nicht das ich wüsste", sagte sie. „Aber wenn es irgendwelche Probleme gegeben hätte, dann hätte ich etwas davon mitbekommen. Ganz sicher."

„Ist Ihnen in letzter Zeit an Frau Wolff irgendetwas aufgefallen?"

Franziska Seidel schluchzte wieder. „Nein, nichts besonderes... na ja vielleicht doch!" Cem und Ilka wurden hellhörig.

„Frau Seidel, was ist Ihnen aufgefallen?"

„Am Mittwochmorgen hat jemand angerufen. Er wollte Marion sprechen, aber sie war noch nicht im Büro."

„Können Sie sich an seinen Namen erinnern?"

„Ja, ich habe es mir extra aufgeschrieben." Sie hob ihre Schreibtischauflage hoch, zog einen Zettel hervor und reichte ihn Cem.

„Dennis Höfer", las er laut vor. „Hast du den Namen schon mal gehört?" Ilka schüttelte den Kopf und wandte sich wieder an Franziska Seidel.

„Was hat Höfer noch gesagt?"

„Ich sollte ihr ausrichten, dass er angerufen habe. Und als

ich ihn noch einmal nach seinem Namen fragte, nannte er ihn mir und sagte, dass Marion sich an ihn erinnern werde. Dann legte er auf."

„Wie hat Frau Wolff darauf reagiert?"

„Sie war mit einem Mal unglaublich nervös. So kannte ich sie gar nicht." Sie fuhr sich mit der Zunge über die trockenen Lippen. „Als ich ihr von dem Anruf erzählte, ist sie ohne eine Wort zu sagen weggegangen. Eine Stunde später wirkte sie völlig verwirrt. Ich habe sie gefragt, was los sei, doch sie sagte nur, dass es Ärger mit Handwerkern gäbe und dass sie wieder einen Termin nicht eingehalten hätten. So recht geglaubt habe ich ihr das nicht, aber ich habe nicht weiter nachgefragt."

„Sie wissen also nicht, wo sie hingegangen ist?", hakte Ilka nach. Franziska Seidel schüttelte den Kopf. Tränen rollten über ihre Wangen.

„Eine Frage noch", sagte Ilka. „Kennen Sie den früheren Besitzer des Reisebüros?"

„Nein, ich habe erst später hier angefangen." Sie drehte sich um, öffnete einen Schrank hinter ihrem Rücken und zog einen dicken schwarzen Ordner heraus.

„Hier drin müssten Sie alles finden."

„Wir würden uns die Unterlagen gern näher anschauen. Dürfen wir sie mitnehmen?"

„Ja, natürlich."

„Danke. Das wär's fürs Erste." Ilka reichte ihr ihre Visitenkarte. „Und wenn Ihnen noch etwas einfallen sollte, rufen Sie mich an, ja?"

„Ja, mache ich."

****

Auf dem Weg zum Auto fragte Cem: „Und was machen wir jetzt? Das klang alles ziemlich echt, oder?"

„Ja, ich denke auch, dass sie damit nichts zu tun hat. Wir sollten uns mal das Haus von Marion Wolff ansehen. Außerdem würde ich gern wissen, wer dieser Höfer ist."

„Vielleicht ist das ja schon unser Mann", meinte Cem.

Ilka wollte gerade zustimmen, als ihr Blick auf die Kirchturmuhr fiel.

„Oh Scheiße, schon halb fünf." Sie hatte ihrer Tochter hoch und heilig versprochen, mit ihr ins Kino zu gehen. Und wenn sie sich jetzt beeilen würde, könnte sie es gerade noch schaffen. „Cem, tust du mir einen großen Gefallen?"

Cem stieß einen tiefen Seufzer aus. „Na sag' schon. Was soll ich machen?"

„Kannst du allein zum Haus von Marion Wolff fahren? Ich habe Sina versprochen, mit ihr ins Kino zu gehen. Wenn ich's nicht rechtzeitig schaffe, redet sie eine Woche nicht mit mir."

„Was läuft denn?", fragte Cem, der sich offensichtlich mit seinem Schicksal abgefunden hatte.

„Wicky und die starken Männer."

„Okay, du kannst mich an der Abzweigung zur Polizeiinspektion absetzen. „Den Rest schaffe ich dann schon zu Fuß."

„Danke Cem. Nimm bitte einen Kollegen von der Streife mit und ruf Thomas von der Spurensicherung an. Er soll einen seiner Jungs dort hinschicken. Vielleicht finden sie ja was Brauchbares. Ach ja, und sorg bitte dafür, dass sich jemand um diesen Höfer kümmert."

„Wird gemacht, Chefin!" Noch bevor Ilka etwas erwidern konnte, war Cem schon ausgestiegen. Sie sah ihm kurz nach, dann setzte sie den Blinker und gab Gas.

Kapitel 6

Samstagabend, 21. Oktober

Frustriert saß Ilka am Steuer ihres Fiat 500. Seit sie das Kino verlassen hatten, war kaum ein Wort über die Lippen ihrer Tochter gekommen. Sie lenkte den Wagen auf den Parkplatz neben dem Haus und stellte den Motor ab. Sie hatte es natürlich nicht rechtzeitig geschafft und so fanden die ersten zwanzig Minuten des Films ohne sie statt. Obwohl sie ahnte, dass Sina ihr das nicht so schnell verzeihen würde, wagte sie einen neuen Anlauf, um sich mit Sina zu versöhnen.

„Hast du Lust auf eine Runde Siedler?"

„Nicht so gern, Mama."

„Wir können auch was anderes machen. Wozu hättest du Lust?"

„Nicht böse sein, aber ich würde gern in mein Zimmer gehen." So schnell wollte Ilka nicht aufgeben.

„Sina, ich kann mir die Termine doch nicht aussuchen. Ich bin bei der Kriminalpolizei und wenn irgendwo etwas Schlimmes passiert, muss ich los!" Ilka konnte Sinas Anspannung förmlich spüren. Sie hockte auf dem Beifahrersitz, die Arme vor der Brust verschränkt und starrte stur nach vorn. Sie schien nur auf ein falsches Wort ihrer Mutter zu warten, um zu explodieren. Sina tat sich immer noch schwer, die Dinge so zu akzeptieren, wie sie nun einmal waren. Sie reagierte auf nahezu alles, was Ilka sagte oder tat mit Unverständnis und Ablehnung. Die unzähligen Versuche, mit Sina zu reden, endeten unweigerlich damit, dass ihre Tochter weinend davon stürmte und sich in ihrem Zimmer verkroch.

„Ich hab' dich doch lieb!"

Sina warf ihrer Mutter einen flüchtigen Blick zu, dann ließ

sie den Kopf wieder sinken.

„Ich dich auch, Mama", murmelte sie.

Ilka rückte dicht an sie heran. Ihre Hand strich leicht über Sinas Nacken. „Schau mich an, bitte..."

Sina tat es, aber es war deutlich zu spüren, dass sie sich nicht wohl dabei fühlte.

„Ist alles in Ordnung mit dir?"

„Ja, alles ist gut."

„Wirklich?"

„Ja, wirklich!" Kaum hatte Sina das letzte Wort gesprochen, war sie auch schon verschwunden.

Ilka sah auf die Uhr. Es war kurz nach 19.00 Uhr. Eigentlich war es noch zu früh für ein Glas Wein, aber sie hatte die Hoffnung, dass der Rotwein ihre Stimmung ein wenig heben würde. Sie goss sich ein Glas ein, setzte sich auf die Bank unter dem Rosenbogen und ließ ihren Blick über den Garten schweifen. Sie hatte ein halbes Jahr gebraucht, um den Garten wieder herzurichten. In dieser Zeit hatte sie die Beete vom Unkraut befreit, kleine Wege aus Natursteinen angelegt und die alles überwuchernden Rosen zurück geschnitten. Sie hatte sich ein kleines Paradies geschaffen, allein, ohne fremde Hilfe.

In den letzten Jahren hatte sie wie eine Besessene an ihrer Karriere gearbeitet. Sie hatte mehr erreicht, als sie sich je erträumt hatte; Oberkommissarin mit neununddreißig Jahren. Sie hatte versucht, allem gerecht zu werden, ihrer Arbeit bei der Kripo und Sina gegenüber. Was ihre Mutterrolle betraf, kamen ihr jetzt Zweifel.

Es war an der Zeit, mit Sina zu reden. Ilka lief ins Haus und stellte sich unten an die Treppe.

„Sina! Kommst du bitte mal runter?"

„Mama, muss das jetzt sein? Ich bin gerade am Zeichnen."

„Sina, bitte!" Sina erschien am Treppengeländer.

„Mama, ich räume den Geschirrspüler gleich aus, versprochen!" Die Stimme ihrer Tochter klang genervt. Ilka gab sich geschlagen. Unter diesen Voraussetzungen machte eine tiefgründige Diskussion überhaupt keinen Sinn. Sie nahm sich vor, es nachzuholen, sobald ihre Tochter in einer besseren Verfassung war. Ilka griff zum Telefon und wählte die Nummer ihrer Mutter. Sie wollte jetzt nicht allein sein.

****

Elfi, ihre Mutter, sah für ihre fünfundsechzig Jahre immer noch toll aus. Sie achtete sehr darauf, wie sie sich kleidete. An diesem Abend trug sie sportliche Jeans, eine weiße Bluse und eine apricotfarbene Strickjacke. Der fesche Kurzhaarschnitt und ein leichtes Make-up rundeten ihr perfektes Aussehen ab. Vielleicht war das einer der Gründe, warum sie nur Elfi genannt werden wollte. Sie war der Meinung, dass ihr richtiger Name Elfriede furchtbar altbacken klang und das war das Letzte, was sie sein wollte.

„Ich habe in der Zeitung von dem Mord gelesen", sagte Elfi, als Ilka mit einer Flasche Wein auf die Terrasse kam. „Kommt ihr gut voran?"

„Wir sind erst am Anfang der Ermittlungen", antwortete Ilka und füllte die Gläser. „Aber wir wissen jetzt wenigstens, wer die Tote war."

„Du musst sagen, wenn ich Sina zu mir nehmen soll."

Ilka presste die Lippen zusammen. In den letzten Wochen hatte Ilka die Hilfe ihrer Mutter öfter in Anspruch nehmen müssen, als ihr lieb war. Ilka kümmerte sich morgens um Sina, frühstückte mit ihr und wartete, bis eine Freundin Sina mit dem Fahrrad abholte. Erst dann fuhr sie ins Büro. Wenn Sina früher von der Schule kam, übernahm meist ihre Mutter das Mittagessen und die obligatorische Aufsicht während der Hausaufgaben.

Nach den Schulstunden, Hausaufgabenbetreuung und Kursen war Sina oft erst gegen halb vier zu Hause. Fulltimejob und das mit gerade einmal zehn Jahren. Ilka bezweifelte immer mehr, ob das Schulsystem in der heutigen Form die Kinder nicht überforderte.

Elfi sah ihre Tochter an.

„Wie läuft es eigentlich mit dir und Sina? Versteht ihr euch wieder?"

Ilka fuhr nervös durch ihr Haar. Ihr war klar gewesen, dass das Thema kommen würde. Im Moment konnte sie machen, was sie wollte. In den Augen ihrer Tochter machte sie alles falsch. Nichts konnte man ihr Recht machen. Trotz allem liebte Ilka ihre Tochter über alles. Ilka schaute hinaus in die Dunkelheit und schüttelte als Antwort den Kopf.

„Ihr solltet mal vernünftig darüber reden. Vielleicht wartet sie ja nur darauf, dass du ihr entgegen kommst."

Ilka seufzte. „Wenn es so einfach wäre, hätte ich es schon lange getan. Ich komme einfach nicht an sie heran."

„Nimm dir einfach mehr Zeit für sie", sagte Elfi kühl. Sie hatte nie einen Hehl daraus gemacht, dass sie der Karriere ihrer Tochter skeptisch gegenüber stand.

„Ich bekomme das schon irgendwie in den Griff", sagte Ilka nicht ohne Trotz.

„Das hast du von deiner Ehe auch behauptet", konterte Elfi.

„Ja, ich weiß", murmelte Ilka. Sie hatte von Anfang an gewusst, dass es nicht einfach werde, doch sie hatte nie daran gezweifelt, dass sie es schon irgendwie schaffe. Aber jetzt war ihr plötzlich zum Heulen zumute. Alte Erinnerungen kehrten zurück. Es waren nicht nur Erinnerungen an die letzten Wochen vor der Trennung, sondern auch an die Zeit, als sie und Tobias sich noch geliebt hatten. Ilka stand auf, lief ein paar Schritte Richtung Garten und wandte sich wieder ihrer Mutter zu.

„Tobias wusste von Anfang an, dass ich bei der Polizei war und dass es mein Ziel war, eines Tages für die Kripo zu arbeiten."

„Vielleicht war ihm damals noch nicht klar, was das bedeuten würde." Elfi nippte an ihrem Wein.

„Du weißt doch selbst, wie oft du unterwegs bist. Und wenn du dann endlich zu Hause bist, bringst du auch noch einen Berg Akten mit."

Ilka gab sich geschlagen. „Du hast ja recht, Mama. Ich werde mit Sina reden."

****

Mühsam öffnete Ilka am nächsten Morgen ihre Augen. Das letzte Glas Wein, das sie getrunken hatte, rächte sich jetzt. Sie war hundemüde.

Ilkas Hand berührte die warme Haut ihrer Tochter. Sie hatte nicht mitbekommen, wie Sina irgendwann in der Nacht zu ihr gekommen war. Vermutlich hatte sie wieder einen Albtraum. Ilka kuschelte sich an den Rücken ihrer Tochter. Noch fünf Minuten, dachte sie sich. Sie wollte nur noch fünf Minuten die Wärme ihrer Tochter spüren.

Kapitel 7

Montagmorgen, 23. Oktober

Als Ilka ins Büro kam, wartete Cem bereits auf sie. Er hockte vor dem aufgeschlagenen Ordner, den sie von Franziska Seidel bekommen hatte, in der linken Hand ein belegtes Brötchen, in der Rechten einen Becher Kaffee.

„Hast du schon was herausgefunden?", wollte Ilka wissen.

„Eine ganze Menge, wenn du mich fragst." Cem trank einen Schluck Kaffee. „Ich habe den halben Sonntag damit verbracht, diesen Ordner durchzulesen." Er klopfte demonstrativ auf den Ordnerdeckel, um seinen Worten Nachdruck verleihen.

„Marion Wolff hatte vor anderthalb Jahren einen Autounfall. Kiefer- und Armbruch. Ich habe die Röntgenbilder gleich zu Anna in die Gerichtsmedizin geschickt."

Ilka zögerte kurz, dann griff sie zum Hörer.

„Anna? Hier ist Ilka. Hast du schon was herausgefunden?" Ilka nickte Cem zu.

„Das habe ich mir gedacht. Danke Anna."

Ilka legte auf. „Es ist Marion Wolff."

„Dann hätten wir jetzt das Opfer", sagte Cem, stand auf und goss sich Kaffee nach. „Und vielleicht kann ich den Mörder gleich mitliefern!"

Ilka glaubte ihren Ohren nicht zu trauen.

„Was sagst du da?"

„Du wirst es nicht glauben", sagte Cem, „aber Marion Wolff war vor zehn Jahren Zeugin in einem Prozess. Ihre Aussage hat einen gewissen Dennis Höfer ins Gefängnis gebracht." Ilka schnalzte mit der Zunge.

„Er saß die ganzen zehn Jahre ab", fuhr Cem fort. „Angeblich soll er seine Frau Susanne Höfer erwürgt haben. Er war an jenem Abend so betrunken, dass er sich an nichts erinnern konnte. Das jedenfalls hat er damals zu Protokoll gegeben. Marion Wolff dagegen hat ausgesagt, dass es einen heftigen Streit zwischen Höfer und seiner Frau gegeben und dass sie gesehen hat, wie er sie geschlagen hat. Am nächsten Morgen wurde Susanne tot aufgefunden!" Nach einer kurzen Pause fügte Cem hinzu: „Erst vor wenigen Tagen ist er entlassen worden. Ich habe vorsichtshalber mal die Prozessakte angefordert. Vielleicht bringt die uns ja weiter."

Ilka atmete tief durch. „Ein ehemaliger Häftling, eine tote Zeugin. Das passt zusammen!"

„Das passt viel zu gut zusammen", warf Cem ein. „Sei mal ehrlich. Würdest du so handeln, wenn dir klar wäre, dass der Verdacht sofort auf dich fallen würde?"

„Er war zehn Jahre im Knast", sagte Ilka. „Wer weiß, was sich da alles in ihm aufgestaut hat. Wenn er es damals wirklich nicht war, dann hat er wahrscheinlich in all den Jahren an nichts anderes als an Rache gedacht. Wäre nicht das erste Mal."

Sie zögerte einen Moment, dann sagte sie: „Okay, Cem. Bring ihn her und wenn du ihn nicht findest, lass nach ihm fahnden!"

„Die Fahndung läuft seit gestern Abend."

„Du überraschst mich immer wieder, Cem."

„Sind wir ein Team oder nicht?" Er hielt ihr seine flache Hand entgegen. Ilka klatschte lächelnd ab.

„Cem, versuche bitte, Lisa Wolff zu erreichen. Sie soll so schnell wie möglich nach Deutschland kommen." „Übrigens, bevor ich's vergesse. Als ich gestern in Marion Wolffs Haus war, ist mir eine Sache sofort aufgefallen. Das Haus ist nicht nur von außen ein Prachtstück, sondern es ist auch ziemlich nobel eingerichtet. Alles vom Feinsten. Ist mir schleierhaft, wie sie sich das alles leisten konnte. Ich hätte nie gedacht, dass ein Reisebüro soviel abwirft!"

„Wie meinst du das, Cem?", fragte Ilka.

„Überleg doch mal. Ein nagelneuer Landrover, ein tolles Haus mit allem drum und dran und eine Tochter, die in den Staaten studiert hat... nicht schlecht, oder?"

„Merkwürdig ist es schon", gab Ilka zu und deutete zum Ordnerstapel, den Cem aus dem Haus von Marion Wolff holen ließ. „Hast du irgendetwas in den Unterlagen gefunden?" Cem schüttelte den Kopf.

„Keine Erbschaft, kein Lottogewinn, keine größeren Kontobewegungen, absolut nichts. Das Haus ist abbezahlt und für den Landrover hat sie 10.000 Euro angezahlt und den Rest zahlt sie in Raten. Das hält sich alles im Rahmen."

„Vielleicht kann uns ihre Tochter mehr sagen", hoffte Ilka.

Cem hatte schon den Telefonhörer in der Hand, als die Tür aufging. Der Mann, der beinahe den ganzen Türrahmen ausfüllte, trug Jeans, ein Kapuzenshirt und Turnschuhe.

„Dennis Höfer." Cem sah zu ihm, dann zu Ilka, erst dann fiel ihm auf, dass er den Hörer immer noch in der Hand hielt. Er legte ihn auf, während er Dennis Höfer nicht aus den Augen ließ. Ilka war die erste, die sich wieder gefangen hatte. Sie deutete auf den Stuhl vor ihrem Schreibtisch.

„Bitte setzten Sie sich, Herr Höfer." Ilka musterte ihr Gegenüber für einen Moment. Ihr war der spöttische Zug um seine Mundwinkel nicht entgangen. Er war sich seiner Sache sicher, überzeugt davon, dass man ihm nichts anhängen konnte.

„Sie kommen nach zehn Jahren aus dem Gefängnis und haben nichts Besseres zu tun, als Marion Wolff anzurufen. Warum? Was wollten Sie von ihr?"

„Ich wollte ihr nur sagen, dass ich die zehn Jahre im Knast überlebt habe! Aber sie war leider nicht da." Der Zynismus in seiner Stimme war nicht zu überhören. Cem wurde unruhig. „Was wollten Sie wirklich von ihr?"

„Ich wollte nur wissen, wie es sich mit der Gewissheit leben lässt, jemanden unschuldig ins Gefängnis gebracht zu haben!"

„Haben Sie noch einmal versucht sie anzurufen oder sie zu treffen?", fragte Ilka.

„Nein, dazu kam es nicht mehr", sagte Höfer emotionslos. „Ich habe aus der Zeitung erfahren, dass sie umgebracht wurde."

„Wo waren Sie am Freitag zwischen 19 und 20 Uhr?", wollte Ilka wissen.

„Keine Ahnung. Bin einfach durch die Straßen gezogen, war lange am Grab meiner Frau."

„Sie haben also kein Alibi für die Tatzeit."

„So sieht es wohl aus!"

Cem rückte näher an Höfer heran. „Wo wohnen Sie im Moment, Herr Höfer?"

„Bei einem Typen, den ich aus dem Knast kenne. Er ist ein halbes Jahr vor mir entlassen worden."

„Wie heißt dieser Typ und wo wohnt er?"

„Nico, Fischerstraße 26. Den Nachnamen habe ich vergessen." Die Gleichgültigkeit in seinen Augen erschreckte Ilka. Er schien tatsächlich mit allem abgeschlossen zu haben, aber machte ihn das deswegen gleich zum Mörder?

Cem hatte endgültig genug. Er sprang auf, schob den Stuhl von sich und baute sich vor Höfer auf.

„Hören Sie! Das hier ist kein Spiel! Sie haben ein perfektes Motiv und nicht die Spur eines Alibis!" Ein kaltes Lächeln umspielte Höfers Mundwinkel.

„Einem ehemaligen Häftling glaubt man doch sowieso nicht", sagte er gleichgültig. Dann wandte er sich an Ilka, die, mit dem Rücken an die Wand gelehnt, der Vernehmung gefolgt war.

„Würde mich wundern, wenn Sie eine Ausnahme wären."

Ilka hatte Höfer die ganze Zeit nicht aus den Augen gelassen. Seine Reaktionen auf Cems Fragen waren eindeutig. Kein Zweifel, er meinte es so, wie er es sagte. Doch war er wirklich so gefühllos, so kalt wie er sich ihnen gegenüber gab?

„Marion Wolff hat damals im Prozess gegen Sie ausgesagt. Stimmt das?"

„Ich weiß nicht, warum sie es getan hat und wer sie dafür bezahlt hat. Ich weiß nur, dass sie gelogen hat." Er hielt kurz inne, bevor er weiter sprach. „Angeblich ist sie an dem Abend mit ihrem Hund Gassi gegangen, ausgerechnet an dem Abend und ausgerechnet an unserem Haus vorbei. Sie will gesehen haben, dass wir einen heftigen Streit hatten und ich meine Frau geschlagen habe. Ich habe Susanne nie wehgetan, nie, verstehen Sie?"

Plötzlich sprang Höfer auf.

„Sie hat gelogen und dafür musste ich in den Knast."

Cem packte Höfer an der Schultern.

„Setzen Sie sich!" Widerwillig kam Höfer der Aufforderung nach. Er presste die Lippen aufeinander, dann fragte er:

„Stört es Sie, wenn ich rauche?" Normalerweise hätte Ilka Höfers Wunsch abgelehnt, doch sie spürte, dass die eisige Maske, hinter der er sich versteckte, allmählich schmolz.

„Nein, es stört mich nicht", sagte sie und schob ihm eine Untertasse entgegen. Höfer zündete sich eine Zigarette an und blies den Rauch in die Luft. Mit versteinerter Miene starrte er Ilka an.

„Wie kommen Sie darauf, dass sie für die Falschaussage bezahlt wurde?" hakte Ilka nach. Höfer gab ein zynisches Lachen von sich. „Warum hätte sie es sonst tun sollen? Ich kannte diese Frau überhaupt nicht."

„Und Sie haben nicht die geringste Ahnung, wer hinter

dieser Sache stecken könnte?"

Höfer schüttelte den Kopf. „Nein, nicht die geringste. Ich hatte gehofft, dass sie mir alles erzählt, wenn ich ihr ein wenig Angst einjage, aber anscheinend ist mir jemand zuvor gekommen."

„Und wer könnte das gewesen sein?"

Höfer lächelte kühl und warf Ilka einen mitleidigen Blick zu. „Das herauszufinden ist Ihre Aufgabe, Frau Oberkommissarin."

„Danke für den Hinweis", entgegnete Ilka ebenso kühl, doch in ihrem Inneren sah es anders aus. Sie hatte gehofft, ihn aus der Reserve zu locken. Doch allein das hasserfüllte Funkeln in seinen Augen machte ihr Angst.

„Herr Höfer", sagte sie in scharfem Ton. „Wir reden hier über einen Mord und es wäre ein Leichtes für mich, Sie festzunehmen."

„Dann tun Sie, was sie nicht lassen können", erwiderte er ungerührt. „Es macht mir nichts mehr aus." Für einen Moment trafen sich ihre Blicke. Jeder fixierte den anderen, dann wandte sich Ilka von ihm ab, ging zu ihrem Ledersessel und ließ sich hineinfallen. Ilka war klar, dass sie so nicht weiterkam, dass sie nicht an Höfer herankommen würde, ohne die Taktik zu wechseln.

„Wenn ich einen geliebten Menschen verliere", begann Ilka, „möchte ich wissen, wie, wodurch und vor allem von wem er umgebracht worden ist. Wollen Sie nicht endlich die Wahrheit erfahren? Wollen Sie nicht wissen, warum Ihre Frau sterben musste?" Ilkas Worte verfehlten ihre Wirkung nicht. Höfer senkte seinen Blick zu Boden.

„Tief in Ihrem Inneren", fuhr Ilka fort, „sind Sie nicht so kalt und herzlos, wie Sie sich geben."

„Woher wollen Sie das wissen?", giftete Höfer zurück.

„Ich weiß es eben."

Höfer lachte höhnisch auf. „Und Sie glauben wirklich, dass Sie den Mörder finden? Dass es eine Art Gerechtigkeit gibt? Ich werde diese Stadt jedenfalls nicht verlassen, bevor ich meine Mission erfüllt habe." Sein kalter Blick irritierte sie. Aber sie konnte nicht darauf warten, dass er selbst das Spiel in die Hand nahm. Sie trat vor seinen Stuhl und sah ihn forsch an.

„Wenn Sie jetzt den unbarmherzigen Rächer spielen, sind Sie schneller wieder im Knast, als Sie glauben."

„Dafür müssten Sie Beweise haben, doch die werde ich Ihnen nicht liefern." Ilka hatte keine andere Reaktion erwartet.

„Ja", erwiderte Ilka ohne Zögern. „Und ich verspreche Ihnen, dass wir den Mörder Ihrer Frau finden."

Für Sekunden trat Stille ein. Doch dann, als Höfer wieder ihren Blick suchte, bemerkte sie zum ersten Mal einen Hauch von Unsicherheit. Sein Blick wirkte nicht mehr so kühl und stechend wie zuvor.

„War's das, Frau Oberkommissarin?"

„Ja, Sie können gehen." Cem blickte sie irritiert an, zog sie ein Stück beiseite und flüsterte: „Du willst ihn gehen lassen?" Ilka antwortete nur mit einem wortlosen Nicken. Was blieb ihr denn anderes übrig? Cem konnte es kaum erwarten, bis Höfer das Büro verlassen hatte.

„Ilka, warum lässt du ihn gehen?"

„Sei mal ehrlich. Was haben wir denn gegen ihn in der Hand? Du kennst den Staatsanwalt. Den Haftbefehl kriegen wir nie durch! Wenn Höfer der Täter wäre, müsste er irgendwie zum Tatort hingekommen sein. Wir haben nicht mal den Ansatz von Spuren in Marion Wolffs Auto entdeckt. Aber mal angenommen, er war's, wie ist er zurückgekommen?"

Cem stöhnte plötzlich auf, als hätte er eine Eingebung bekommen.

„Ich glaube, ich weiß, was jetzt kommt", sagte er mit gequältem Gesichtsausdruck. Ilka konnte sich ein Lächeln nicht verkneifen.

„Die Chance ist zwar minimal, aber wir müssen alle Taxiunternehmen und Autovermietungen in der Umgebung abklappern. Vielleicht kann sich irgendjemand an Höfer erinnern oder an einen anderen Fahrgast, den er in der Nähe abgesetzt oder aufgenommen hat. Machst du das bitte?"

Cem nickte, begleitet von einem tiefen Seufzer.

„Überprüfe auch diesen Nico, fragt ihn, ob Höfer irgendetwas ihm gegenüber erwähnt hat." Ilka zog ihre Lederjacke an. „Und ruf mich bitte an, wenn Lisa Wolff hier ist. Wir brauchen dringend ihre Aussage!"

Kapitel 8

Montagabend, 23. Oktober

Ilka stellte ihren Wagen im Parkhaus ab und ging über die Straßenbrücke hinweg in die Fußgängerzone. Es dauerte keine zehn Minuten, bis sie vor der Tür des Cafés stand. Sie hielt einen Augenblick inne und atmete tief durch. Wie fängt man eine Unterhaltung mit jemandem an, dessen Frau zum Sterben nach Hause gekommen war? Sie hatte Angst, etwas Falsches zu sagen.

Stefan sah sie im selben Augenblick, in dem sie das Café betrat. Er war wie immer ganz in schwarz gekleidet; Anzug, Oberhemd, Socken und Schuhe, alles in schwarz. Normalerweise sah man ihm seine fünfundfünfzig Jahre nicht an, doch jetzt wirkte sein Gesicht eingefallen und blass. Ilka fiel sofort auf, dass er stark abgenommen hatte. Er stand auf und lächelte zaghaft.

„Danke, dass du gekommen bist."

„Schön, dich zu sehen, Stefan." Er winkte die Bedienung zu sich. „Ich hätte gern einen Capuccino und du, Ilka?"

„Für mich auch, danke." Stefan schaute der Bedienung hinterher. Er wirkte gedankenverloren.

Ilka wartete, bis er sein Gesicht wieder zu ihr drehte. „Wie geht's Christa?"

„Die Chemo hat nicht angeschlagen", sagte er leise. „Sie ist jetzt zu Haus und schläft viel, wegen der Medikamente."

„Es tut mir wahnsinnig leid", sagte sie leise und schob ihm ihre Hand entgegen. „Nimm dir alle Zeit der Welt. Wir schaffen das schon irgendwie." Er legte seine Hand auf die ihre. „Danke, Ilka."

Er wartete, bis die Getränke an den Tisch gebracht wurden,

dann holte er tief Luft und sagte: „Aber wenn sie aufwacht, bin ich da. Wir reden viel, über alte Zeiten, über Dinge, die wir uns schon immer sagen wollten. Es klingt blöd, aber ich habe das Gefühl, dass Christa und ich uns noch nie so nah waren wie jetzt!"

„Nein, das klingt ganz und gar nicht blöd", sagte Ilka.

Stefan nippte am Capuccino und stellte die Tasse ab. Er starrte auf seine Hände, drehte seinen Ehering um den Finger.

„Wie läuft es bei euch? Kommt ihr gut voran?" Ilka erzählte ihm in groben Zügen, was sich in den letzten Tagen ereignet hatte.

„Ich glaube nicht, dass es Höfer war", sagte sie abschließend. „Er wollte ihr nur Angst machen, ihr das Leben zur Hölle machen, so wie sie es mit ihm getan hat. Aber sie einfach geradewegs umbringen?"

„Nein, glaube ich auch nicht", stimmte Stefan zu. „Ich meine, das wäre wirklich nicht das erste Mal, dass jemand aus dem Knast kommt und ruck zuck wieder drin ist. Aber so, wie du ihn mir beschreibst, trifft das eher nicht zu."

Stefan Breuer überlegte weiter: „Steckt das Reisebüro in Schwierigkeiten?"

„Nein, laut Unterlagen läuft das Reisebüro zwar nicht glänzend, aber doch zufriedenstellend. Ihr ging es aber trotzdem sehr gut. Sie fuhr einen nagelneuen Landrover, besaß ein tolles Haus und hat so ganz nebenbei noch das Studium ihrer Tochter in Kalifornien finanziert."

„Und ihr wisst nicht, woher sie das viele Geld hat?"

„Nein", bedauerte Ilka. „Ich hoffe, dass wir von ihrer Tochter Lisa mehr erfahren." Während er darüber nachdachte, massierte er sich mit einer Hand seinen Nacken.

„Woran denkst du gerade, Stefan?" Ilka spürte, wie sehr er die Polizeiarbeit vermisste. Seine Augen waren plötzlich wacher, die Schultern gestrafft.

„An den Prozess, von dem du erzählt hast. Ich werde das Gefühl nicht los, dass dahinter mehr steckt, als wir im Moment wissen. Lass dir mal die Akte kommen. Irgendwas ist da faul. Mach den damaligen Staatsanwalt ausfindig und vor allem den Verteidiger von Höfer. Vielleicht bringt uns das weiter."

„Cem ist schon auf der Suche", sagte Ilka, „und die Prozessakten hat er auch schon angefordert." Ilka schaute zu Stefan, der den letzten Schluck nahm und die leere Tasse von sich schob.

„Noch einen Capuccino?"

Stefan warf einen kurzen Blick auf die Uhr und zuckte mit den Achseln.

„Sei mir nicht böse, Ilka, aber ich muss jetzt los. Ich möchte bei ihr sein, wenn sie aufwacht."

„Es war schön, mit dir zu reden", sagte Ilka und hatte Mühe, die aufsteigenden Tränen zu unterdrücken. „Grüße Christa ganz, ganz lieb von mir, ja?"

„Klar, mach' ich", sagte er, dann ging er zwischen den eng stehenden Tischen und Stühlen hindurch zur Tür.

****

Ilka hatte ihre Jacke noch nicht ausgezogen, als Sina aus der Küche direkt auf die Treppe zulief.

„Hallo Sina."

„Hallo, Mama." Jetzt oder nie, dachte sich Ilka.

„Was hältst du davon, wenn wir uns eine Pizza bestellen?"

„Eine mit Schafskäse, Peperoni und Oliven", rief Sina ihr zu, dann war sie auch schon in ihrem Zimmer verschwunden. Immerhin keine Abfuhr, wie beim letzten Mal, sagte sich Ilka und wählte die Nummer des Pizza-Service.

****

Eine halbe Stunde später saßen sie am Küchentisch vor ihren Pizzen. „Ich würde gern mit dir reden", sagte Ilka zwischen zwei Bissen. Sina machte große Augen.

„Ist irgendwas passiert?"

„Nein, ist es nicht", sagte Ilka zögernd, „ich wollte mich nur mal wieder mit dir unterhalten."

„Mach' es nicht so kompliziert, Mama", sagte Sina ungeduldig.

„Ich möchte, dass wir uns wieder so gut verstehen wie früher." Sina wollte sich gerade ein Stück in den Mund schieben, doch jetzt legte sie es zurück auf den Teller.

„Ja, das möchte ich auch", sagte sie schließlich. Sie schob den Teller von sich und sah ihre Mutter nachdenklich an.

„Tut mir leid, dass ich mich in letzter Zeit so blöd benommen habe", murmelte Sina und drehte eine Haarsträhne um ihren Finger. „Ich war einfach sauer, weil du so oft weg bist und dass sich Papa nicht mehr meldet."

„Er meldet sich bestimmt bald", sagte sie, obwohl sie nicht daran glauben konnte. Es wäre nicht das erste Versprechen, das er nicht halten würde.

„Weißt du, wo er im Moment ist?"

„Nein, und wenn, dann hätte ich es dir erzählt."

„Sonst hat er mir regelmäßig geschrieben", sagte Sina traurig.

„Ja, du hast Recht", stimmte Ilka ihrer Tochter zu. „Merkwürdig ist es schon." Ilka wusste, wie gefährlich die Arbeit von Tobias war. Er war immer dort, wo das Elend am größten war. Immer wieder kam es vor, dass Konvois mit Hilfsgütern und Medikamenten überfallen, dass Menschen, die nur helfen wollten, getötet wurden. Aber daran wollte sie jetzt nicht denken. Wahrscheinlich hat es ihn nur an einen Ort verschlagen, an dem er keine Möglichkeit fand, mit der Außenwelt Kontakt aufzunehmen.

„Vielleicht kann ich herausfinden, wo er gerade ist", sagte Ilka zögerlich.

„Das würdest du tun?" fragte Sina mehr als erstaunt.

„Natürlich, Schatz. Wir haben uns getrennt, aber er bleibt dein Vater. Und daran wird sich auch nichts ändern."

„Ich habe dich lieb, Mama", sagte Sina, sprang von ihrem Stuhl auf und drückte Ilka einen Kuss auf die Wange.

Kapitel 9

Dienstag, 24. Oktober

Kaum hatte sie sich einen Kaffee eingegossen, kam Cem ins Büro.

„Hallo Ilka!" Er warf die Jacke über den Stuhl und schaute sie fragend an. „Du siehst müde aus. Alles in Ordnung?"

„Geht so, und bei dir?"

„Na ja, wie man sich so fühlt, wenn man die halbe Nacht in Ordnern herum wühlt!"

„Hat es sich wenigstens gelohnt?" Cem goss sich einen Kaffee ein, setzte sich verkehrt herum auf den Stuhl und legte seine Arme auf die Lehne.

„Höfer wurde damals von einem gewissen Axel Steinberger vertreten. Er hat ein Rechtsanwaltsbüro in der Innenstadt. Ich habe in seiner Kanzlei angerufen, habe aber nur seine Sekretärin, Frau Paulsen, erwischt. Sie sagte, dass er einen Termin außerhalb hätte und heute nicht ins Büro kommen würde. Bei ihm zu Hause sprang auch nur der Anrufbeantworter an."

„Und was ist mit dem Staatsanwalt?"

Cem zuckte mit den Schultern. „Sorry Ilka, aber der ist vor zwei Jahren gestorben!" Er trank einen Schluck Kaffee und fügte hinzu: „Bevor du mich danach fragst: ja, ich habe Lisa Wolff erreicht, gestern Abend. Sie ist gleich zum Flughafen gefahren." Cem warf einen Blick auf die Uhr. „Wenn alles glatt gegangen ist, müsste sie heute noch hier sein. Sie hat den ersten Flieger bekommen. Die Kollegen von der Streife wissen Bescheid. Sie holen sie vom Flughafen ab."

„Sehr gut", sagte Ilka anerkennend. „Du wirst immer besser!"

„Ja, das sehe ich genauso!" Er grinste wie ein Honigkuchenpferd. „War noch was?"

„Wie sieht's mit diesem Nico aus?"

„Höfer wohnt tatsächlich bei ihm", sagte Cem. „Aber ein Alibi konnte er ihm nicht geben. Höfer kommt und geht, genau wie dieser Nico, keiner weiß so genau, was der andere macht. Falls sie nicht gemeinsam um die Häuser ziehen." Ilka stieß einen unüberhörbaren Seufzer aus.

„Wenn unser Chef erfährt, dass wir einen Ex-Häftling ohne Alibi wieder laufen lassen haben, wird er uns zerfleischen." Cem stellte die Tasse auf den Schreibtisch und ging ans Fenster.

„Ja, wahrscheinlich, aber ich glaube auch nicht, dass er so blöd ist, so einen Scheiß zu machen, um gleich wieder in den Knast zu wandern. Und dieses Mal wäre es vermutlich für immer. Trotzdem werde ich nicht schlau aus ihm. Er spielt den knallharten Hund, aber das ist er nicht."

„Wie meinst du das?"

„Er hat seine Frau verloren und dann wird er dafür auch noch zehn Jahre weggesperrt. Stell dir vor, er war es damals wirklich nicht. Wie würdest du an seiner Stelle reagieren?"

„Verbittert!", sagte Ilka spontan. Es war das erste, was ihr in den Sinn kam.

„Ja, denke ich auch", stimmte Cem zu. „Ich bin mit der Akte noch nicht ganz durch, aber so wie es aussieht, war tatsächlich Marion Wolff das Zünglein an der Waage. Ihre Aussage brachte ihn letztendlich hinter Gitter. Und obwohl die ganze Beweislage auf wackeligen Füßen stand, gab es seitens seines Anwalts keine Berufung."

Sie drehten sich im Kreis und das seit ein paar Tagen. Sie kamen nicht wirklich voran, um genauer zu sein gar nicht. Die Situation nervte Ilka allmählich. Bislang hatten sie nur einen Verdächtigen, der obendrein noch ein perfektes Motiv hatte. Ilka konnte sich mit dem Gedanken nicht anfreunden.

Doch allmählich musste sie Ergebnisse präsentieren. Ilka wusste nur zu gut, wie aufbrausend Dannenberg werden konnte. Wenn alles gut lief, war er ein angenehmer Zeitgenosse, doch wenn nicht, dann konnte er richtig unangenehm werden.

„Und was machen wir jetzt?", fragte Ilka. Eine Spur von Resignation lag in ihrer Stimme. Bevor Cem antworten konnte, klopfte es an der Tür. Als Lisa Wolff mit einem Beamten der Streifenpolizei das Büro betrat, machte Cem große Augen. Trotz des langen Fluges sah sie nicht besonders müde aus. Passend zu ihrer Modelfigur trug sie eine weiße Leinenhose und ein rosafarbenes T-Shirt. Ihre langen, strohblonden Haare hatte sie zu einem Pferdeschwanz gebunden. Cem war so angetan von Lisa, dass er ihr kaum von der Seite wich. Ilka packte Cem am Ärmel, zog ihn ein Stück beiseite und wandte sich selbst Lisa Wolff zu.

„Frau Wolff, danke, dass Sie so schnell kommen konnten."

„Wissen Sie schon, wer es getan hat?" Lisa wirkte gefasst, als hätte sie sich mit dem Tod ihrer Mutter längst abgefunden. Ihre Trauer hielt sich in Grenzen, soviel konnte Ilka schon sagen.

„Nein, noch nicht", sagte Ilka. „Können Sie uns sagen, wo wir Ihren Vater finden können?"

„Meinen Vater?" Ein spöttisches Lächeln huschte über ihre Lippen. „Der ist irgendwo in Asien. Er hat Mutter verlassen, als ich fünf war. Ein paar Jahre hat er noch für mich bezahlt, danach kam gar nichts mehr. Ich weiß nicht einmal, ob er noch lebt."

„Könnte es sein, dass Ihre Mutter noch Kontakt zu ihm hatte?" Lisa schüttelte den Kopf.

„Nein, ich glaube nicht. Sie hätte es mir sicher geschrieben."

„Wie war Ihr Verhältnis?", wollte Ilka wissen.

„Distanziert, würde ich sagen. Wir hatten wenig Kontakt, seit ich in den Staaten bin."

„Wie lange sind Sie schon drüben?"

„Seit vier Jahren."

„Warum gerade Kalifornien?"

„Es war Mutters Wunsch, dass ich im Ausland studiere. Sie hat auch alles bezahlt."

„Haben Sie sich nie gewundert, woher sie das viele Geld hatte?"

„Wie meinen Sie das?"

„Ihre Mutter hat nicht schlecht gelebt. Ein schönes Haus, ein teures Auto und eine Tochter, die im Ausland studiert. Und das alles mit den eher überschaubaren Einkünften des Reisebüros."

„Keine Ahnung, woher sie das Geld hatte. Aber schlecht ging es uns nie. Selbst als sie das Reisebüro noch nicht hatte." Ilka ließ Lisa Wolff nicht aus den Augen. Sie hoffte, irgendeine Reaktion, eine winzige Geste oder Unsicherheit zu entdecken, doch Lisa wirkte cool und abgeklärt und ließ keine Schwäche erkennen. Cem reichte ihr eine Tasse Kaffee, die sie dankend annahm.

„Was hat sie denn davor gemacht?"

„Sie war Sekretärin bei der Reederei Peters", antwortete Lisa. „Sie hat damals für den Juniorchef gearbeitet."

„Warum hat sie da aufgehört?"

Lisa hob die Schultern. „Das weiß ich nicht. Die Gründe hat sie mir nie genannt."

„Werden Sie im Haus ihrer Mutter bleiben?"

„Ja, solange, bis ich hier alles geregelt habe. Dann fliege ich wieder rüber."

„Gut, Frau Wolff, ich denke, das genügt für heute", sagte Ilka. „Soll ich Ihnen ein Taxi rufen?"

„Ich muss sowieso in die Richtung", schlug Cem mit einem

charmanten Lächeln vor. „Ich kann Sie mitnehmen, wenn Sie möchten!"

Ilka musste ein Lächeln unterdrücken, denn sie wusste, dass er eigentlich am anderen Ende der Stadt wohnte. Cem war wieder voll in seinem Element.

„Ja, das wäre nett", sagte Lisa.

Kapitel 10

Mittwoch, 25. Oktober

Als Ilka an diesem Morgen zum zweiten Mal die Augen aufschlug, war es bereits kurz nach neun. Sie hätte sich nicht wieder hinlegen sollen, nachdem sie das Frühstück zubereitet und wie jeden Morgen mit ihrer Tochter am Tisch gesessen hatte, bis sie von einer Schulfreundin abgeholt wurde. Eigentlich hätte sie bereits seit einer Stunde hinter ihrem Schreibtisch sitzen müssen.

Auf dem Weg ins Bad wählte sie Cems Nummer, sagte ihm, dass sie direkt zu Daniel Peters fahren würde und bat ihn, sich um Höfers damaligen Anwalt Steinberger zu kümmern. Frisch geduscht und mit geputzten Zähnen kochte sie sich einen Tee und ging auf die Terrasse. Jetzt kam es auf eine Viertelstunde mehr oder weniger auch nicht mehr an.

Es hatte in der Nacht geregnet. Der Himmel war eine einzige graue Masse, nur am Horizont war ein schmaler, bläulicher Streifen zu erkennen. Es war kalt geworden, viel kälter, als sie erwartet hatte. In diesen Tagen fühlte sie sich nicht wohl in ihrer Haut. Vieles war einfacher gewesen, als sie noch mit Tobias zusammen gewesen war, obwohl er auch damals schon oft durch die Welt gereist war.

Anfangs hatte Ilka den Gedanken an eine endgültige Trennung verdrängt, weil sie tief im Inneren hoffte, dass er zur Besinnung kommen würde, doch diese Hoffnung hatte sie längst begraben. Unter normalen Umständen wäre sie sogar stolz auf Tobias gewesen. Er hatte bei dem, was er tat, nicht eine Sekunde an seine Karriere oder gar das steigende Ansehen in der Gesellschaft gedacht. Es war allein seine tiefe Überzeugung, Menschen in Not zu helfen, die ihn fortgetrieben hatte. Das ehrte ihn, obwohl es immer noch wehtat. Am Ende hatte sie um ihre Versetzung nach Stade gebeten.

Obwohl die Kriminalinspektion in Stade auf dem ersten Blick nicht gerade ein beruflicher Fortschritt für sie war, zweifelte sie nicht daran, dass es die richtige Entscheidung war. Der Entschluss, den Job in der beschaulichen Kleinstadt an der Schwinge anzunehmen, hatte nichts mit der Karriere zu tun. Sie wollte einfach nur raus aus ihrem früheren Leben.

Außerdem war Ilka glücklich, ihrer Mutter wieder nah zu sein. Die Distanz zwischen Berlin und Harsefeld hatte viel von dem innigen Verhältnis früherer Tage zerstört. Jetzt war alles perfekt, jedenfalls was die Beziehung zu ihrer Mutter betraf. Tobias war so mit sich und seiner eigenen Welt beschäftigt, dass sie sich noch nicht einmal auf einen Scheidungstermin festgelegt hatten.

Doch daran wollte sie jetzt nicht denken. Sie trank einen Schluck Tee und schaute gedankenverloren über die Wiesen. „Du schaffst das", sagte sie zu sich. „Du musst das schaffen, Ilka." Danach fühlte sie sich ein wenig besser.

Eine halbe Stunde später verließ Ilka das Haus. Sie ließ den Motor an und warf einen kurzen Blick auf die Straßenkarte. Es gab zwei Möglichkeiten, die sie ans Ziel bringen würden, die Bundesstraße oder der Weg am Deich entlang durch die Dörfer. Ilka brauchte nicht lange zu überlegen. Dafür liebte sie die Elbe viel zu sehr. Der Ort Grünendeich lag tatsächlich an einem mit Gras bewachsenen Deich, der dem Hinterland Schutz vor dem Hochwasser der Elbe geben sollte. Nach der schweren Sturmflut von 1962 hatte man weite Teile des Deiches erneuert und um einiges höher gelegt. Von der Straße aus konnte man nicht einmal die Aufbauten der riesigen Containerschiffe sehen, die Tag für Tag dem Hamburger Hafen entgegenfuhren. Es dauerte nicht mehr lange, bis die ersten Herbststürme über den Norden fegen und die Flut das Wasser in Richtung Hamburger Hafen treiben würde.

Ilka hatte schon viele Stunden am Elbufer verbracht. Sie liebte es, am Wasser entlang zu gehen, sich den Wind um die Ohren wehen zu lassen und die riesigen Containerschiffe, die Queen Mary 2 oder eines der Aida-Kreuzfahrtschiffe zu bewundern.

Aber im Moment stand ihr nicht der Sinn danach. Sie hatte es mit einem Mord zu tun, der grausamer war als alles, was sie zuvor bei der Kripo erlebt hatte.

Ilka fuhr Richtung Altes Land und wie für sie bestellt, tuckerte ein Trecker mit zwei Anhängern vor ihr her. Bei dem Gegenverkehr und den unzähligen Kurven gab es keine Chance zu überholen. Ilka atmete erleichtert aus, als sie links abbiegen konnte, während der Trecker geradeaus weiter fuhr.

Das Anwesen der Reederfamilie war durch hohe, mit Efeu berankte Mauern geschützt. Reichtum macht einsam, dachte sich Ilka, dann drückte sie den Knopf der Sprechanlage.

Ein Knacken ertönte. „Ja, bitte?"

„Ilka Hansen, Kripo Stade. Herr Peters?"

„Ja, was kann ich für Sie tun?"

„Hätten Sie Zeit, mir ein paar Fragen zu beantworten?"

„Ja, ja sicher. Fragen Sie nur."

„Würden Sie mich bitte reinlassen? Es dauert nicht lange."

Es surrte, dann öffnete sich das Eisentor automatisch. Ilka ging über die natur belassenen Steinplatten zum Haus. Das Anwesen war gesichert wie die Bank von England. Die vielen Videokameras und Bewegungsmelder waren nicht zu übersehen. Das Haus bestand aus weißen Klinkersteinen, Sprossenfenstern und die dunkelblauen Dachpfannen glänzten in der Sonne. Rechts daneben befand sich eine Doppelgarage mit offen stehenden Toren. Ilka erkannte einen Mercedes Geländewagen und einen schwarzen Porsche. Es hätte nur noch gefehlt, dass jetzt der Gärtner mit einem Aufsitzmäher um die Ecke kam, um die riesigen Grasflächen zu stutzen. Der Gärtner kam dann doch nicht, aber dass es für dieses imposante Anwesen einen gab, stand für Ilka außer Frage. Hier herrschte Luxus pur.

Daniel Peters erwartete sie bereits an der Haustür.

„Darf ich fragen, worum es sich handelt?" Ilka sah hinter ihm ein Mädchen mit Zöpfen über den Flur hüpfen.

„Können wir irgendwo ungestört reden?"

„Ja, sicher", sagte er leicht irritiert. „Kommen Sie." Ilka folgte ihm über den Flur in ein helles Büro und er deutete auf eine Sitzgruppe aus cremefarbenem Leder.

„Setzen Sie sich bitte. Möchten Sie einen Kaffee?"

„Ja, sehr gern", sagte Ilka entgegen ihrer Gewohnheit, diese Art von Gesprächen so schnell wie möglich hinter sich zu bringen.

Während Daniel Peters fort war, schaute sie sich ein wenig um. Der Raum wirkte steril und strahlte für ihr Empfinden Kälte aus, genauso wie der Flur und das Wohnzimmer im Erdgeschoss, das sie durch eine offen stehende Tür einsehen konnte. Nirgends lag oder stand etwas herum, kein Kinderspielzeug, kein benutztes Glas oder Zeitungen, in denen man mal kurz blättern konnte. Einfach nichts. Es schien so, als würde in diesem Haus kein Leben stattfinden.

Doch das, was sie sah, war vom Feinsten; der Parkettfußboden, die maritimen Ölgemälde an den orangefarbenen Wänden und die bis zum Boden reichenden Panoramafenster, die einen traumhaften Blick über den Deich hinweg auf die Elbe boten. Selbst die Kaffeetassen, mit denen Daniel Peters in diesem Moment zurückkam, waren edel mit einem Goldrand verziert.

Ilka wartete, bis er Platz genommen hatte, dann erzählte sie ihm vom Tod Marion Wolffs. „Sie ist bei einem Brand ums Leben gekommen."

Peters schien sich offenbar sofort an sie zu erinnern. Er hockte in seinem Sessel, die Ellenbogen auf die Lehne gestützt.

„Tot? Verbrannt in einer Scheune?" Er sah aus dem Fenster, die Lippen aufeinander gepresst und schüttelte leicht den Kopf.

„In einer Scheune? Warum?"

„Wir sind dabei, es herauszufinden", sagte Ilka.

Er wandte sein Gesicht zum Fenster. „Ich werde versuchen, Ihnen zu helfen."

„Wann haben Sie Marion Wolff das letzte Mal gesehen?", fragte Ilka.

„Oh, das ist lange her. Genau genommen an dem Tag, als sie unsere Firma verließ." Sein Entsetzen über ihren Tod hielt sich nach wie vor in Grenzen.

„Wie lange hat Marion Wolff für Sie gearbeitet?"

„Es müssten fünf Jahre gewesen sein. Wenn Sie es genau wissen möchten, muss ich erst nachsehen", sagte er betont sachlich, als würde es sich um eine normale Steuerprüfung und nicht um Mord handeln. Für jemanden, der wirklich Anteil an dem Tod eines Menschen nahm, hatte er sich verdammt schnell gefangen. Ilka winkte ab.

„Nein, ist nicht so wichtig. Warum hat sie eigentlich gekündigt?"

„Keine Ahnung." Er zögerte kurz. „An ihrem Job lag es jedenfalls nicht. Wir legen großen Wert auf ein angenehmes Arbeitsklima." Er wirkte jetzt souverän, alles andere als betroffen von dem Tod einer ehemaligen Angestellten.

„Herr Peters, Frau Wolff hat kurz nach der Kündigung bei Ihnen ein Reisebüro eröffnet. Auch sonst lebte sie nicht schlecht. Haben Sie eine Vermutung, woher sie das Geld hatte? Von dem Gehalt einer Sekretärin wäre das wohl kaum möglich gewesen."

Sein Blick streifte Ilka nur kurz, doch sie bemerkte, wie sich seine Augen verengten. Offenbar passte ihm Ilkas Ausdruckweise nicht.

„Sie war wirklich meine beste Kraft", sagte er. „Und dementsprechend hat sie auch gutes Geld verdient." Das war zwar keine Antwort auf ihre Frage, doch Ilka beließ es dabei. Stattdessen zog sie ihren Notizblock aus der Jackentasche. Dadurch gewährte sie Daniel Peters für einen Moment einen Blick auf ihr Schulterhalfter.

„Tragen Sie immer eine Waffe bei sich?" Der Anblick der Pistole schien ihn zu verunsichern.

„Als Polizist muss man immer auf alles vorbereitet sein", gab Ilka zur Antwort.

„Ja, ja sicher. Wo waren wir stehen geblieben?"

„Sagt Ihnen der Name Dennis Höfer etwas?", wollte Ilka wissen.

„Nein, wer soll das sein?" Daniel Peters zeigte keinerlei Reaktion. Entweder wusste er wirklich nicht, was vor zehn Jahren geschah, oder er war ein sehr guter Schauspieler.

„Marion Wolff hat damals gegen ihn ausgesagt. Daraufhin wurde er zu einer zehnjährigen Gefängnisstrafe verurteilt."

Er sah sie mit leicht zusammengekniffenen Augen an. „Zeugin in einem Prozess? Marion? Nein, davon weiß ich nichts."

„Hätte ja sein können, dass sie es Ihnen erzählt hat oder dass Sie es zufällig aus der Zeitung erfahren haben."

„Ich lese keine Zeitung, bis auf den Wirtschaftsteil natürlich."

„Ja, natürlich", entgegnete Ilka. Da war sie wieder, diese Überheblichkeit, die man auch als Arroganz auslegen konnte. „Dennis Höfer ist vor ein paar Tagen entlassen worden", fügte Ilka hinzu, in der Hoffnung, ihn aus der Reserve zu locken. Doch auch dieses Mal ließ er sich kaum etwas anmerken. Er stutzte kurz, das war alles.

„Sieht ganz so aus, als hätten Sie den Mörder", sagte er kühl. „Ein perfekteres Motiv werden Sie wohl kaum finden." Warum wurde sie das Gefühl nicht los, dass er ihr eine Show vorführte? Ilka machte sich ein paar Notizen, bevor sie den Blickkontakt mit ihm wieder aufnahm. „Der Prozess, in dem Marion Wolff damals als Zeugin geladen war... Haben Sie mit ihr darüber geredet?"

„Nein, das war ihre Privatangelegenheit."

„Sie hat nie ein Wort darüber verloren?", frage Ilka verwundert.

„Na ja, vielleicht hat sie es mal erwähnt", sagte er ausweichend, „Mag sein, aber das ist alles schon so lange her, dass ich mich daran beim besten Willen nicht mehr erinnern kann."

Er richtete den Blick auf das Schiffsmodell eines Frachters, das neben ihnen auf dem Beistelltisch stand. „Das erste Schiff meines Vaters. Damit fing alles an."

„Herr Peters, würde Sie mir kurz erklären, wie Sie zu Ihren Kunden kommen?" Er sah sie scharf an.

„Wie meinen Sie das?"

„Wie läuft so ein Geschäft in der Regel ab?"

„Ich weiß nicht, warum das wichtig sein soll..." Jetzt wurde es Ilka zuviel. Sie hatte im Laufe der Jahre bei der Kripo gelernt, ihre Gefühle im Dienst hinten anzustellen. Das galt nicht nur für den einen oder anderen männlichen Kollegen, die eine Frau als Vorgesetzte nur schwer akzeptieren konnten, sondern auch für unverbesserliche Sturköpfe wie Dennis Höfer und jetzt auch noch Daniel Peters. Auf seine Provokationen wollte sie sich keinesfalls einlassen. Sie stellte ihre Tasse hörbar auf den Tisch und trat ans Fenster. Den Rücken zu ihm gewandt, sagte sie: „Wenn Sie sich jetzt nicht ein wenig kooperativer verhalten, können wir das Gespräch auch gern woanders fortsetzen. Wenn Ihnen das lieber ist, kein Problem." Ilkas Drohung verfehlte ihre Wirkung nicht. Seine Selbstsicherheit war mit einem Schlag dahin.

„Normalerweise", begann er kleinlaut, „läuft das Geschäft über Makler ab. Sie buchen unsere Schiffe, um Güter von Übersee nach Europa zu befördern. Machen wir ein lukratives Angebot, bekommen wir den Zuschlag."

„Ich nehme an, dass der Markt ziemlich umkämpft ist, oder?"

„Ja", sagte Peters deutlich zurückhaltender, als noch vor ein paar Minuten. Ilka registrierte es mit Genugtuung. „Die Konkurrenz ist groß. Es gibt eine Menge Seelenverkäufer mit einer Handvoll Philippinen an Bord, die uns das Geschäft kaputtmachen. Unser Vorteil ist die Sicherheit und der technisch hohe Standard unserer Schiffe."

„Warum nicht gleich so", meinte Ilka am Ende des Gesprächs. Diesen kleinen Giftpfeil in Peters' Richtung konnte sie sich nicht verkneifen.

„Wie ist eigentlich das Verhältnis zu Ihrem Vater?" Daniel Peters stieß einen verächtlichen Laut aus. „Was wollen Sie hören? Dass ich stolz auf ihn bin? Dass er ein Vorbild für mich ist?" Der Sarkasmus in seiner Stimme war unüberhörbar. „Nein, ich bin weder stolz auf ihn, noch wollte ich so werden wie er." Er wandte sein Gesicht zum Fenster. „Mein Vater ist der Chef und ich bin der Sohn, der ihm nicht das Wasser reichen kann. So ist es." Peters fuhr sich nervös durch die Haare. Er warf ihr nur einen flüchtigen Blick zu. Dann sah er über sie hinweg aus dem Fenster. Warum wollte er ihr nicht in die Augen sehen?

„Eine Frage noch, Herr Peters. Wo waren Sie letzten Freitag, so zwischen 18 und 22 Uhr?"

„Ich war in Berlin und gewohnt habe ich im Marriot. Sie können es gern überprüfen." Das werde ich, dachte Ilka, obwohl sie ihn nicht für so dumm hielt, ihr ein falsches Alibi zu liefern. Ilka fragte nach dem Grund der Reise.

„Rein geschäftlich", sagte er wie einstudiert. „Investoren, potentielle Kunden. In unserem Geschäft ist es wichtig, präsent zu sein."

„Ja, natürlich", sagte Ilka. „Dann möchte ich Sie auch nicht länger aufhalten. Ach übrigens, das Mädchen vorhin auf dem Flur, war das Ihre Tochter?"

„Ja, wieso?"

„Ist Ihre Frau auch da?" Peters schüttelte den Kopf.

„Nein, sie gönnt sich eine Wellness-Woche mit einer Freundin." Ilka lächelte.

„Das könnte mir jetzt auch gut gefallen."

****

Als Ilka von Peters zur Haustür begleitet wurde, trat ein alter, grauhaariger Mann aus einem der Zimmer auf den Flur. Er war ein Kopf kleiner als Daniel Peters und schob einen stattlichen Bauch vor sich her.

„Mein Vater", sagte Daniel hastig. „Vater, das ist Oberkommissarin Hansen von der Stader Kripo." Der Alte musterte Ilka von oben bis unten. „Ich hoffe, mein Sohn konnte Ihnen helfen." Seine Stimme klang scharf, eher wie eine Warnung an seinen Sohn als bloße Neugier. Offensichtlich gehörte er zu jenen Vätern, die ihre Söhne auf der Stelle enterben würden, wenn sie ihren Vorstellungen nicht entsprachen. Jedenfalls schätzte Ilka ihn so ein.

„Kannten Sie Marion Wolff näher?"

„Ich?" Er tippte sich auf die Brust und schüttelte den Kopf.

„Nein. Sie war die Angestellte meines Sohnes." Der Alte ließ sie die ganze Zeit nicht aus den Augen. Selbst als sie das Haus verlassen hatte, glaubte sie noch seine Blicke zu spüren.

****

Ilka stieg ins Auto und machte sich auf den Heimweg. Ein perfekter Auftritt vom Alten, dachte sich Ilka. Genau das Richtige, um seinem Sohn zu zeigen wer Herr im Haus ist. Ja, der Alte wusste genau, wie er seinen Sohn unter Druck setzen konnte. Du warst lange nicht mehr am Ufer, schoss es ihr durch den Kopf und im nächsten Moment warf sie auch schon einen Blick in den Rückspiegel, setzte den Blinker und stellte den Wagen ab.

Sie stieg über den Deich und folgte dem von Weiden gesäumten Sandweg, der direkt zum Elbufer führte. Sie atmete tief durch, spürte den kalten Wind, der über die Elbe fegte und weiße Schaumkronen vor sich her trieb. Ilka zog Schuhe und Strümpfe aus und ging zur Ufergrenze, wo der Sand von den Wellen feucht und fest war. Ein modriger Geruch lag in der Luft. Über ihr war das Dröhnen eines Flugzeugs zu hören, das sich im Landeanflug auf Fuhlsbüttel befand. Sie hielt einen Fuß ins Wasser. Das Wasser war wärmer als sie erwartet hatte.

Der böige Westwind wühlte das Wasser auf und ließ die Luft kälter erscheinen, als sie tatsächlich war. Die wenigen Segler, die sich bei diesem Wetter hinaus trauten, hatten alle Hände voll zu tun, um die Wellen zu kreuzen. Die Segel der Boote flatterten bedrohlich im Wind. Ilkas Blick wanderte zu den Ufersteinen, die sich der Brandung entgegenstemmten. Sie ging näher ans Ufer, bis sie die aufsprühende Gischt auf ihrem Gesicht spürte. Über ihrem Kopf ließ sich eine Schar kreischender Möwen vom Wind in den Himmel treiben. Sie brauchten kaum einen Flügelschlag, um dem Fischkutter entgegen zu schweben, der sich flussaufwärts durch die Schaumkronen kämpfte. Sie atmete tief durch. Diese Minuten hatte sie gebraucht, um wieder einen klaren Kopf zu bekommen.

Sie freute sich nach so viel Protz auf ihr eigenes, gemütliches Zuhause. Egal, ob hier und da Spinnweben an den Fenstern hingen, die Dielen knarrten und Zeitungen herumlagen, es störte sie nicht. Und Sina noch weniger. Aber das lag nicht nur an ihrer Tochter allein. Mittlerweile hatte Ilka eingesehen, dass sie ihre chronische Unordentlichkeit an ihre Tochter vererbt hatte. Sie hatten sich beide daran gewöhnt. Es war für sie ein Zeichen, dass das Haus lebte. Mit einem Seufzer wandte sie sich um. Es wurde Zeit, zurück zu fahren.

Kapitel 11

Donnerstag, 26. Oktober

Am nächsten Morgen führte Ilkas erster Weg in Dannenbergs Büro. Er hatte ihr bereits übers Handy von seinem Gespräch mit dem Staatsanwalt Herbig berichtet.

Patrick telefonierte und deutete auf den Stuhl vor seinem Schreibtisch. Er schien gut gelaunt zu sein, jedenfalls verabschiedete er seine Frau mit einem Kuss in den Hörer.

„Hallo Ilka. Schön, dass du gleich gekommen bist."

„Was hast du auf dem Herzen, Patrick?"

„Ilka...", begann Dannenberg, doch sie ließ ihn nicht ausreden.

„Hör zu, Patrick", sagte sie leise aber bestimmt. „Wir tun wirklich alles, um den Täter zu fassen."

„Das heißt, ihr habt noch keine Spur?"

„Nein, nicht wirklich", gab Ilka zähneknirschend zu.

„Staatsanwalt Herbig will endlich Fakten auf den Tisch", sagte Dannenberg. Seine Miene verdüsterte sich. „Lange kann ich ihn nicht mehr hinhalten."

„Wir sind dabei, Patrick", sagte Ilka ausweichend. „Wir haben die Tochter von Marion Wolff vernommen. Sie hat es ziemlich emotionslos aufgenommen. Nachher bin ich bei Steinberger. Dann wissen wir vielleicht, was damals tatsächlich passiert ist."

Dannenberg zog die Brauen zusammen. „Wer ist Steinberger?"

„Der damalige Anwalt von Höfer."

„Und was ist mit dem Höfer? Bist du dir sicher, dass er sauber ist?"

„Na ja, sauber ist er nicht gerade, aber Mord? Nee, ich

bin mir sicher, dass er es nicht war."

„Wenn du dich irrst, haben wir ein Problem."

„Ich weiß, Patrick", sagte Ilka.

Dannenberg griff sich mit der Hand in den Nacken und begann ihn zu massieren. Dann warf er Ilka einen misstrauischen Blick zu. „Oder weißt du mehr, als du zugibst?"

„Nein, wie kommst du darauf?", fragte Ilka. Dannenberg winkte ab. „Okay, das war's. Halt mich auf dem Laufenden, wenn's Neuigkeiten gibt."

Sie lächelte ihn zuckersüß an. „Habe ich dir jemals etwas verschwiegen?"

„Lass mich mal überlegen..." Dannenberg fasste sich an seine zerfurchte Stirn und tat so, als würde er nachdenken.

„Wenn's dir wieder einfällt, sag's mir. Ich muss jetzt los!" Manchmal konnte er wirklich ein netter Kerl sein, dachte sich Ilka auf dem Weg zur Tür. Auf der Schwelle nach draußen drehte sie sich noch einmal um.

„Übrigens, wenn ich deine Frau wäre, würde ich nach diesem Küsschen sehnsüchtig auf dich warten!"

Für einen Moment war Dannenberg perplex, dann schnappte er sich ein Papierknäuel aus dem Korb und warf ihn in Ilkas Richtung. Doch da hatte sie die Tür schon hinter sich geschlossen.

****

Das erste, was Ilka hörte, als sie ihr Büro betrat, war ein türkischer Fluch, der mit Sicherheit nicht jugendfrei war. Cem hockte vor seinem Schreibtisch und starrte auf den schwarzen Bildschirm.

„Was ist passiert?", fragte Ilka, während sie ihre Jacke aufhing.

„Der Server ist mal wieder abgeschmiert", sagte er und schaltete frustriert den Computer aus.

Ilka goss sich ein Glas Wasser ein und trat hinter ihren Schreibtisch. „Wie war's bei Steinberger?" Cem legte die Füße auf den Hocker und wandte sein Gesicht zu Ilka.

„Ein ziemlich arroganter Typ, wenn du mich fragst. Er würde glatt seine Oma verkaufen, wenn er nur genug Geld für sie bekommen würde. Er sagt, dass Höfer nicht sehr kooperativ gewesen sei und er sich zudem an absolut nichts erinnern konnte."

„Es gab eine Zeugin", warf Ilka ein. „Marion Wolff."

„Ja, angeblich hatte sie den Streit zwischen den Höfers beobachtet, außerdem hatten die beiden Schulden, die Höfer mit der fälligen Lebensversicherung hätte begleichen können. In dem Haus der beiden wurden nur ihre Spuren gefunden. So gesehen sprach wirklich vieles gegen ihn."

Ilka verdrehte die Augen. Genau das wollte sie nicht hören. Sie verschränkte die Hände im Nacken und starrte an die Decke. Hatte sie sich tatsächlich in Höfer getäuscht und den Mörder von Marion Wolff wieder laufen lassen? „Aber", sagte Cem in ihre Gedanken hinein, „irgendetwas stört mich an der Sache. Soll ich dir mal sagen, was?"

„Ja, schieß los", sagte Ilka mit einem Hauch von Frustration. „Für meinen Geschmack hat er sich verdammt schnell an Höfer erinnert. Immerhin liegt der Fall zehn Jahre zurück. Eine lange Zeit im Berufsleben eines Anwalts. Und seine Sekretärin brauchte auch nicht lange, um die Akte hervorzuholen."

„Bei mir war's ähnlich. Offenbar konnte sich Peters sehr gut an Marion Wolff erinnern, aber an den Prozess natürlich nicht. Wolff kündigte kurz nach dem Prozess ihre sichere Stelle und hat mit einem Mal so viel Geld, dass sie sich ein Reisebüro und vieles andere kaufen kann. Sie war eine ganz normale Sekretärin und ich glaube kaum, dass ihr Gehalt so hoch war, dass sie sich das alles hätte leisten können."

„Und so ein Studium in Kalifornien ist ja auch nicht gerade billig!", warf Cem ein.

„Es muss damals etwas vorgefallen sein, das ihr Leben von Grund auf verändert hat", sagte Ilka. „Aber was?"

Cem löste seinen Blick von ihr und trat ans Fenster. „Weißt du, was ich glaube?" Plötzlich fiel es Ilka wie Schuppen von den Augen.

„Dass unser Freund Höfer nicht nur Marion Wolff angerufen hat." Cem wandte sein Gesicht zu ihr.

„Ja, genau das! Steinberger hatte ohne Zweifel auch seinen Anteil daran, dass sie ihn weggesperrt haben." Ilka wurde unruhig. Vielleicht hatte sie einfach die Augen vor der Wahrheit verschlossen.

„Okay", sagte sie schließlich. „Sag' den Kollegen von der Streife Bescheid. Sie sollen mir Höfer herbringen. Notfalls gebe ich eine Fahndung raus!"

„Und was hast du vor?"

„Ich werde mir den alten Peters mal vorknöpfen. Entweder er ist einfach nur der unnachgiebige Vater, oder er weiß mehr, als er zugibt."

****

„Ich überlege die ganze Zeit, warum der alte Peters seinen Sohn so seltsam angesehen hat."

Cem setzte sich. „Was meinst du mit seltsam?"

„So, als würde er seinem Sohn nicht trauen. Meine Mutter hat mich immer so angesehen, wenn sie glaubte, von mir belogen worden zu sein." Ilka zuckte mit den Achseln. „Ich mag mich ja täuschen, aber irgendwas stimmt da nicht."

„Warum fragst du nicht den Alten?" Cem trank einen Schluck vom frisch gekochten Kaffee, verzog das Gesicht und stieß einen seiner türkischen Flüche aus. „Verdammt, ist der heiß."

„Kalten Kaffee kann ich nicht kochen", entgegnete Ilka trocken. „Aber mal im Ernst. Glaubst du wirklich, dass es was bringen würde, mit ihm zu reden?"

„Vermutlich nicht, aber in der Haut seines Sohnes möchte ich nach deinem Besuch nicht stecken." Keine schlechte Idee, dachte sich Ilka. Warum eigentlich nicht? Sie griff zum Hörer und wählte die Nummer der Reederei. Es meldete sich eine helle Frauenstimme, die so emotionslos klang, als würde ein Tonband ablaufen. „Reederei Peters, Farenhorst. Was kann ich für Sie tun?"

„Ilka Hansen. Ich würde gern mit Johannes Peters sprechen."

„Er ist im Moment leider in einer Besprechung. Kann ich Ihnen weiterhelfen?"

„Nein, können Sie nicht", entgegnete Ilka genervt. „Sagen Sie ihm bitte, Ilka Hansen von der Kripo Stade möchten ihn sprechen." Das saß! Für einige Augenblicke herrschte Stille am anderen Ende der Leitung, dann kam die Antwort: „Einen Moment bitte." Geht doch, dachte sich Ilka und es dauerte nur ein paar Sekunden, bis sie die brummige Stimme von Johannes Peters vernahm.

„Ich hoffe für Sie, dass es wichtig ist!" Ilka entschloss sich, in die Offensive zu gehen.

„Ist ein Mord wichtig genug, Herr Peters?"

„Was sagen Sie da? Mord?" Seine Stimme zitterte hörbar. „Was habe ich damit zu tun?"

„Das würde ich Ihnen gern unter vier Augen erzählen. Ich könnte in einer Stunde bei Ihnen sein."

„Am Lüheanleger, in einer Stunde!", sagte er und legte auf.

****

Auf der Elbe war nicht viel los. Nur ein paar Motorsegler waren unterwegs. In der Ferne konnte sie noch die Umrisse eines Containerschiffs erkennen, das von zwei Schleppern begleitet dem Hamburger Hafen entgegen fuhr. Ilka schloss die Augen und hielt ihr Gesicht dem Wind entgegen.

Johannes Peters saß auf einer Bank am Flussufer, ein Bein über das andere geschlagen und hatte seine Hände über dem Bauch gefaltet. Sein Blick war starr nach vorn gerichtet. Wie ein alternder Patriarch, schoss es Ilka durch den Kopf. Vermutlich gehörte er zu denen, die nicht einsehen wollten, dass es Zeit war, sich zur Ruhe zu setzen.

Ilka trat näher und deutete auf den Platz neben ihm.

„Darf ich?" Er nickte kurz und strich sich mit der flachen Hand über die grauen Haare, die vom Wind nach allen Seiten abstanden.

„Herr Peters", begann Ilka vorsichtig, „wie ist das Verhältnis zu Ihrem Sohn?" Als er keine Anstalten machte zu antworten, sagte sie: „Ich hatte das Gefühl, dass Sie ihm nicht allzu viel zutrauen. Täusche ich mich?"

„Nein", antwortete er zögernd, „da täuschen Sie sich nicht. Wissen Sie, was mein erster Gedanke war, als Sie bei meinem Sohn waren?" Ilka schüttelte nur mit dem Kopf. Wenn er schon bereit war, von sich aus etwas zu sagen, wollte sie ihn nicht durch ein falsches Wort daran hindern.

„Was hat er jetzt wieder angestellt! Ja, das habe ich gedacht. Sie kennen meinen Sohn nicht. Er ist ein Taugenichts, der das Geld mit vollen Händen ausgibt. Ich bin nicht dieser Tyrann, für den Sie mich vielleicht halten. Nein, es ist nicht so, wie Sie denken", knurrte er.

„Wie ist es dann?" Er hob den Kopf und blinzelte der Sonne entgegen. „Ich habe versucht, aus ihm einen ordentlichen Menschen zu machen. Wenn Sie ein Unternehmen von ganz unten nach oben geführt haben, jahrelang jede freie Minute geopfert haben, um diesen Betrieb zu dem zu machen, was er heute ist, würden Sie das alles aufs Spiel setzen?" Für einige Momente war nur das Rauschen der Wellen zu hören, die sich an den Ufersteinen brachen, dann drehte er plötzlich sein Gesicht zu ihr. „Würden Sie dieses Unternehmen dann jemandem überschreiben, von dem Sie wissen, dass er es innerhalb kürzester Zeit in den Ruin treiben würde?"

„Vermutlich nicht", gestand Ilka.

„Sehen Sie! Und ich werde es auch nicht tun! Solange ich noch bei klarem Verstand bin, werde ich es nicht zulassen, dass mein Sohn die Firma kaputt macht!" Seine Augen waren schmaler geworden, angriffslustig, wie die eines alten Kriegers, der sich auf seinen letzten Kampf vorbereitete.

„Was hat er Ihnen über Victoria erzählt?"

Ilka stutzte. „Wer ist Victoria?"

„Seine Frau."

„Nichts, nur dass sie eine Wellness-Woche mit einer Freundin macht."

Peters lachte heiser. „Ja, das mit dem Wochenende stimmt, aber danach kommt sie nur noch vorbei, um die Kleine abzuholen. Die nächste Frau, die ihn ein Stückchen weiter in den Ruin treibt!" Ilka zögerte einen Moment und entschied sich dann, das Thema zu wechseln."

„Sie sagten, dass Marion Wolff die Angestellte Ihres Sohnes war."

„Ja, das sagte ich."

„Und Sie wissen wirklich nicht, warum Marion Wolff die Firma verlassen hat?"

„Nein, fragen Sie meinen Sohn." Johannes Peters wandte sein Gesicht kurz zu Ilka. Dann richtete er seinen Blick wieder aufs Wasser.

„Der Prozess, in den Marion Wolff damals verwickelt war, haben Sie eine Ahnung, worum es dabei ging?"

„Hören Sie", sagte er gereizt. „Das ist schon lange her. Ich weiß nicht, warum Sie in der Vergangenheit herum wühlen."

Ilka hatte jetzt endgültig genug. Sie drehte sich zu ihm und sah ihn eindringlich an. „Herr Peters", sagte sie in einem scharfen Tonfall. „Ich habe einen Mord aufzuklären und es sieht so aus, als hätte der Mord an Marion Wolff tatsächlich etwas mit diesem Prozess zu tun."

„So?" Mehr sagte er nicht dazu. Stattdessen zog er seine Taschenuhr heraus und warf einen raschen Blick darauf. „Ich muss jetzt gehen. Ein dringender Termin." Ohne eine Antwort von Ilka abzuwarten stand er auf, ging zu seinem schwarzen Mercedes und fuhr davon.

****

Wieder im Büro versuchte Ilka, die Aussagen der Reedereifamilie zu sortieren. Dass sie beide nichts von dem Prozess wussten, nahm Ilka ihnen nicht ab. Genauso wenig die Aussage des alten Peters, dass er nicht wusste, warum Marion Wolff damals die Firma verließ. Obwohl ihr das Verhalten der Peters sonderbar vorkam, tappte sie weiter im Dunkeln. Ihr Bauchgefühl hatte sie selten im Stich gelassen. Aber sie brauchte Beweise. Der Staatsanwalt würde gehörig Dampf machen, wenn sie nicht bald etwas Brauchbares vorweisen konnte.

„Hab' Daniel Peters' Alibi überprüft", sagte Cem, der kurz nach ihr ins Büro kam. „Absolut wasserdicht. Er war zur fraglichen Zeit tatsächlich in Berlin, hatte tagsüber an verschiedenen Veranstaltungen im Marriot-Hotel teilgenommen und war abends mit ein paar Geschäftsfreunden zum Essen auf dem Kuhdamm."

„Alles andere hätte mich auch gewundert", sagte Ilka. „Er ist nicht so blöd, uns eine erfundene Geschichte aufzutischen." Cem nickte. Für einige Sekunden schwiegen sie sich an.

„Typen wie er", sagte Cem nach eine Weile, „machen sich nicht selbst die Hände schmutzig. Dafür hat er seine Leute.

Wenn er schlau ist." Ilka dachte über Cems Worte nach. „Du glaubst also, dass er jemanden beauftragt haben könnte, den Mord zu begehen?"

„Vorstellen könnte ich mir das. Ach übrigens, die Fahndung nach Höfer läuft."

„Danke Cem, ruf mich an, sobald ihr ihn habt!" Ilka wollte gerade aus dem Büro gehen, als sich die Tür öffnete und Anna mit hochgesteckten Haaren und schwarzem Hosenanzug vor ihr stand.

„Was machst du denn hier?" Ilka war total verblüfft. „Und dann noch in diesem Outfit?"

„Ich wollte Cem abholen", sagte Anna, als wäre es das Normalste der Welt. „Wir gehen heute aus!"

Ilka war immer noch perplex. „Du und Cem?"

In diesem Moment kam Cem aus dem Nebenzimmer. Als er Ilka und Anna plötzlich vor sich sah, stieg ihm eine leichte Röte ins Gesicht.

„Na ja", druckste Cem herum, als wäre er Ilka eine Erklärung schuldig. „Ich habe meinen Eltern erzählt, dass ich schon seit einigen Monaten mit jemandem zusammen bin, wir bald heiraten werden und so weiter. Meine Eltern sind in diesen Dingen ziemlich konservativ und da habe ich mir gedacht, dass..."

„...dass Anna doch die ideale Frau darstellen würde?", ergänzte Ilka und konnte sich ein Lächeln nicht verkneifen. Wahrscheinlich passte die schöne Anna mit ihren langen schwarzen Haaren perfekt in die Kategorie Frau, die sich der alte Kayaoglu für seinen Sohn vorgestellt hatte. Zudem war sie gebildet und hatte einen Beruf, der ihn beeindrucken würde. Allerdings bezweifelte Ilka, ob er es so gut finden würde, dass sich seine zukünftige Schwiegertochter hauptsächlich mit Leichen beschäftigte.

Kapitel 12

Samstag, 28. Oktober

Ilka wachte schon früh am Morgen auf. Sie nahm eine kalte Dusche, zog ihren Bademantel an und schlich auf Zehenspitzen an Sinas Zimmer vorbei. Sie versuchte leise zu sein, um ihre Tochter nicht zu wecken. Bei jedem Knarren der Dielenbretter hielt Ilka inne und lauschte, doch aus dem Zimmer ihrer Tochter drang kein Laut. Ilka schaltete gegen ihre Gewohnheit den Fernseher ein, um sich die Nachrichten anzuschauen. Sie hoffte inständig, dass der ungelöste Mord an Marion Wolff nicht so schnell an die Öffentlichkeit geraten würde. Auf den Druck von außen konnte sie im Moment gut verzichten.

Der Klimagipfel nahm einen großen Teil der Sendung ein, danach folgte eine Massenkarambolage auf der A5. Ilka wollte sich schon abwenden, doch dann starrte sie wie gebannt auf den Bildschirm. Sie hörte Schüsse, schrille Sirenen, Menschengeschrei. Schwarze Rauchsäulen stiegen empor, bewaffnete Soldaten huschten durch das Bild.

Es hatte wieder einen Anschlag im pakistanischen Grenzgebiet zu Afghanistan gegeben. Eine Autobombe war auf dem Marktplatz explodiert und wieder gab es viele Tote und Verletzte. Der Anblick weckte Erinnerungen, anfangs nur verschwommen, doch dann wurden die Bilder schärfer, als würde sich der Nebel der Vergangenheit verflüchtigen.

Plötzlich hörte sie Schritte und im nächsten Moment stand Sina in ihrem roten Schlafhemd neben ihr.

„Ist Papa dort?" Ilka hörte den ängstlichen Unterton in ihrer Stimme. Sina wischte sich den Schlafsand aus den Augenwinkeln, während ihr Blick starr auf den Bildschirm gerichtet war. Genau vor dieser Situation hatte sich Ilka gefürchtet.

„Komm, setz dich zu mir", sagte sie und drückte sie fest an sich. Sie lächelte ihre Tochter an, obwohl ihr zum Weinen zumute war. Sie hatte seit Monaten nichts mehr von Tobias gehört, er war einfach fort gegangen, um in den Bergen Afghanistans in einem Flüchtlingscamp zu arbeiten, und doch spürte sie, wie ihr Herz schneller schlug. Tobias hatte für sich entschieden, für die Unschuldigen des Krieges da zu sein und dafür bewunderte sie ihn ohne wenn und aber. Was er der Familie angetan hatte, stand auf einem anderen Blatt. Sina umarmte ihre Mutter und als sie sich wieder von ihr löste, hatte sie Tränen in den Augen. Ilka drückte sie noch fester an sich und strich ihr über das Haar.

„Wir haben dich beide lieb, dein Vater und ich", flüsterte Ilka. „Das darfst du nie vergessen."

„Ja, ich weiß." Sinas Stimme zitterte. „Ich hab' euch beide auch lieb." Ilkas Hand berührte Sinas Stirn, strich zärtlich über ihre Wange. „Komm, lass uns frühstücken."

****

Ilka brachte ihre Tochter zu einer Freundin, dann machte sie sich auf den Weg zu dem kleinen Wochenmarkt im Zentrum. Sie kaufte frisches Obst und Käse ein und schlenderte auf dem Rückweg aus reiner Gewohnheit am Kino vorbei.

Wie lange war sie schon nicht mehr ohne ihre Tochter oder ihrer Mutter im Kino gewesen? Das letzte Mal, an das sie sich erinnern konnte, lag zwei Monate zurück. Es war mehr ein Albtraum als ein Vergnügen gewesen. Nach langem Zögern hatte sie die Einladung eines Anwalts angenommen und sie hatte es schon wieder bereut, als der Film noch gar nicht angefangen hatte. Er hatte das Temperament einer Litfasssäule und auch später, nach dem Ende des Films, hatte er nichts Besseres zu tun, als mit seinen gewonnenen Prozessen zu prahlen. Seitdem war sie mit keinem Mann mehr ausgegangen.

Ilka überflog die Vorschauen und blieb bei einer Vorankündigung hängen. *Heute Abend 22.00 Uhr: Marilyn Monroe in ‚Manche mögen's heiß'.* Warum nicht, kam es Ilka in den Sinn, während sie zum Parkplatz ging. Ein wenig Ablenkung würde ihr sicher gut tun. Kaum war sie zu Hause angekommen, griff sie zum Hörer.

„Hallo Mutter, hast du Lust, heute bei uns zu übernachten?"

„Das heißt, ich soll auf Sina aufpassen, hab' ich recht?" Ihrer Mutter konnte sie so schnell nichts vormachen.

„Ich würde gern mal wieder ins Kino gehen."

„Was läuft denn?"

„Ein alter Schinken. *‚Manche mögen's heiß'*!"

„Gehst du allein hin?" Ilka wusste sofort, worauf Elfi hinaus wollte. Es waren immer die gleichen Gedanken, die ihrer Mutter durch den Kopf schwirrten. Wenn es nach ihr ginge, hätte sich Ilka längst einen Mann suchen sollen, der in der Lage wäre, sie und Sina zu versorgen. Elfi hatte nie einen Hehl daraus gemacht, dass sie dem Beruf ihrer Tochter mit Unbehagen gegenüberstand. Die Angst, dass Ilka etwas zustoßen könnte, war allgegenwärtig. Bei einem Einsatz vor einigen Jahren in Berlin wäre es beinahe einmal schief gegangen.

Sie hatten seit Tagen eine Wohnung observiert, bis sie sich schließlich entschlossen hatten, den Zugriff zu wagen. Der Mann, auf den sie es abgesehen hatten, hatte sich in einer Abstellkammer verschanzt. Wenn nicht ein Kollege vom SEK so geistesgegenwärtig reagiert und den Mann mit einem gezielten Schuss außer Gefecht gesetzt hätte, wäre es um sie geschehen gewesen. Ihrer Mutter hatte sie nie davon erzählt.

„Ja, Mutter", sagte Ilka, auch auf die Gefahr hin, dass Elfi wieder enttäuscht sein würde. „Kein Date, kein Mann, ganz allein!" Einen Augenblick war es still am anderen Ende der Leitung.

„Mutter, bis du noch dran?"

„Ja, ja natürlich. Ich bin heute Abend gegen acht bei dir. Reicht das?"

„Ja, vollkommen! Danke, Mutter."

****

Gegen Abend bereitete Ilka ein paar Käsespieße mit Weintrauben für Sina und ihre Mutter zu. Sie schenkte sich ein Glas Wein ein, schnitt die Käsewürfel und dachte an Sina. Sie hatte einfach Angst, ihre Tochter nicht mehr zu erreichen, sich ganz langsam von ihr zu entfernen. Und diese Angst konnte ihr niemand nehmen. Es hatte sich vieles in ihrem Leben verändert, nur Sina profitierte bisher nicht davon. Allein der Gedanke tat schon weh.

Sie musste etwas tun, doch zunächst musste sie endlich diesen verdammten Mord aufklären. In diesem Moment wurde Ilka von einer tiefen Unruhe erfasst. Manchmal wünschte sie sich fort, an einen fremden Ort, irgendwo am Ende der Welt, doch ihr war klar, dass sie sich den Dingen stellen musste. Nur noch den Mörder finden, dachte sie sich, danach würde sie ihre eigene kleine Welt in Ordnung bringen. Ilka bemerkte ihre Mutter erst, als sie direkt neben ihr stand.

„Bekomme ich auch ein Glas Wein?" Ilka fuhr herum.

„Mein Gott, hast du mich erschreckt!"

„Ich war gerade mit allem fertig, und da habe ich mir gedacht, dass du dich freuen würdest, wenn ich ein Stündchen früher komme."

„Ich freue mich doch auch", sagte Ilka und umarmte ihre Mutter.

„Außerdem stand die Terrassentür offen", fügte ihre Mutter hinzu, als müsste sie sich ein weiteres Mal entschuldigen. Elfi nahm sich einen Käsewürfel und fixierte ihre Tochter. Lange konnte Ilka ihrem forschenden Blick nicht standhalten. Sie strich sich mit beiden Händen über das Haar und wandte ihre Augen über den schiefen Holzzaun hinweg zu den Auewiesen. In der Ferne erkannte sie die Silhouetten zweier Pferde, die ausgelassen über die Weide galoppierten.

„Es macht mich nervös, wenn du mich so ansiehst!"

„Du kannst ja doch noch reden", bemerkte Elfi trocken und nahm sich das nächste Käsestück vom Teller. „Warum nimmst du dir nicht mal ein Wochenende frei? Das würde dir gut tun und Sina übrigens auch."

„Ja, ich weiß." Ilka seufzte. Sie konnte es nicht mehr hören. Die Arbeit bei der Kripo war eben nicht in einer 5-Tage-Woche zu erledigen. Schließlich konnte sie doch nichts dafür, dass man die Leiche an einem Freitagabend gefunden hatte und nicht während der regulären Dienstzeit.

„Sobald es geht, werde ich es machen", sagte Ilka, um das Thema zu beenden. Elfi drehte sich mit einem zweifelnden Blick um. Sie schien nicht daran zu glauben, dass es Ilka in absehbarer Zeit gelingen würde.

„Dass ich ins Kino gehe, ist doch schon mal ein guter Anfang, oder?"

„Besser als nichts", gab Elfi zu.

„Mama, jetzt ist gut, okay?"

„Ich mache mir halt Sorgen um dich!"

„Ich werde in zwei Monaten vierzig!"

„Ich weiß", kam es zurück. „Trotzdem mache ich mir Sorgen."

„Du willst ja nur hören, dass du im Recht bist", murrte Ilka, ohne ihre Mutter anzusehen.

„Nein, Ilka, ich möchte nur, dass ihr beide euch versteht." Elfi trank einen Schluck Wein, bevor sie hinzufügte: „Wenn ihr das schafft, ist es mir egal, ob ich Recht habe oder nicht!"

Darauf wusste Ilka nichts mehr zu erwidern.

****

Ilka parkte neben dem Klosterpark und ging auf dem Weg zum Kino an Marilyn Monroe, Charly Chaplin, Heinz Rühmann, Sean Connery, John Wayne und Donald Duck vorbei, deren Bilder auf eine lange Wand gesprüht waren. Sie betrat den Vorraum. Die Tür zum Kinosaal stand offen und als sie einen Blick hinein warf, musste sie feststellen, dass sich nur ein halbes Dutzend Leute hierher verirrt hatten.

Dieses Kino hatte etwas Nostalgisches; der Klingelknopf an der Lampe, mit dem man sich Getränke und Knabbereien bestellen konnte, der leicht knisternde Ton aus den Lautsprechern und die hohe, gewölbte Decke, an deren Seiten schon die ersten Risse im Putz zu erkennen waren.

Ilka suchte sich einen Platz in der Mitte und bestellte sich einen Rotwein und eine Packung Erdnüsse.

Das Licht wurde dunkler. Die Eiscreme-Werbung war gerade zu Ende, als Ilka eine tiefe Stimme vernahm: „Scusi Signora. Ist hier noch frei?" Ilka sah den Fremden etwas irritiert an. Im Kino war so gut wie jeder Platz frei, doch er musste sich direkt neben sie setzen.

„Ja, warum nicht", hörte sie sich sagen, griff zu den Erdnüssen und bot ihm auch welche an. Sie schätzte ihn auf etwa vierzig. Er war einen Kopf größer als sie, hatte kurzes schwarzes Haar, dunkle, große Augen und den Teint eines Südländers. Er trug Jeans, ein weißes Hemd und ein umwerfendes Lächeln auf den Lippen. Er sagte mit unüberhörbarem italienischen Akzent: „Sind Sie öfter hier?"

„Ja", sagte sie, ohne ihn anzusehen. „Ich mag dieses Kino."

„Dann geht es Ihnen genauso wie mir", sagte er und drückte auf den Knopf an der Lampe.

„Übrigens, ich heiße Antonio." Ilka seufzte still vor sich hin.

Sie war eigentlich ins Kino gegangen, um endlich mal abzuschalten. Warum setzte er sich ausgerechnet neben sie, wo es doch jede Menge freie Plätze gab.

„Ich bin Ilka", sagte sie, um nicht unhöflich zu sein.

„Gleich merkt er, dass er die Ohrringe vergessen hat", flüsterte Antonio ihr zu. „Ich liebe die Filme der Monroe." Ilka musste lächeln. Offenbar waren sie in diesem Punkt seelenverwandt und obendrein musste sie zugeben, dass ihr seine Nähe nicht unangenehm war.

„Gleich reißt er ihr den Busen ab", sagte Antonio lächelnd.

Ein unüberhörbares ‚Psst' kam aus den hinteren Reihen, doch weder Ilka noch Antonio schauten sich um. Stattdessen sahen sie sich an und grinsten wie zwei Teenager. Antonio bestellte noch zwei Gläser Wein. Sie prosteten sich zu, lächelten einander an.

„Und jetzt reißt er ihr den zweiten ab!", meinte Ilka. Es war ihr einfach so rausgerutscht. Sie sah ihn an und zog eine Braue hoch. Im nächsten Augenblick brachen sie in schallendes Gelächter aus. Ilka fühlte sich so wohl wie schon lange nicht mehr.

Als der Abspann lief, half Antonio ihr in die Jacke. Selbst diese Geste empfand sie als angenehm.

„Hätten Sie noch Lust auf ein Glas Wein?", fragte er auf dem Weg nach draußen.

„Danke für die Einladung, aber ich habe morgen einen langen Tag vor mir."

„Peccato", sagte er. „Aber vielleicht ein anderes Mal."

„Ja, ein anderes Mal sehr gern." Er zog einen Stift aus der Innentasche seines Sakkos, schrieb seine Telefonnummer auf die Rückseite der Eintrittskarte und gab sie ihr. „Falls Sie mal wieder eine Kinobegleitung brauchen." Ilka nahm die Karte an sich. Ihre Hände berührten sich für einen Moment.

„Danke für den schönen Abend", sagte sie, während ihr

Herz wie verrückt pochte. Dann wandte sie sich zum Gehen.

Ihr Weg führte sie wieder an Donald, Marilyn und all den anderen vorbei zu ihrem Wagen. Sie musste sich zwingen, sich nicht umzudrehen, sich nicht zu vergewissern, ob er ihr folgen würde. Sie setzte sich hinter das Steuer und ließ den Motor an. Als sie losfuhr, sah sie ihn im Rückspiegel. Er stand da, direkt neben John Wayne und schaute ihr nach.

Kapitel 13

Sonntag, 29. Oktober

Es war Sonntagmorgen, kurz nach neun. Ilka schaute nach Sina, strich ihrer schlafenden Tochter sanft über die Haare und lächelte. Sie schlich aus dem Zimmer, die Treppe hinunter in die Küche und kochte sich einen Kaffee. Mit der dampfenden Tasse in der Hand ging sie auf die Terrasse und wie so oft in letzter Zeit schaute sie über den Zaun hinweg ins Tal.

Doch dieser Morgen war anders als an den vielen Tagen zuvor. Die Begegnung mit Antonio hatte sie völlig aus dem Gleichgewicht gebracht. Sie wünschte, die Zeit anhalten zu können, jetzt und hier. Ilka musste lächeln, als ihr Antonio in den Sinn kam.

Dieser verrückte Italiener! Soviel Selbstbewusstsein muss man erst mal besitzen, um sich in einem fast leeren Kino direkt neben eine wildfremde Frau zu setzen. Bei jedem anderen Mann hätte sie es als plumpe Anmache empfunden, doch Antonio war anders. Sein Auftreten war charmant, zuvorkommend und hatte nichts von den Männern, die sich unwiderstehlich fanden. Er war von einer Aura umgeben, die Ilka nicht näher erklären konnte. Vielleicht lag es an seiner südländischen Leichtigkeit, der besonderen Art, das Leben mit einer gewissen Gelassenheit anzugehen. In diesem Moment klingelte das Telefon.

„Ja?"

„Sorry Ilka", meldete sich Cem. „Es ist dein freier Tag, ich weiß, aber es ist wichtig." Ilka seufzte.

„Schieß los, Cem. Was gibt's?"

„Wir haben die nächste Leiche."

„Scheiße!", entfuhr es Ilka. „Wo?"

„In einem Fischteich am Issendorfer Weg. Ganz in der Nähe von dir."

„Wo bist du jetzt?"

„Bin schon auf dem Weg dorthin", sagte Cem. „Wie lange brauchst du?"

„Zwanzig Minuten, nicht länger."

„Okay, bis gleich."

Ilka atmete tief durch. Die Illusion, ihr Leben könnte in nächster Zeit ein wenig ruhiger verlaufen, hatte sie zwar längst verworfen, aber warum ausgerechnet heute? Sie schaute rasch ins Kinderzimmer. Sina schlief noch tief und fest. Ilka hatte gehofft, dass sie, nachdem ihre Mutter noch in der Nacht nachhause gefahren war, allein klar kommen würde, doch jetzt brauchte sie die ihre Unterstützung schneller als ihr lieb war. Elfi meldete sich nach dem ersten Klingeln, als hätte sie den Anruf ihrer Tochter bereits erwartet.

„Na Ilka, wo brennt es diesmal?" Es klang nicht wie ein Vorwurf, eher besorgt darüber, dass Ilka sich ihrer Meinung nach in letzter Zeit zuviel zumutete.

„Tut mir wirklich leid, dass ich dich schon wieder belästigen muss."

„Was ist es dieses Mal? Kein Rendezvous, nehme ich an?" Wieder seufzte Ilka innerlich. Ihre Mutter ließ wirklich keine Gelegenheit aus, ihre Tochter darauf hinzuweisen, dass sie seit der Trennung von Tobias allein lebte und keine Anstalten machte, ein männliches Wesen in ihre Nähe zu lassen.

„Nein, kein Rendezvous", bestätigte Ilka. „Ein Leiche im Fischteich!"

„Oh!", kam es zurück, dann einige Augenblicke später: „Ich bin in zehn Minuten bei dir."

„Danke Mama", sagte Ilka, aber da hatte ihre Mutter bereits aufgelegt.

****

Die junge Polizistin, die Ilka auch schon bei dem Schuppenbrand gesehen hatte, trat vor. „Wir wurden vom Pächter des Fischteichs gerufen. Er hat die Leiche gefunden." Sie versuchte sachlich und ruhig zu klingen, doch in ihrer Stimme lag ein Zittern.

„Alles okay?" Die Polizistin nickte zaghaft.

„Ich schaffe das schon." Sie lächelte, doch ihr Lächeln wirkte verkrampft.

„Ja, da bin ich sicher", munterte Ilka sie auf. „Weiß man schon, wer es ist?"

„Ein gewisser Axel Steinberger, zweiundvierzig, wohnhaft in Bargstedt."

„Verdammt!" Mehr konnte sie im Moment nicht dazu sagen. Dennis Höfer war der erste Name, der in ihr Bewusstsein drang. Warum hatte sie sich nicht viel früher um den Anwalt gekümmert? Gleich nach der ersten Begegnung mit Dennis Höfer hätte sie darauf kommen müssen, doch jetzt war es zu spät. Ilka fuhr sich mit beiden Händen übers Gesicht. War Steinberger tatsächlich das zweite Opfer seines persönlichen Rachefeldzugs?

„Wir haben alles weiträumig abgesperrt und die Zentrale benachrichtigt", hörte sie die Stimme der Polizistin, deren Anwesenheit sie für Momente vergessen hatte.

„Gut gemacht", sagte Ilka, ohne sie anzusehen. „Und sorgen Sie bitte dafür, dass niemand ohne mein Wissen in die Nähe des Fischteichs kommt." Die junge Frau deutete erneut ein Kopfnicken an.

„Sie können sich darauf verlassen."

****

Auf dem Weg zum Tatort blieb Ilka neben einem Kollegen der Streife stehen.

„Würden Sie bitte ab und zu einen Blick auf die junge Kollegin werfen?" bat sie mit einer leichten Kopfbewegung zur Polizistin. „Erst der Brand und jetzt das hier. Es könnte alles ein bisschen viel für sie sein."

Er nickte, wollte etwas erwidern, doch Ilka hatte sich schon auf die Suche nach Thomas Leitner gemacht.

Ilka sah sich um. Etwas abseits vom Tatort erkannte sie Cem. Er sprach mit einem älteren Mann in Cordhose, Flanellhemd und Hut. Cem winkte ihr kurz zu und wandte sich dann wieder an den Zeugen. Dann entdeckte sie Thomas Leitner von der Spurensicherung mitten im Gestrüpp eines umgestürzten Baumes, einen Meter daneben Anna, die noch einige Fotos von der Leiche schoss. Beide standen mit quietschgelber Gummihose bis zu den Knien im trüben Wasser. Ilka trat näher ans Ufer.

„Na ihr beiden, wie geht's voran?"

„Hallo Ilka", sagte Anna mit leicht gequälter Stimme. „Ich hätte nicht gedacht, dass wir uns so schnell wieder sehen würden."

„Ja, dumm gelaufen", entgegnete Ilka. „Ich hätte dich auch lieber bei einem Cappuccino getroffen als hier." Anna nickte zustimmend. Dann wandte Ilka sich an Thomas.

„Schon was Brauchbares gefunden? Persönliche Sachen? Handy? Ausweis?"

„Nee, nichts dergleichen. Der Täter hat in dieser Hinsicht ganze Arbeit geleistet."

„Vielleicht hat er die Sachen in den Teich geworfen", meinte Ilka mit einem Blick über das dunkle Wasser. Thomas runzelte die Stirn.

„Ja, mag sein, aber selbst wenn du den Teich abpumpst, ist es höchst fraglich, ob du etwas finden würdest." Er zog ein Bein aus dem Wasser und deutete auf seinen verdreckten Stiefel. „Hier ist so viel Schlick und Modder, dass es nicht viel bringen würde!"

„Hm", meinte Ilka nachdenklich und zeigte auf die Zweige. „Sind da Spuren, die uns weiterhelfen könnten?"

Thomas Leitner kämpfte sich weiter durch das Wasser zum nächsten Zweig, schnitt ein Stück davon ab und steckte es in eine Plastikhülle.

„Ja, vielleicht. Einige Zweige sind erst vor kurzem abgeknickt. Die Bruchstellen sind noch relativ frisch. Höchstens zwei Tage alt, eher weniger."

„Könnten die abgebrochenen Äste vom Täter stammen?"

Thomas nickte. „So wie wir die Leiche im Teich vorgefunden haben, muss er Spuren hinterlassen haben. Würde mich wundern, wenn wir im Labor nicht Fasern seiner Kleidung finden könnten. Ich nehme nachher noch ein paar Bodenproben vom Uferrand. Mal schauen, was dabei raus kommt."

„Reifenspuren?"

Thomas zuckte ein wenig ratlos mit den Schultern.

„Weiter oben haben wir einige sichergestellt, aber so wie's aussieht, handelt es sich um Allerweltsprofile. Außerdem musste der Täter sein Opfer schon persönlich zum Teich bringen. Es wird immer morastiger, je weiter du zum Ufer kommst. Mit dem Auto kommst du nicht weit."

„Was schließt du daraus?"

„Hey, ist das nicht dein Job?" Er lächelte, doch ihr war nicht danach zumute.

„Komm, keine Scherze jetzt", brummte sie.

Thomas hob entschuldigend die Hände in die Höhe. „Tschuldigung, Frau Oberkommissarin. Also wenn du mich fragst, kommt eine Frau für den Mord nicht in Frage. Steinberger war kein Leichtgewicht und man braucht schon ein wenig Kraft, um die Leiche von dort oben bis ans Ufer zu ziehen."

„Danke Thomas", sagte Ilka. „Übrigens, die Hose steht dir gut. Solltest du öfter tragen." Thomas warf ihr einen bitterbösen Blick zu, dann wandte er sich wieder seiner Arbeit zu.

Ilka ging ein paar Schritte auf Anna zu. Kaum fähig, sich von der Stelle zu rühren, stand Anna am Ufer des Fischteichs und warf einen Blick auf die Leiche. Die Augen waren geschlossen, das Gesicht aufgedunsen. Sie lag im trüben Wasser zwischen den verschlungenen Ästen des umgestürzten Baumes. Ilka ging in die Hocke, betrachtete das Gesicht des Toten. Die Haut war kalkweiß, fast durchscheinend, die Lippen hatten eine blaue Färbung angenommen. Der Anblick schnürte ihr die Kehle zu. In ihrem Magen rumorte es. Sie hatte in ihrem Leben schon einige Leichen gesehen, doch sie musste sich jedes Mal aufs Neue zwingen, ihre Gefühle zu unterdrücken. Anna Beringer's Worte rissen Ilka aus der Lethargie.

„Die Leiche lag mit dem Kopf nach unten im Wasser", sagte sie. „Wie schon erwähnt, äußerlich kann ich keine Gewaltanwendung feststellen. Er hat keinerlei Merkmale eines Ertrinkenden, weder am Mund noch in den Augen."

„Ich werde das Gefühl nicht los, dass die Fälle irgendetwas miteinander zu tun haben."

„Wie kommst du darauf?"

„Keine Ahnung, ist nur ein Gefühl. War er schon tot, als er...?" Weiter kam Ilka nicht.

„Nein", kam es ohne Zögern zurück. „Vermutlich war er bewusstlos, aber ganz sicher nicht tot. Ich konnte keine Gewalteinwirkung feststellen. Daher tippe ich, dass er betäubt wurde. Aber ich möchte mir das im Labor noch mal genauer anschauen."

„Erst betäubt und dann ins Wasser geworfen?"

„Geworfen würde ich es nicht nennen. Der Mörder hat sein Opfer sehr sorgfältig unter den Ästen des umgestürzten Baums versteckt. Die Leiche lag zwischen den zwei großen Ästen, die bis unter die Wasseroberfläche reichen. Selbst ein starker Wind hätte die Leiche nicht forttreiben können. Und Strömungen gibt es in diesem Fischteich nicht."

„Thomas sagt, dass es vor höchstens zwei Tagen passiert ist. Kommt das hin?" Anna zögerte nicht lange.

„Ja, in etwa schon, so in dem Zeitraum zwischen Freitagabend und Samstagmorgen. Die Verwesung ist noch nicht weit fortgeschritten. Der Tote war vollständig bekleidet; Blue Jeans, T-Shirt und Lederjacke. Den genauen Zeitpunkt kann ich dir erst morgen sagen."

Anna stapfte die Böschung hinauf.

„Das war's hier für mich. Wenn nichts mehr dazwischen kommt, habt ihr den Obduktionsbericht spätestens übermorgen auf dem Tisch." Cem, der unbemerkt neben sie getreten war, fuhr sich durch die Haare und schluckte.

„Verdammt", entfuhr es ihm. „Verdammte Scheiße!" Für Augenblicke schien Cem wie erstarrt. Er atmete schwer. „Alles okay, Cem?" Er schüttelte den Kopf. „Zwei Leichen innerhalb einer Woche ist ein bisschen viel."

„Nicht nur ein bisschen", verbesserte Ilka und tätschelte ihm den Arm. Wieder musste Ilka unwillkürlich an Höfer denken. Bisher war die Fahndung nach ihm erfolglos verlaufen. Er war wie vom Erdboden verschluckt. Cem schien ihre Gedanken lesen zu können.

„Wir hätten es nicht verhindern können", sagte Cem. „Selbst wenn wir ihn früher aufgesucht hätten."

„Das vielleicht nicht", murmelte Ilka vor sich hin. „Aber dann hätte ich wenigstens meinen Job anständig gemacht." Cem entfernte sich ein paar Schritte von der Leiche. Er lehnte sich an einen Baum und starrte über das trübe Wasser. Er brauchte ein paar tiefe Atemzüge, um wieder zu sich zu kommen.

„Geht's wieder?" Ilka war an seine Seite getreten.

„Ja, danke", sagte er, aber es klang wenig überzeugend.

„War das der Besitzer des Teichs, mit dem du gesprochen hast?"

„Ja, er heißt Hans Mayfart. Er ist der Pächter dieses Fischteichs. Er wollte zusammen mit seinem Sohn Frederick angeln. Als ein Fisch anbiss, wollte sein Sohn nachsehen, dabei hat er die Leiche entdeckt."

„Ziemlich großer Fisch", bemerkte Ilka sarkastisch.

„Angeln die beiden öfter hier?"

„Ja, fast an jedem Wochenende", sagte Cem.

Ilka blickte sich um und sah, dass Anna bereits jenseits der Absperrung war.

„Lass uns auch gehen. Hier können wir nichts mehr tun." Auf dem Weg zum Auto kam die junge Polizistin auf sie zu.

„Frau Hansen, die Typen von der Presse werden langsam ungeduldig." Sie deutete mit einer knappen Kopfbewegung Richtung Absperrung.

„Sag ihnen, dass sie ihre Infos morgen bekommen."

„Sie sind sauer, dass sie keine Fotos machen dürfen."

„Sie können sich morgen an unsere Pressestelle wenden. Sagen Sie ihnen das bitte?" Die junge Polizistin sah sie beinahe hilflos an. Sie war noch nicht lange bei der Polizei und das alles hier schien ihr mächtig zuzusetzen.

„Soll ich ihnen das so sagen?"

„Klar, warum nicht?" Ilka ließ sie einfach stehen, ging zu ihrem Auto und startete den Motor.

Kapitel 14

Montag, 30. Oktober

Ilka wartete, bis Cem durch die Gartenpforte des Nachbarhauses verschwunden war, dann erst drückte sie den Klingelknopf an Axel Steinbergers Haustür. Nur zögernd öffnete sich die mit Altländer Motiven verzierte Tür des Bauernhauses. Die Frau, die vor ihr stand, war nicht viel älter als dreißig. Sie trug Jeans und eine weiße, mit Spitzen besetzte Bluse und hatte ihr rötlich schimmerndes Haar zu einem Pferdeschwanz gebunden. Teresa Steinbergers Augen waren gerötet, als hätte sie erst vor kurzem geweint. Ihre Mundwinkel zuckten nervös. Ilka fragte sich, ob sie bereits wusste, dass ihr Mann tot war.

„Ja, bitte?"

„Ilka Hansen, Kripo Stade. Darf ich kurz reinkommen?"

Sie nickte stumm und führte Ilka über einen hellen Flur ins Wohnzimmer. Teresa Steinbergers Liebe zu Italien war unübersehbar. An den Wänden hingen farbenfrohe Aquarelle, deren Motive überwiegend aus der Toskana stammten; Sonnenblumen, Zypressen und verträumte Bergdörfer. Teresa bat sie, auf der weißen Ledercouch Platz zu nehmen.

„Möchten Sie einen Tee oder Kaffee?"

Ilka verneinte.

„Frau Steinberger", begann Ilka vorsichtig. „Es tut mir sehr leid, aber Ihr Mann wurde in der Nähe von Harsefeld tot aufgefunden."

Teresa Steinberger stand auf, ohne ein Wort, ging zum Fenster und starrte hinaus. Als sie sich wieder umdrehte, hatte sie Tränen in den Augen.

„Können Sie uns sagen, was er dort wollte?"

Teresa biss sich auf die Unterlippe und schüttelte den Kopf.
„Können Sie sich vorstellen, dass er sich dort mit jemandem getroffen hat? Vielleicht mit einem Mandanten?"
„Über seine Arbeit kann ich nichts sagen. Jedenfalls hat er mir nie erzählt, mit wem er sich wo getroffen hat."
„Wann haben Sie Ihren Mann das letzte Mal gesehen?"
„Gestern Morgen. Er wollte nach Hamburg, zu einer Anwaltstagung. Aber so richtig geglaubt habe ich ihm das nicht."
„Warum haben Sie ihm das nicht geglaubt?"
„Axel blieb öfter mal über Nacht weg. Er hielt es mit der Treue nicht so genau."
„Und Sie?"
„Ich?"
„Ja, wie sind Sie damit umgegangen?"
„Am Anfang habe ich ihn zur Rede gestellt, aber irgendwann habe ich begriffen, dass er sich nicht ändern würde."
„Warum haben Sie ihn nicht verlassen?"
„Ich habe ihn geliebt. Ob Sie's glauben oder nicht."
„Haben Sie eigentlich Kinder, Frau Steinberger?" wollte Ilka wissen.
„Nein. Ich kann keine bekommen." Ihr Blick schweifte zu einem Bild über dem Kamin. „Pienza", fuhr sie so leise fort, als würde sie zu sich selbst sprechen. „Im nächsten Jahr wollten wir wieder in die Toskana fahren."
„Haben Sie die Bilder gemalt?", fragte Ilka.
„Ja, die meisten jedenfalls. Axel war viel unterwegs. Da blieb mir viel Zeit zum Malen." Ilka schaute durch die Fensterfront zu den abgeernteten Obstbäumen.
„Ist Ihnen in den letzten Tagen etwas an Ihrem Mann aufgefallen?"
„Er war nervöser als sonst. Irgendetwas schien ihn zu beunruhigen. Aber was es war, weiß ich nicht.

Er sprach selten über solche Dinge."
„Haben Sie sich in letzter Zeit über etwas gestritten?"
„Nein. Es war zwar nicht immer einfach, mit Axel zusammen zu leben, aber ernsthaften Streit hatten wir nie."
„Hatte er Ärger mit Freunden?"
„Nein, nicht das ich wüsste."
„Und in der Kanzlei?"
„Ich habe Ihnen doch gesagt, dass er so gut wie nie mit mir über seine Fälle gesprochen hat. Da kann Ihnen seine Sekretärin, Regina Paulsen, mehr erzählen."
„Wissen Sie, wo ich Frau Paulsen finden kann?"
„Sie hat eine Mietwohnung in der Nähe vom Schwedenspeicher. Aber wo genau, weiß ich nicht."
Ilka stutzte. Was wusste Teresa Steinberger tatsächlich von ihrem Mann? War sie wirklich so naiv, wie sie tat, oder spielte sie ihr nur etwas vor?
„Ihr Mann wurde an den Fischteichen am Issendorfer Weg gefunden. Hatte er irgendeinen Bezug zum Angeln? Einen Freund vielleicht, mit dem er etwas unternommen hat?" Teresa antwortete nicht. Sie schlug die Hände vor das Gesicht, schluchzte hemmungslos.
Ilka spürte, wie sich ihre Kehle zusammenschnürte. Jetzt ärgerte sie sich, dass sie den Kaffee abgelehnt hatte.
„Und Sie haben wirklich keine Vermutung, mit wem er sich dort getroffen haben könnte?"
„Nein, ich wusste ja nicht mal, dass er dort war." Teresa wischte sich mit dem Handrücken über die Augen. Ilka zog die Fotos von Daniel Peters und Dennis Höfer aus der Jackentasche.
„Haben Sie einen der beiden Männer schon mal gesehen?"
Teresa warf einen flüchtigen Blick darauf und verneinte dann.
„Denken Sie nach", forderte Ilka sie auf. „Es ist wirklich

wichtig." Wieder verneinte Teresa Steinberger. Ihre Worte gingen in einem Schluchzen unter.

„Würden Sie mich jetzt bitte, bitte allein lassen."

„Ja, natürlich." Ilka stand auf und folgte ihr zur Haustür. „Eine Bitte noch", sagte Ilka auf der Schwelle. „Ich würde mir gern das Büro Ihres Mannes ansehen. Haben Sie etwas dagegen?"

„Nein, warum sollte ich?"

„Haben Sie die Schlüssel für die Kanzlei?"

Teresa ging ins Innere des Hauses und kehrte nach einigen Sekunden wieder zurück.

„Hier." Sie reichte Ilka ein Bund mit drei Schlüsseln. „Einer für den Hauseingang, einer für die Kanzlei und der Dritte gehört zu seinem Schreibtisch."

****

Kaum hatte Ilka das Haus verlassen, kam Cem auch schon auf sie zu. Er hatte in der Zwischenzeit die komplette Nachbarschaft abgeklappert und war sichtlich genervt. Er wollte Ilka gerade berichten, was er herausgefunden hatte, als eine alte Dame direkt auf sie zusteuerte. Sie trug einen schwarzen Mantel, der schon bessere Tage gesehen hatte und unter der Wollmütze lugten krause graue Locken hervor.

„Sind Sie von der Polizei?"

„Ja, Ilka Hansen, Kripo Stade. Und wer sind Sie?"

„Hertha Dormann. Ich bin eine Nachbarin von den Steinbergers." Sie deutete auf ein kleines Einfamilienhaus auf der anderen Straßenseite. Cem wunderte sich, dass er sie dort nicht angetroffen hatte. „Wo waren Sie, als ich bei Ihnen geklingelt habe?"

„Auf dem Dachboden", kam es zurück. „Sie hätten nur länger warten müssen." Dann wandte sie sich wieder an Ilka. „Was ist passiert?" Ilka überlegte, wie viel sie der Frau erzählen sollte und kam zu dem Entschluss, so wenig wie möglich preiszugeben.

„Ist Ihnen in den letzten Tagen etwas Merkwürdiges aufgefallen?" Die Frau schüttelte den Kopf.

„Nein. Die Steinbergers bekommen selten Besuch." Sie hielt kurz inne, fügte dann hinzu: „Na ja, vorgestern war jemand hier, der sich ein bisschen merkwürdig verhielt. Er stand eine ganze Weile vor der Tür, bestimmt zehn Minuten und als niemand die Tür aufmachte, ging er wieder."

„Können Sie den Mann beschreiben?", fragte Cem.

„Er sah aus wie ein neureicher Schnösel." Tolle Beschreibung, dachte Ilka im Stillen.

„Wie kommen Sie darauf?", hakte sie nach.

„Na, er trug teure Klamotten, sah jedenfalls so aus."

„Würden Sie ihn wieder erkennen?"

„Glaube ich nicht", sagte sie. „Er trug einen langen, dunklen Mantel, so eine Art Trenchcoat, eine Sonnenbrille und so eine karierte Schiebermütze. Wissen Sie, was ich meine?" Sie hob die Hände und versuchte mehr schlecht als recht die Form der Mütze anzudeuten.

„Ja, ich verstehe", sagte Ilka, um sich weitere Erklärungen zu ersparen. Sie zog ein Foto von Daniel Peters hervor. „Könnte es dieser Mann gewesen sein?"

„Ja, könnte sein, aber schwören würde ich es nicht."

Ilka steckte das Foto wieder ein. „Haben Sie sonst etwas bemerkt? Stieg er in ein Auto?"

„Nein, ein Auto hatte er nicht dabei", sagte sie, „jedenfalls hab' ich keins gesehen." Ilka hakte noch einmal nach.

„Er hat also vor der Tür gewartet und als niemand aufmachte, ist er wieder gegangen. Stimmt das so?"

„Ja, so war's", sagte Hertha Dormann. „Teresa war wirklich nicht da. Um diese Zeit ist sie immer mit ihrem Rennrad unterwegs."

„Macht sie das öfters?", fragte Ilka.

„Ja, schon, aber nicht mehr so oft wie im letzten Jahr. Da hat sie trainiert wie eine Wahnsinnige. Sie hat sogar an diesem berühmten Triathlon in Hawaii teilgenommen." Ilka hätte sich denken können, dass Hertha Dormann kaum etwas entgehen würde.

„Hat sie Ihnen das mal erzählt?"

„Nein." Es schien ihr sichtlich Spaß zu machen, ihr Wissen preiszugeben. „Ich habe zwei Jahre den Haushalt für sie gemacht. Teresa hat ja jeden Tag trainiert und ihr Mann war auch selten zu Hause. Ihn habe ich manchmal tagelang nicht gesehen."

Ilka musste lächeln. Solche auskunftsfreudigen Zeugen könnte sie öfters gebrauchen. „Dann können Sie mir doch bestimmt auch sagen, wie die Ehe der beiden war."

Die alte Dame spitzte die Lippen, dachte kurz nach und sagte dann: „Der Herr Steinberger nahm's nicht so genau mit der Treue. Ich an ihrer Stelle hätte ihn längst zum Teufel gejagt. Einmal habe ich zufällig mitbekommen, wie sie sich gestritten haben. Sie hatte sein Handy gefunden und da waren wohl ein paar Nachrichten drauf, die nicht für sie bestimmt waren. Sie hat ihm eine Szene gemacht, ihn angeschrieen wie eine Furie." Ilka stutzte. Sie musste sofort an die Worte von Teresa Steinberger denken. Sie hatte behauptet, dass es nie zu einem ernsthaften Streit zwischen ihr und ihrem Mann gekommen wäre. Irgendwie passte das alles nicht zusammen.

„Und wie hat Herr Steinberger reagiert?", wollte Ilka wissen.

„Gelassen, würde ich sagen. Ja, ausgesprochen gelassen. Ich glaube, es war ihm ziemlich egal, wie sie darüber dachte." Sie hielt kurz inne, bevor sie hinzufügte: „Nein, Frau Oberkommissarin, aber eine harmonische Ehe haben die beiden schon lange nicht mehr geführt."

Ilkas Miene wurde noch nachdenklicher. Anscheinend hatte sie sich ein völlig falsches Bild von Teresa Steinberger gemacht. „Können Sie sich vorstellen, dass Frau Steinberger ein Verhältnis hat?"

„Wundern würde es mich nicht", sagte die alte Dame.

„Das war's auch schon, Frau Dormann." Ilka reichte der Frau ihre Karte. „Für den Fall, dass Ihnen noch etwas einfällt." Da Frau Dormann keine Anstalten machte zu gehen, zog Cem Ilka beiseite. Als sie außer Hörweite der alten Dame waren, meinte Cem: „Wäre ja auch zu schön gewesen, wenn sie Peters erkannt hätte. Oder wenigstens sein Auto."

„Vielleicht war er es tatsächlich nicht", sagte Ilka.

„Glaubst du ihr?", warf Cem ein.

Ilka fand keine Antwort auf seine Frage.

* * * *

Auf der Rückfahrt sprachen sie kein Wort miteinander. Erst als sie das Stader Ortsschild passierten, fand Cem seine Stimme wieder. „Unter einem harmonischen Familienleben stelle ich mir was anderes vor. Die beiden haben eine seltsame Ehe geführt." Cem sah Ilka von der Seite an. „Wie würdest du reagieren, wenn dein Mann ständig fremdginge?"

„Ich würde ihn zum Teufel jagen."

„Ob sie was mit der Sache zu tun hat?" Ilka schüttelte den Kopf. „Nein, ich denke nicht. Ich glaube, sie hat ihn wirklich geliebt. Den eigenen Mann zu betäuben und zu ertränken... nein, das traue ich ihr nicht zu."

„Du denkst über Höfer nach, nicht wahr?"

„Erst Marion Wolff, jetzt Axel Steinberger. Beiden hat er es zu verdanken, dass er in den Knast gewandert ist. Nach zehn Jahren kommt er raus und plötzlich sind beide tot!" Ilka schlug mit der flachen Hand aufs Lenkrad.

„Verdammt, Cem, ich weiß nicht, was ich noch glauben soll.“ Sie hatte sich darauf versteift, dass Höfer unschuldig war, obwohl sie es nicht einmal begründen konnte. Doch wie sah es in einem Menschen aus, der zehn Jahre im Gefängnis verbracht hatte? Konnte es nicht doch sein, dass er mit allem abgeschlossen hatte und nur noch diesen letzten Rachefeldzug im Sinn hatte, um den Tod seiner Frau zu rächen? Mit einem Mal war sie sich nicht mehr sicher.

„Nehmen wir mal an“, begann Cem vorsichtig „Nur angenommen, Höfer war's nicht, wer war es dann? Wenn die Morde tatsächlich mit dem damaligen Prozess zu tun haben, dann muss es noch jemanden geben, der daran beteiligt war.“ Cem zog die letzten Worte derart in die Länge, dass Ilka es nicht mehr aushielt.

„Cem, mach's nicht so spannend.“ Er hob beschwichtigend die Hände. „Wenn Höfer damals zu Unrecht verurteilt wurde, dann läuft der Mörder seiner Frau noch immer frei herum. Und wenn das so ist, dann wäre Höfer in großer Gefahr. Wenn es diesen Unbekannten gibt, der Wolff und Steinberger umgebracht hat, wird er auch versuchen, Höfer aus dem Weg zu räumen. Höfer wäre demnach ja der Letzte, der dem Mörder noch gefährlich werden könnte.“

Ilka spürte einen Stich in der Magengegend. Daran hatte sie noch nicht gedacht.

„Okay“, sage Cem. „Die Fahndung läuft. Wenn wir ihn haben, beantragen wir eine Untersuchungshaft. Ich denke, die kriegen wir durch. Wenn er es nicht war, holen wir ihn wieder raus und sagen, dass es zu seinem Schutz war, aber wenn wir uns in ihm getäuscht haben, dann sind wir auf der sicheren Seite.“

„Ja, klingt gut“, murmelte Ilka. „Jedenfalls wird es langsam Zeit, dass wir etwas unternehmen.“

Kapitel 15

Dienstagmorgen, 31. Oktober

Ilka kochte sich gerade eine Kanne Tee, als Cem am Dienstagmorgen zum Dienst erschien.

„Möchtest du auch einen Tee?"

„Was hast du denn anzubieten?", fragte Cem.

„Marokkanische Minze."

„Nein, danke!" Cem schüttelte sich. „Ich verstehe nicht, wie du das trinken kannst."

Ilka goss sich eine Tasse ein, kehrte zu ihrem Schreibtisch zurück und lehnte sich zurück.

„Na, dann fang mal an."

„Eine Streife hat Steinbergers Auto in Harsefeld gefunden, einen weißen Audi. Er stand auf einem Parkplatz neben dem Klosterpark."

„Den Platz kenne ich", unterbrach Ilka. „Da hat jemand den Wagen geschickt platziert. Es fällt überhaupt nicht auf, wenn ein Auto dort tagelang steht."

Ilka ging zur Landkarte vom Kreis Stade, die als Magnettafel an der Wand hing.

„Okay, sein Auto haben wir hier gefunden." Sie platzierte einen roten Magneten auf einen Punkt zwischen der Harsefelder Kirche und dem Klosterpark.

„Die Fischteiche sind hier." Ilka schob einen zweiten Magneten an die Stelle, wo Axel Steinberger aufgefunden wurde.

„Warum gerade da?", wunderte sie sich. „Das ist doch kein Ort, an dem man zufällig vorbeikommt, oder?" Cem trat an ihre Seite.

„Wohl kaum. Entweder er hat sich dort mit seinem Mörder verabredet, oder er wurde woanders betäubt und dann erst dort hin geschleppt. Aber warum gerade da? Warum so kompliziert?" Cem hob ratlos die Schultern.

„Im Fernsehen sieht das immer viel einfacher aus. Die Spusi sammelt die Fakten, dann vernimmt die Soko zwei, drei Verdächtige und der Vierte war's am Ende." Cem blickte zu Ilka hinüber. „Und warum funktioniert das bei uns nicht?" Ilka lehnte am Fenster und verschränkte die Arme.

Ilka fixierte den Punkt auf der Karte, schien Cems Worte nicht wahrzunehmen.

„Ilka?" Er zupfte sie am Ärmel. „Hörst du mir überhaupt zu?" Ilka kniff die Lippen zusammen, ehe sie sich entschloss, doch zu antworten. „Wahrscheinlich haben wir irgendwo eine Lücke im Drehbuch. Hat die Spusi was in Steinbergers Auto gefunden?"

Cem zog seinen Notizblock aus der Jackentasche.

„In seinem Auto wurden nur seine eigenen Fingerabdrücke gefunden. Sonst keine. Noch nicht mal welche von seiner Frau. Wir haben das mit den Fingerabdrücken am Schlüsselbund verglichen. In der Richtung kommen wir also nicht weiter." Cem hielt einen Augenblick inne, bevor er fortfuhr: „Möchtest du jetzt ein paar nette Details über Steinberger erfahren?"

„Ja, schieß los."

„Joggen, Tennis, und eine intensive Vorliebe für Cocktails. Man sah ihn oft in der ‚Bar de Brazil'. Er war dort Stammgast."

Mit einem Seufzer richtete sich Ilka auf. „Das ist ja nicht gerade viel. Was hat die Durchsuchung in der Kanzlei ergeben?"

„Du ahnst nicht, wem wir da über den Weg gelaufen sind?"

„Regina Paulsen?"

„Nein, der Putzfrau. Eine gewisse Roswitha Mertens. Sie kommt zweimal in der Woche, um sauber zu machen. Als wir kamen, war sie gerade dabei, die einzigen Beweisstücke zu vernichten!"

Ilka machte große Augen. „Und weiter?"

„Es ist dieser selbst gedrehte Zigarettenstummel", sagte Cem und hielt die Plastiktüte samt Inhalt hoch. „Und Fingerabdrücke auf dem Aschenbecher, die nicht von Steinberger stammen. Also, Roswitha Mertens schwört, dass der Stummel beim letzten Saubermachen noch nicht im Aschenbecher lag. Und da Steinberger nur dünne Zigarillos geraucht hat, muss noch jemand anderes in seinem Büro gewesen sein."

„Woher weißt du das mit den Zigarillos?" Cem grinste. „Hat mir Roswitha Mertens gesteckt. Sie sagte, dass die Dinger immer so fürchterlich gestunken haben, weshalb sie nur höchst ungern in sein Büro ging."

„Haben wir die Fingerabdrücke in der Datenbank?"

„Der Abgleich läuft noch", sagte Cem. Ilka nickte und schaute kurz auf die Uhr über der Tür. „Halb zehn. Ich denke es wird Zeit, dass wir uns mal um Regina Paulsen kümmern. Was meinst du?"

„Ja, gute Idee." Cem schnappte sich seine Jacke und hielt Ilka die Tür auf. „Aber wenn's heute wieder so spät wird, musst du das übernehmen. Ich habe heute Abend noch eine Verabredung."

„Scheint ja was Ernstes zu sein, mit dir und Anna", meinte Ilka.

„Ja, das ist es!", antwortete Cem mit einem vielsagenden Lächeln und schob sich an ihr vorbei auf den Flur.

****

„Ilka Hansen. Das ist mein Kollege Cem Kayaoglu. Wir sind von der Kripo Stade."

Die Augen der Sekretärin weiteten sich. „Kripo?"

„Können wir kurz reinkommen?"

„Herr Steinberger ist noch nicht im Büro." Sie bemühte sich, ihr Lächeln nicht zu verlieren.

Offensichtlich hatte sie noch nichts vom Tod ihres Chefs erfahren und wenn doch, war sie eine verdammt gute Schauspielerin.

„Dürfen wir trotzdem reinkommen?"

„Ja, natürlich." Sie streckte Ilka ihre Hand entgegen. „Regina Paulsen. Ich bin die Sekretärin von Herrn Steinberger."

Ilka schätzte Regina Paulsen nicht älter als dreißig, doch ihr Äußeres entsprach eher einer Frau mittleren Alters. Mit ihrem schwarzen Kostüm, den passenden Pumps mit den hohen Absätzen und den hochgesteckten Haaren würde sie eher als Empfangschefin in ein Luxushotel passen. Außerdem hätte ein bisschen weniger Rouge und Lippenstift auch nicht schaden können.

Regina Paulsen deutete auf zwei Stühle, die vor ihrem Schreibtisch standen.

„Was kann ich für Sie tun?"

„Ich muss Ihnen leider mitteilen, dass Herr Steinberger am Freitagabend ums Leben gekommen ist."

Regina Paulsen schnappte nach Luft. „Axel? Tot? Das ist ja furchtbar!" Sie schüttelte immer wieder den Kopf. „Warum?", wimmerte sie. „Wie ist er ums Leben gekommen?"

„Er wurde tot in einem Fischteich gefunden", sagte Ilka. „Wir müssen von einem Verbrechen ausgehen." Paulsen schloss die Augen und als sie sie wieder öffnete, starrte sie Ilka an. „Wissen Sie schon, wer es war?"

„Nein, leider nicht. Frau Paulsen, wie lange arbeiten Sie schon in dieser Kanzlei?"

„Ich bin jetzt knapp zwölf Jahre hier. Seit meiner Ausbildung."

„Zwölf Jahre ist eine lange Zeit", sagte Ilka. „Wie war Ihr

Verhältnis zu Axel Steinberger?"

„Wir hatten keins, falls Sie das meinen", entgegnete sie ziemlich barsch. „Hat sie das behauptet?"

„Wen meinen Sie?"

„Na, seine Frau natürlich, Teresa. Sie konnte mich nie leiden. Ab und zu kam sie unangemeldet vorbei, um zu schauen, was wir so treiben."

„Ich kann es ihr nicht verdenken." sagte Cem, dem das Zucken ihrer Mundwinkel nicht entgangen war. „Immerhin sind Sie eine attraktive Frau."

„Sie war rasend eifersüchtig!" Regina Paulsen stieß einen verächtlichen Laut aus. „Aber da war nichts. Nur weil ich gut aussehe, muss ich ja nicht gleich mit jedem ins Bett steigen." Regina Paulsen sah ihn zornig an. „Oder wie sehen Sie das?" Cem ignorierte ihre letzten Worte.

„Ich habe nicht behauptet, dass Sie mit jedem ins Bett steigen", sagte Cem in ruhigem Ton. „Ich wollte nur wissen, wie Ihr Verhältnis zu ihm war."

„Sie sind also gut mit ihm klargekommen?", mischte sich Ilka ein.

„Mal so, mal so", sagte sie ausweichend. „Aber in letzter Zeit war's okay." Nach kurzem Zögern fügte sie hinzu: „Manchmal konnte er ziemlich aufbrausend sein. Aber ich konnte damit ganz gut umgehen."

„Andere nicht?", fragte Cem nach. Sie zuckte mit den Achseln.

„Na ja, viele Freunde hat er sich mit seiner Art, Menschen zu behandeln, sicher nicht gemacht."

„Haben Sie eine Vermutung, wer das getan haben könnte?"

„Nein", antwortete sie, für Ilkas Empfinden ein wenig zu schnell.

„Gab es in letzter Zeit irgendetwas Ungewöhnliches, verärgerte Mandanten, verlorene Prozesse oder ähnliches?"

„Ich könnte Ihnen eine ganze Reihe von Leuten nennen, die ihn nicht besonders mochten, aber ob da jemand bei ist, der …" Der Rest ging in einem Schluchzen unter. Cem reichte ihr ein Taschentuch, wartete einen Moment und fragte dann: „Ein oder zwei Namen würden uns fürs Erste genügen." Er beugte sich weiter über den Tisch und versuchte, ihren Blick aufzufangen.

„Ich bin zur Verschwiegenheit verpflichtet", sagte sie. „Ich kann Ihnen die Daten nicht einfach so rausgeben."

„Frau Paulsen, wir suchen nach dem Mörder von Axel Steinberger, Ihrem Chef! Alles andere interessiert uns wirklich nicht. Also, gab es jemanden, dem Sie den Mord zutrauen würden?" Sie hielt seinem Blick nicht lange stand, wandte ihr Gesicht von ihm ab und starrte an die Decke.

„Da war einer", sagte sie plötzlich. „Ist noch gar nicht so lange her. Er war ziemlich aufgeregt. Ich glaube, es ging um ein Mandat, das Axel niedergelegt hatte."

„Wissen Sie, warum er es niederlegte?" Regina Paulsen knabberte an ihrer Unterlippe. Hinter ihrem Schreibtisch wirkte sie etwas gefasster, doch als sie jetzt aufstand, um die Akte aus dem Regal zu holen, war ihre Nervosität unverkennbar. Ihre Bewegungen wirkten steif und ihre Hände zitterten, als sie einen Ordner nach dem anderen hervor holte und kurz durchblätterte. Schließlich wurde sie fündig.

„Hier, das ist er." Sie überreichte Ilka die Akte. „Max Regner", sagte Paulsen leise. „Man wollte ihm das Sorgerecht für seine Tochter entziehen und Axel sollte das verhindern." Ilka nahm sie an sich.

„Darf ich sie mitnehmen? Sie bekommen sie in ein paar Tagen wieder."

„Ja, wenn es hilft, seinen Mörder zu finden…"

„Warum hat Herr Steinberger das Mandat niedergelegt?" Regina Paulsen zuckte mit den Achseln.

„Regner konnte nicht zahlen. Das war der Grund." Sie räusperte sich. „So war Axel nun mal. Er hat schon immer vom ganz großen Geld geträumt, von Mandanten, die reich und berühmt sind, und in deren Glanz er sich sonnen konnte. Ja, das wäre seine Welt gewesen." Sie stieß einen undefinierbaren Laut aus. „Es machte ihn verrückt, dass er immer an Typen geriet, die keinen Cent auf der Naht hatten."

„Wann kam Max Regner hierher?", wollte Cem wissen.

„Warten Sie... Dienstag oder Mittwoch, genau weiß ich das nicht mehr."

„Können Sie ihn beschreiben?", fragte Cem.

„Ungefähr 35 bis 40 Jahre alt, um die einen Meter siebzig und ungepflegtes, wirres Haar."

„Eine Frage noch", sagte Cem. „Sagt Ihnen der Name Höfer etwas?"

„Höfer?" Regina fuhr sich mit beiden Händen übers Haar. Ein paar Strähnen hatten sich gelöst, was sie gleich ein wenig sympathischer wirken ließ. „Nein, der Name sagt mir nichts."

„Ich denke, das war es", sagte Ilka und erhob sich. „Wenn noch irgendetwas ist, rufen Sie mich an." Sie legte ihre Visitenkarte auf den Tisch. Regina Paulsen nahm die Karte auf, warf einen prüfenden Blick darauf und legte sie wieder beiseite.

„Ich rufe Sie an, wenn mir noch etwas einfällt."

„Ja, machen Sie das."

Kapitel 16

Mittwochmorgen, 1. November

Thomas Leitner erwischte Ilka während der Fahrt in die Rechtsmedizin. Sie schaltete die Freisprechanlage ein und das Radio aus.

„Hallo Thomas, was gibt's?"

„Du bekommst noch den vollständigen Bericht, aber vielleicht interessieren dich vorab ein paar Infos."

„Klar, raus damit."

„Bei den Faserspuren, die ich an den Ästen gefunden habe, handelt es sich um schwarze Kaschmir-Wolle, die für Mäntel, Pullover oder Schals verwendet wird. Mit brauchbaren Fingerabdrücken kann ich leider nicht dienen. Ich habe ein Pulver identifiziert, mit dem zum Beispiel die Einweghandschuhe in den Verbandskästen imprägniert werden. Offenbar hat der Täter solche Handschuhe getragen."

„Das ist ja nicht gerade viel", sagte Ilka, als sie auf den Parkplatz der Rechtsmedizin fuhr. „Trotzdem danke."

****

Ilka stellte den Motor ab und ging in Anna Beringer's Büro. Sie wartete hinter der Glasscheibe, bis die Pathologin die Leiche aus verschiedenen Winkeln fotografiert hatte. Sie sprach noch ein paar Worte in ihr Diktiergerät, dann winkte sie Ilka zu sich. Alles in dem Raum war kalt; die Wände, das Neonlicht und der Metalltisch, auf dem Axel Steinberger lag.

„Irgendwelche Abwehrspuren, Hautpartikel unter den Fingernägeln, Kratzer oder ähnliches?", fragte Ilka.

„Nein, jedenfalls nichts, was uns weiterhelfen würde. Keine Kampfspuren, soviel steht fest. Es gibt keine Anzeichen von äußerer Gewalteinwirkung." Anna deutete auf die Schürfwunden und Kratzer an den Armen und im Gesicht. „Die stammen vermutlich von den Ästen, zwischen denen er eingeklemmt war." Ilka sah in das Gesicht des Toten. Es wirkte durchscheinend, als würden die Wangenknochen im nächsten Moment durch die Haut stechen.

„Schau ihn dir an", sagte sie mit leichtem Kopfschütteln und starrte auf den durchtrainierten Oberkörper des Toten. „Kannst du mir verraten, warum sich so einer nicht wehrt, wenn er in Gefahr ist?"

„Vielleicht hat er sich nicht bedroht gefühlt und wurde überrascht." Ilka schaute Anna ratlos an.

„Und warum finden wir ihn dann mausetot im Teich?"

„Das heraus zu finden, ist dein Job, meine Liebe", sagte Anna.

Staatsanwalt Herbig erschien unvermittelt in der Tür.

„Guten Morgen, die Damen", begrüßte er sie mit einem flüchtigen Lächeln.

„Der liebe Herr Staatsanwalt", sagte Anna mit übertriebener Freundlichkeit. „Was kann ich für Sie tun?" Wenn Ilka ihn sah, hatte sie immer eine Art Déjà-vu-Erlebnis. Herbig erschien stets in der gleichen Kleidung; schwarzer Anzug, schwarzer Rollkragenpullover und selbst die Schuhe und Socken hatten die gleiche Farbe.

Er warf einen raschen Blick auf die Leiche.

„Wissen Sie schon, wer es ist?"

Ilka zückte ihr Notizbuch. „Axel Steinberger, Anwalt aus Stade, 42 Jahre alt, verheiratet, keine Kinder, wohnhaft in Bargstedt."

„Todesursache?"

„Vermutlich ertrunken, während er bewusstlos war."

„Brauchbare Spuren?" Typisch Herbig, dachte sich Ilka. Es konnte ihm nie schnell genug gehen.

„Nein", sagte Ilka. „Aber wir sind dabei." Herbig sah flüchtig auf die Uhr.

„Ich habe noch einen Termin beim Gericht", sagte er, ohne jemanden direkt anzusehen. „Halten Sie mich bitte auf dem Laufenden."

Ilka wartete, bis der Staatsanwalt den Raum verlassen hatte.

„Hast du den schon mal in anderen Klamotten gesehen?", fragte sie Anna. Die Pathologin schüttelte den Kopf.

„Nee. Würde mich nicht wundern, wenn er in dem Aufzug auch seinen Rasen mäht." Ilka musste lachen, obwohl ihr eigentlich nicht danach zumute war.

Anna deckte die Leiche zu und rollte den Metalltisch zu einem der Kühlfächer.

„Gut, er ist also ertrunken."

„Ja, das Opfer war definitiv am Leben, als er in den Teich gelegt wurde. Schaumpils und Wasser im Magen, Kieselalgen im Blutkreislauf, den Nieren und im Gehirn... alles eindeutige Indizien dafür."

Anna schob den Leichnam von Axel Steinberger in die Kälte. „Wenn du mehr wissen willst, musst du allerdings warten. Die toxikologische Untersuchung auf unbekannte Gifte kann sich hinziehen. Ich tippe aber auf K.O.-Tropfen oder ähnliches. Ich schicke gleich einige Proben ins Labor. Dann wissen wir vermutlich mehr."

„Kannst du die Tatzeit eingrenzen?"

„Freitagabend zwischen 19.00 und 21.00 Uhr."

Anna zog die Gummihandschuhe aus und warf sie in den Mülleimer. „Alles klar mit dir?"

Ilka fuhr sich mit den Händen übers Gesicht.

„Ja, wird schon wieder", antwortete sie wenig überzeugend. „Ich bräuchte nur mal wieder ein paar Stunden Schlaf." Die letzten Tage waren tatsächlich nicht spurlos an ihr vorübergegangen. Anna tätschelte sie freundschaftlich

am Arm. „Wenn du mal ein wenig Zerstreuung brauchst, ruf' einfach an, okay?"
„Danke, Anna."

****

Ilka hatte sich gerade mit einem Cappuccino an ihren Schreibtisch gesetzt, als Cem ins Büro kam. Seine düstere Miene verhieß nichts Gutes.
„Immer noch nichts neues von Höfer?"
„Spurlos verschwunden", sagte Cem achselzuckend. „Aber wir kriegen ihn."
„Wenn es dann nicht schon zu spät ist", meinte Ilka. „Hast du dir Steinbergers Akten angeschaut?"
„Kannst du dir eigentlich vorstellen, wie viele Fälle ein Anwalt so in einem Jahr bearbeitet?"
„Ein paar Hundert?"
„Das kommt ungefähr hin", entgegnete Cem frustriert. „Willst du jetzt wissen, was ich bisher herausbekommen habe?"
„Schieß los!"
„Also", begann Cem mit einem Blick in sein Notizbuch. „Zwei seiner Mandanten sind direkt nach der Verhandlung ins Gefängnis gewandert. Der eine hat noch drei und der andere sogar noch fünf Jahre abzusitzen."
„Okay, die können es also nicht gewesen sein", stellte Ilka nüchtern fest.
„Nein, wenn man mal von Höfers Prozess absieht, ist der Fall ‚Regner' der Einzige, bei dem es nicht so sauber ablief." Cem klappte sein Notizbuch zu und legte es auf seinen Schreibtisch.
„Ach, eins habe ich noch vergessen. Eine Zeugin will einen Mann am Morgen vor der Tat vor Steinbergers Haus gesehen haben. Sie sagt, dass er auf der gegenüberliegenden Stra-

ßenseite auf und ab lief und ständig zum Haus starrte." Cem machte eine kurze Pause und fuhr dann fort: „Die Beschreibung passt zu der, die Regina Paulsen uns gegeben hat. Also, wenn du mich fragst, dann sollten wir uns diesen Regner mal näher ansehen! Was meinst du?"

„Ja, du hast Recht. Schick eine Streife los. Sie sollen ihn herbringen. Je schneller, desto besser." Im nächsten Moment ging die Tür auf und Patrick Dannenberg trat ein.

„Habt ihr einen Augenblick Zeit?"

Ilka zog die Brauen hoch. „Gibt es etwas Neues?"

„Das würde ich gern von euch erfahren!", entgegnete Dannenberg ungehalten. „Immer noch nichts von Höfer?"

„Die Fahndung läuft", meinte Cem.

Patrick Dannenberg hielt nichts von langen Vorreden. Normalerweise mochte Ilka diese Eigenschaft, doch an diesem Morgen hätte sie auf ein wenig mehr Einfühlungsvermögen gehofft.

„Das hier", sagte er ungehalten, „ist ein Fax vom Staatsanwalt." Er reichte Ilka das Papier. „Ilka, hast du eine Ahnung, was ich denen antworten soll?" Ilka überflog die Zeilen, die mehr als eindeutig waren. Bevor Ilka etwas dazu sagen konnte, legte er die neueste Ausgabe des Tageblatts vor Ilka auf den Tisch.

„Und dann habe ich noch das hier!" Dannenberg drückte Ilka die Tageszeitung in die Hand und deutete auf einen Artikel auf dem Titelblatt. ‚Tod im Fischteich' stand da geschrieben und darunter: ‚Die Polizei tappt weiter im Dunkeln'. Ilka und Cem warfen sich einen verstohlenen Blick zu. Seit sie den Fall leitete, hatte Dannenberg sie in Ruhe gelassen. Doch jetzt, wo der Druck von außen immer größer wurde, blieb ihnen nicht mehr viel Zeit. Dannenberg wandte sich mit finsterer Miene an Ilka.

„Ilka, wenn du mir sagst, dass du noch Zeit brauchst, dann

kriegst du sie. Aber dann musst du mir Ergebnisse liefern." Sein Tonfall ließ keinen Zweifel daran, dass er es ernst meinte. Wieder ließ er Ilka nicht zu Wort kommen.

„So, fassen wir mal zusammen. Was haben wir bisher? Zwei Leichen und einen, Höfer nämlich, der allen Grund hätte, beide umzubringen. Richtig bis hierher?" Ilka und Cem nickten im Einklang.

„Und was noch?"

„Daniel Peters", sagte Ilka. „Er war Marion Wolffs damaliger Arbeitgeber. Tut so, als wäre er ein ausgezeichneter Geschäftsmann, aber in Wirklichkeit steht er unter dem Pantoffel seines Vaters."

Das Telefon klingelte. Ilka nahm ab.

„Ja?" Sie wechselte einen Blick mit Cem, dann sagte sie: „Sehr gut. Bringt ihn her." Ilka legte auf. „Das waren die Kollegen von der Streife. Sie haben Regner. Er wird in einer halben Stunde hier sein."

Dannenberg verstand kein Wort.

„Regner? Wer ist das?"

„Der nächste Kandidat! Ein Mandant von unserem toten Anwalt. Steinberger sollte für ihn das Sorgerecht für seine Tochter erwirken, aber stattdessen hat er das Mandat niedergelegt." Dannenberg runzelte die Stirn.

„Vielleicht ist das unser Mann?"

„Könnte sein", sagte Ilka, „jedenfalls war er vermutlich einer der Letzten, die Steinberger lebend gesehen haben."

Dannenberg nickte, ging zur Tür und drehte sich auf der Schwelle noch einmal um.

„Haltet mich auf dem Laufenden und bringt mir innerhalb von 48 Stunden brauchbare Fakten. Solange halte ich den Staatsanwalt hin." Ilka wollte etwas sagen, doch Dannenberg hob drohend den Zeigefinger. „48 Stunden, Ilka, und keine Minute länger. Haben wir uns verstanden?" Ohne eine

Antwort abzuwarten, drehte er sich um und verließ das Büro. Als die Tür ins Schloss fiel, stieß Cem hörbar Luft aus.

„Unser Chef hatte auch schon bessere Laune."

****

Max Regner saß wie ein Häufchen Elend vor ihnen. Er sah tatsächlich so aus, wie ihn die Zeugin beschrieben hatte. Mitte dreißig, einen Meter siebzig groß und zerzaustes Haar. Sein Gesicht war gerötet. Um die Augen lagen dunkle Schatten. Regner war sichtlich bemüht, die Fassung zu wahren, doch es gelang ihm nicht.

„Ich habe sie geliebt", schluchzte er. „Und dann kam so ein schleimiger Typ mit ‚ner Menge Geld in der Tasche und hat sie mir weggenommen." Er sah zu Ilka auf. Seine Augen schimmerten feucht.

„Sind Sie diesem Mann einmal begegnet?", fragte Ilka.

Regner schüttelte den Kopf. „Nein, ich habe ihn nie gesehen." Er sah in Ilkas Richtung, doch sein Blick schien durch sie hindurch zu gehen. „Ich habe ein Telefonat belauscht und sie danach zur Rede gestellt. Sie sagte mir direkt ins Gesicht, dass er ihr viel mehr bieten könnte und ihr jeden Wunsch von den Lippen ablesen würde." Er holte tief Luft. „Aber jetzt ist sowieso alles vorbei. Ich habe so viel geweint, bis keine Tränen mehr kamen. Sie ist mein ein und alles. Wenn ich sie verliere, macht alles keinen Sinn mehr." Er suchte Ilkas Blick.

„Sagen Sie mir, was ich tun soll!"

„Ich werde versuchen, Ihnen zu helfen", sagte sie sichtlich berührt. „Aber ich kann Ihnen nichts versprechen." Regner nickte und starrte auf den Boden.

„Kennen Sie die Frau?" Ilka schob das Foto von Marion Wolff über den Schreibtisch. Regner beugte sich kurz nach vorn, dann ließ er sich wieder zurückfallen.

„Nein, die kenne ich nicht."

„Wirklich nicht?"
„Nein, wer ist das?"
„Sie ist beim Brand eines Schuppens umgekommen."
„Was habe ich damit zu tun?"
Ihr Blick schweifte wieder zu Cem. Ilka spürte, dass er sich nur mühsam beherrschte. Mit weit aufgerissenen Augen starrte er Ilka an.
„Was wollen Sie damit andeuten? Dass ich sie umgebracht habe?" Seine Stimme überschlug sich. „Nein, nein, und noch mal nein! Ich war's nicht. Beim Leben meiner Tochter." Er wollte aufspringen, doch Cem's Hand auf seiner Schulter verhinderte es. „Wo waren Sie am Mittwochabend zwischen 19.00 und 21.00 Uhr?"
„Mittwochabend?" Regner wirkte wie paralysiert. „Ich bin zur Elbe gefahren, bin am Ufer entlang gegangen, bis es dunkel wurde."
„Zeugen gibt es keine, oder?"
„Nein, niemanden."
„Das ist schlecht", sagte Cem trocken.
„Achten Sie immer darauf, dass Sie ein Alibi haben, wenn Sie etwas tun?"
„Nein, natürlich nicht", sagte Ilka. „Aber ich werde auch nicht verdächtigt, einen Mord begangen zu haben."
„Oder vielleicht sogar zwei", ergänzte Cem. Regner öffnete die Lippen, als wollte er etwas sagen, doch er blieb stumm. Plötzlich drehte er sich zu Ilka um.
„Sagen Sie ihm, dass er mich in Ruhe lassen soll."
Ilka bedeutete Cem mit einem Kopfnicken, dass er sich ein wenig zurückhalten sollte. Regner's Körper verspannte sich. Er sah weder Cem noch Ilka an. Dann, leise und stockend erzählte er von den Tagen, als sie noch eine glückliche Familie waren. Er sagte, dass er sich von Anfang an eine Tochter gewünscht hatte, keinen Sohn, wie die meisten Männer.

Plötzlich redete er sich in einen Rausch. „Sie ist mein Engel! Verstehen Sie?"

Als er geendet hatte, war es für Augenblicke so still, dass sie ihre Atemzüge hören konnten. Es stand für Ilka außer Frage, dass er alles für seine Tochter tun würde. Er würde Himmel und Hölle in Bewegung setzen, um sie nicht zu verlieren. Doch würde er auch einen Mord begehen? Liebe macht blind, die Liebe der Eltern zu ihren Kindern erst recht. Ohne es zu wollen dachte sie an ihre Ehe, an Tobias und den Moment, als ihr das Sorgerecht für Sina zugesprochen wurde. Wie hätte sie reagiert, wenn es anders herum gelaufen wäre? So schnell, wie ihr dieser Gedanke gekommen war, verdrängte sie ihn auch. Sie hatte einen Mord aufzuklären und Max Regner gehörte zu denen, die ein mögliches Motiv hatten.

„Gab es einen Grund, dass Sie Ihre Tochter nicht mehr sehen durften?"

„Nein", versicherte er. „Eine Woche, nachdem meine Frau abgehauen ist, bekam ich einen Brief, in dem stand, dass ich meine Kleine nicht mehr sehen dürfte. Ich war völlig fertig. Dann habe ich versucht, mit meiner Frau zu reden, wir haben uns doch mal geliebt, aber ich kam nicht an sie ran." Regner fuhr sich verzweifelt durchs Haar. „Dann habe ich mir einen Anwalt genommen."

„Axel Steinberger", ergänzte Ilka. Regner nickte.

„Ja, ich wollte meine Kleine doch nicht verlieren."

„Sie sind also zu Steinberger gegangen und haben ihn gebeten, Sie zu vertreten."

„Ja. Er hat gesagt, dass wir das schon hinkriegen."

„Und was geschah dann?"

„Kurz vor der Verhandlung habe ich ein Schreiben von ihm bekommen, dass er das Mandat niedergelegt hat. Ich war total fertig."

„Wie hat er das begründet?", fragte Ilka, ohne den Blick von Regner zu nehmen.

„Dass es auf Grund meiner jetzigen Lebenssituation keine Chance gäbe, das Sorgerecht zu bekommen."

„Sie sind im Moment arbeitslos, nicht wahr?"

„Ja, aber für meine Kleine hätte ich jeden Job angenommen. Außerdem wäre ich ja schon zufrieden gewesen, wenn wir uns das Sorgerecht geteilt hätten."

Ilka ließ ihm ein wenig Zeit, um sich zu beruhigen, dann zog sie einen Stuhl heran und setzte sich ihm direkt gegenüber.

„Herr Regner, es sieht nicht gut aus für Sie, das wissen Sie doch, oder?"

„Was soll ich denn tun?", jammerte Regner.

„Die verdammte Wahrheit sagen", rief Cem dazwischen und schlug mit der flachen Hand auf den Tisch. Ilka warf ihm einen mahnenden Blick zu. Cem beugte sich zu ihm hinunter.

„Also haben Sie Steinberger aufgesucht, um ihn umzustimmen." In seiner Stimme schwang ein Hauch von Gereiztheit mit. „Und als er sich weigerte, haben Sie ihm aufgelauert. Zeugen haben Sie vor Steinbergers Haus gesehen. Was wollten Sie dort?" Regner zuckte zusammen und wandte sich zu Ilka um. „Beantworten Sie seine Frage!", sagte sie nur.

„Ich wollte noch mal mit ihm reden." Cem stützte sich mit beiden Händen auf den Tisch und kam Regner bedrohlich nahe. „Und als er Sie wieder abblitzen ließ, sind Sie durchgedreht!"

„Ich war es nicht", beteuerte er noch einmal. Schweiß hatte sich auf seiner Stirn gebildet.

„Nein, wirklich nicht?", fragte Cem noch ein wenig zynischer und hielt ihm provokativ das Foto von Steinbergers Leiche unter die Nase. „Und wer war es dann?"

Cem packte Regner fest am Oberarm. „Jetzt erzählen Sie

endlich, wie es war!" Regner zuckte zusammen, sah verängstigt zu Ilka.

„Cem! Lass ihn in Ruhe!" Ilkas scharfer Ton verfehlte seine Wirkung nicht. Cem lockerte seinen Griff, zögerte einen Moment, dann trat er einen Schritt zurück.

„Tut mir Leid", hörte sie ihn sagen. „Kommt nicht wieder vor." Jetzt war Max Regner endgültig mit den Nerven am Ende. Er sank nach vorn, vergrub sein Gesicht in den Händen und weinte. Einen Moment lang stand Ilka nur schweigend da, während Regner vor sich auf den Boden starrte. Dann zog sie Cem ins Nebenzimmer.

„Was hältst du von ihm?"

„Es wäre nicht das erste Mal, dass so einer durchdreht." Was für ein Häufchen Elend, dachte Ilka, als sie Max Regner durch die breite Glasscheibe beobachtete. Sieht so ein Mörder aus? Ilka knabberte nervös an ihrer Unterlippe.

„Weißt du, was ich nicht begreife?" Cem schüttelte den Kopf. „Warum nimmt Steinberger erst den Fall an, um ihn dann kurz vor der Verhandlung wieder abzugeben? Er wusste doch vorher von Regner's Lebensverhältnissen. Warum macht er sich erst die Mühe, um dann wenig später alles wieder hinzuwerfen? Das macht doch überhaupt keinen Sinn. Und dass Regner nicht so zahlungskräftig ist, hätte er sich auch denken können."

„Ja, irgendetwas stinkt da gewaltig", stimmte Cem zu. „Ist wohl was Wahres dran, dass Steinberger für Geld seine Oma verkaufen würde. Würde mich nicht wundern, wenn die Ex von Regner oder ihr neuer Lover die Finger im Spiel hätten."

„Schau ihn dir an", sagte Ilka und deutete durch die Fensterfront zu Regner. „Frau weg, Job weg und jetzt auch noch die Tochter... der ist total fertig!"

„Grund genug, um auszurasten", entgegnete Cem trocken.

„Meinst du nicht?“ Ilka schüttelte den Kopf. „Sag ihm, dass er gehen kann. Aber er soll die Stadt nicht verlassen!“ Cem sah sie mit großen Augen an. „Du willst ihn wirklich laufen lassen?“ Ilka holte tief Luft.

„Er ist einfach verzweifelt, Cem. Es wurde ihm gerichtlich verboten, auch nur in die Nähe seiner Tochter zu kommen. Das ist das Schlimmste, was einem Vater passieren kann.“

„Ilka, wie oft hat jemand ein Verbrechen aus Verzweiflung begangen? Das kommt jeden Tag vor.“

„Darum geht es doch gar nicht“, sagte Ilka gereizt. „Bei Steinberger bin ich mir nicht sicher, aber mit dem Fall Marion Wolff hat er garantiert nichts zu tun. Ich wette, dass er sie nicht einmal gekannt hat.“ Cem drehte ihr den Rücken zu, starrte aus dem Fenster und hatte die Hände tief in seinen Hosentaschen vergraben.

„Ich habe kein gutes Gefühl, ihn einfach so gehen zu lassen.“

„Tu es trotzdem“, sagte Ilka unmissverständlich, zog die Lederjacke an und verließ das Büro.

Kapitel 17

Donnerstagmorgen, 2. November

Ilka hatte gerade das Haus verlassen, als ihr Handy klingelte. Es war Cem.

„Wir haben ihn!", hörte sie ihn sagen. „Er war zusammen mit seinem Knastkumpel Nico in einer Bar auf der Reeperbahn."

„Hat er Widerstand geleistet?", wollte Ilka wissen.

„Nein, die Kollegen von der Streife haben mir erzählt, dass er ohne Gegenwehr mitgekommen ist. Anscheinend hat er mit seiner Festnahme gerechnet!"

„Okay Cem, ich bin in zwanzig Minuten da."

Als Höfer das Büro betrat, war es kurz nach Zwölf. Er trug Jeans, ein schwarzweis kariertes Baumwollhemd und eine schwarze Lederweste. Ein Kerl wie ein Baum, so stand er vor ihr. „Setzen Sie sich bitte!"

Höfer setzte sich und musterte sie unverhohlen von oben bis unten. „Sie sehen verdammt gut aus für eine Kommissarin."

„Finden Sie?"

„Ja, finde ich!"

„Danke", sagte sie knapp und drängte sich zwischen ihm und der Schreibtischkante zu ihrem Stuhl. Sie hätte ihm dieses Kompliment ohne Abstriche zurückgeben können, doch auf dieses Spielchen wollte sie sich gar nicht erst einlassen.

„Freitagabend zwischen 19 und 21 Uhr, wo waren Sie da?"

„Keine Ahnung, wahrscheinlich um die Häuser gezogen, so wie immer."

„Hat Sie jemand gesehen oder begleitet? Dieser Nico vielleicht?"

„Nein, ich war allein. Also kein Alibi!" Wieder dieser bohrende Blick, der sie verunsicherte. Seine Augen hatten etwas Kaltes, Stechendes.

Ilka hielt ihm das Foto des Toten vor die Nase.

„Steinberger ist erst betäubt und dann ins Wasser gelegt worden. Jemand hat seinen Kopf mit einem Ast unter Wasser gedrückt. Er hatte keine Chance." Höfer blieb eine ganze Weile bewegungslos sitzen. Als er schließlich den Kopf hob, lag in seinen Augen purer Hass.

„Ich fühle nichts, wenn Sie das meinen", sagte er. „Ich war's nicht, aber ich fühle auch nichts!"

„Sie kommen nach zehn Jahren Gefängnis zurück und eine Woche später sind Wolff und Steinberger tot."

„Sie haben es verdient!" Höfer ließ sich nicht beirren.

Ilkas Geduld war jetzt endgültig am Ende. Sie stemmte die Hände in die Hüften und baute sich vor ihm auf.

„Hören Sie, Herr Höfer, Ihre Verhalten gefällt mir nicht!", sagte sie im scharfen Ton. „Ich habe Ihnen schließlich nichts getan."

„Und wenn schon. Da, wo ich herkomme, spielt der Ton keine Rolle!"

„Sie sind aber nicht mehr dort, sondern hier in meinem Büro. Und wenn wir uns jetzt nicht vernünftig unterhalten können, sperre ich Sie über Nacht ein."

„Unter welchem Vorwand?" Seine Stimme hatte plötzlich an Schärfe gewonnen.

„Mir fällt schon eine Begründung ein. Darauf können Sie sich verlassen. Haben wir uns verstanden?"

Höfer nickte stumm.

„Gut", sagte Ilka sichtlich erleichtert, dass sie offensichtlich den Machtkampf gewonnen hatte. „Dann fangen wir noch mal von vorne an." Sie setzte sich ihm gegenüber.

„Ich kann Ihnen nur eins versprechen", beschwor Ilka ihn,

„dass wir alles tun werden, um den Mörder Ihrer Frau zu finden."

„Niemand hat versucht, die Wahrheit herauszufinden! Weder Ihre Kollegen noch der Staatsanwalt. Warum sollte ich Ihnen also vertrauen?" Sie konnte nicht einschätzen, was gerade in ihm vorging. War es purer Hass oder nur Verzweiflung, weil er in seinem Leben keine Perspektive mehr sah?

„Wenn ich an sie denke, denke ich daran, wie ich in ihren Armen lag und sie mir sagte, dass wir es schon irgendwie schaffen würden." Höfer hielt inne, warf Ilka einen kurzen Blick zu. „Aber das können Sie nicht verstehen."

„Doch", sagte Ilka. „Doch, das kann ich."

„Sie war die Einzige, der ich viel schulde. Und ich werde es ihr nie zurückzahlen können. Ich erinnere mich an ihr Lachen, ihre Lebensfreude, selbst wenn's uns beschissen ging. Nur deshalb lebe ich noch." Höfer atmete flach, rührte sich nicht von der Stelle. Zum ersten Mal zeigte er Gefühle.

„Sie haben Marion Wolff angerufen, aber nie persönlich getroffen, richtig?"

„Ja."

„Wie war das bei Steinberger? Sind Sie ihm begegnet?"

„Ich habe bei seiner Sekretärin unter falschem Namen angerufen und gefragt, wo Axel bleiben würde, dass wir verabredet waren und ich jetzt auf ihn warten würde. Daraufhin sagte sie mir, dass er ins Fitness-Center gefahren wäre." Höfer lachte bitter auf. „Ich habe ihm auf dem Parkplatz aufgelauert. Wollte wissen, wie er reagiert. Er hatte Angst, eine Riesenangst, dass ich ihn gleich auf dem Parkplatz ins Jenseits befördere. Ich konnte es in seinen Augen sehen. Ich schlug ihm in den Magen. Er sackte gleich zusammen. Ich zog ihn hoch, sagte ihm, dass er nichts anderes verdient habe und dass ich ihn am liebsten umbringen würde. Er war es nicht wert. Also schlug ich noch einmal zu."

„Und was geschah dann?", wollte Ilka wissen

„Er krümmte sich am Boden und winselte wirres Zeug. Ich sagte ihm, dass er jetzt zur Polizei gehen könnte, damit sie mich wieder einbuchten können. Doch er starrte mich nur an. Dann rappelte er sich auf, warf seine Sporttasche auf den Rücksitz und fuhr los."

„Wann war das genau?"

„Am Donnerstagabend, gegen neun."

„Danach haben Sie ihn nicht wieder gesehen?"

„Nein."

„Okay", sagte Ilka und erhob sich. „Sie sind vorläufig festgenommen!"

„Das können Sie nicht machen."

„Und ob ich das kann!" Ilka griff nach dem Haftbefehl auf dem Tisch und hielt ihm den Zettel vor die Nase.

„Weswegen?"

„Das können Sie sich aussuchen. Entweder wegen Mordverdachts in zwei Fällen, oder als Schutzmaßnahme." Höfer kniff die Augen zusammen.

„Als Schutzmaßnahme?"

Ilka triumphierte innerlich. Endlich hatte sie ihn dort, wo sie ihn haben wollte, verunsichert und in die Enge getrieben.

„Wenn Sie nicht der Mörder sind", erklärte sie ihm. „dann sind Sie der einzige noch lebende Prozessbeteiligte von damals. Wolff und Steinberger sind tot, also wird der Mörder alles daran setzen, auch den letzten Zeugen zu beseitigen. Und das wären in diesem Fall Sie!" Das saß. Ilka spürte förmlich, wie es in seinem Gehirn arbeitete.

„Ich brauche Ihren Schutz nicht", sagte er, aber es klang längst nicht mehr so selbstsicher. Er fixierte Ilka einige Augenblicke und ließ sich dann wortlos abführen.

„Vielleicht deuten wir das auch völlig falsch", meinte Cem, als Höfer und die Beamten außer Sichtweite waren. „Lass uns mal ein wenig herum spinnen. Nehmen wir mal an, der Max Regner war es nicht. Dann kommen wir zu Höfer. Der kommt nach zehn Jahren frei und sein erster Weg führt nach Stade. Er will sich an den Leuten rächen, die er für den Tod seiner Frau verantwortlich macht. Aber er will ihnen nichts antun, denn dann würde er ja gleich wieder in den Knast wandern. Nein, er will ihnen tatsächlich nur Angst machen, sie sollen sich fürchten vor dem nächsten Tag, vor der Begegnung mit der Vergangenheit. Sein erster Anruf gilt Marion Wolff. Was macht sie? Nehmen wir an, Höfer ist wirklich unschuldig. Dann hat sie damals gelogen. Also ruft sie denjenigen an, der sie damals bezahlt hat, und zwar für eine Falschaussage." Cem hielt kurz inne, rieb sich nachdenklich mit der Hand am Kinn und schaute zu Ilka.

„Aber wen? Nehmen wir weiter an, es ist Daniel Peters. Er war ihr Chef und sie hat den Job bei ihm kurz nach dem Prozess aufgegeben. Wenn es da einen Zusammenhang gibt und Marion Wolff ihn unter Druck gesetzt hat, dann blieb ihm nichts anderes übrig, als sie zu beseitigen. Sonst hätte er alles verloren; die Firma und die Familie. Jetzt kommt Steinberger ins Spiel. Auch er bekommt einen Anruf von Höfer. Irgendwie hängt er da mit drin. Wenn er damals abkassiert hat, um Höfer ans Messer zu liefern, dann könnte er auch Peters unter Druck gesetzt haben. Steinberger war schon immer geldgierig. Vielleicht hat er ja Peters gedroht, wollte Geld von ihm, damit er den Mund hält. Also muss Peters handeln und Steinberger beseitigen. Kannst du mir folgen?"

„Wow", entfuhr es Ilka. „Das Ganze klingt zwar ziemlich abenteuerlich, aber ..."

„Aber durchaus denkbar, oder?"

„Ja, denkbar wäre es." Ilka dachte kurz nach. „Aber welche Rolle spielt Peters wirklich in diesem Prozess? Gut, er kannte seine Angestellte Marion Wolff und vielleicht auch

Steinberger, aber ich sehe überhaupt keine Verbindung zu Susanne Höfer. Was hatte er mit ihr zu tun?"

„Tja, das weiß ich auch nicht."

Ilka stieß einen tiefen Seufzer aus und schaute auf die Uhr. „Ich muss jetzt los, Sina vom Kunstunterricht abholen."

„Was macht sie denn?"

„Acrylmalerei. Neulich kam sie mit einem ziemlich düsteren Bild nach Hause. Eine Art Weltuntergangsstimmung." Ilka seufzte. „Das baut einen nicht gerade auf, wenn man ohnehin gestresst nach Hause kommt."

****

Kaum hatten sie das Haus betreten, war Sina auch schon in ihrem Zimmer verschwunden. Das neue Spiel für ihren Computer hatte im Briefkasten gelegen. Ilka war schon froh, dass es sich bei dem Spiel um Seefahrer und die Entdeckung neuer Kontinente handelte und nicht wieder um Katzen und Hunde, die täglich gefüttert und getätschelt werden mussten, damit die armen Viecher nicht zu Grunde gingen.

„Eine halbe Stunde, okay?", rief Ilka ihrer Tochter nach, obwohl sie wusste, dass Sina schon so auf das Spiel fixiert war, dass sie alles um sich herum vergaß. Ilka ging in die Küche und schaltete den Wasserkocher an. Sie brauchte unbedingt einen starken Espresso, um wieder wach zu werden. Die Anspannung der letzten Stunden hatte an ihren Kräften gezehrt. Ihre Gedanken kreisten um Marion Wolff und den Anwalt. Zwei Morde in nicht einmal sechs Tagen.

Es war der Moment, in dem Ilka wieder ein alter BAP-Titel in den Sinn kam: ‚Helfe kann dir keiner'. Immer wenn sie dieses Lied hörte, fühlte sie sich besser. Als sich die Band zu ihrer Überraschung in Stade ansagte, war sie eine der Ersten, die eine Karte besaß und sie war auch eine der Ersten, die den Saal betrat und sich an die Absperrung vor der Bühne stellte, um Niedecken, Zöller und die anderen von ganz nah zu bestaunen. Unzählige Male hatte sie nach der Trennung von Tobias diesen Song gehört. Sie liebte ihn wie kaum einen anderen, weil er genau das widerspiegelte, was sie damals gefühlt hatte. Dieses Gefühl kam gerade wieder in ihr hoch, als das Telefon klingelte.

Ilka nahm den Hörer ab. Es knackte und knisterte, aber sonst war nichts zu hören. „Hallo? Wer ist da?" Es waren nur Sprachfetzen, die sie nicht zusammensetzen konnte. Dann brach die Verbindung ab. Das Telefon klingelte erneut. Wieder überlagerte das Knistern fast alles, doch dann vernahm sie eine Stimme, die ihr vertraut vorkam. Es war Tobias. Im ersten Moment hätte sie am liebsten gleich wieder aufgelegt, aber irgendetwas in ihr wehrte sich dagegen.

Damals, als er gegangen war, hatte sie lange auf seinen Anruf gewartet. Sie hatte gehofft, dass sein Engagement nur ein Einsatz auf Zeit sein würde und sie schon bald wieder eine glückliche Familie sein würden, doch jetzt wünschte sie sich nur, dass er ihr Leben nicht wieder durcheinander wirbelte. Er sagte, dass es ihm gut ginge und er unverletzt sei. Seine Stimme klang fremd, wie von einem anderen Stern. Ilka warf ihm vor, dass er auf Sinas Briefe nicht geantwortet hatte. Dass er mit ihr nichts zu tun haben wolle, könne sie ja noch verstehen, aber dafür solle er sich wenigstens um seine Tochter kümmern.

„Ilka, lass uns ein anderes Mal darüber reden, in aller Ruhe. Ich habe Sinas Briefe nicht bekommen... ich schwöre!" Für Augenblicke drang wieder nur Rauschen zu ihr, dann vernahm sie seine Stimme.

„Es ist schlimm hier", hörte sie ihn sagen. „Ständig bringen sie neue Verletzte. Es nimmt einfach kein Ende." Plötzlich hörte sie eine Detonation, das Knattern von Maschinenpistolen. Sie redete sich ein, dass es nicht so nah war, wie es sich anhörte. Es knisterte in der Leitung, dann war seine Stimme ein weiteres Mal zu hören.

„Ilka?"

„Ja?"

„Sag Sina bitte, dass ich sie lieb habe."

„Willst du ihr das nicht lieber selbst sagen? Sie ist in ihrem Zimmer."

„Ich schreibe ihr, sobald ich kann", sagte er ausweichend. Du hast schon so viel versprochen, schoss es ihr durch den Kopf, doch sie sprach es nicht aus.

„Pass auf dich auf", sagte sie stattdessen. Dann brach der Kontakt endgültig ab.

Für einige Sekunden hockte sie bewegungslos auf der Couch und hielt den Hörer in der Hand. Plötzlich legte sich eine Hand auf ihre Schulter.

„War das Papa?" Ilka fuhr herum und sah in die großen Augen ihre Tochter.

„Setz dich zu mir", sagte Ilka immer noch verwirrt über Sinas plötzliche Anwesenheit.

„Ja, das war Papa."

„Warum hast du mich nicht gerufen?", fragte Sina fast anklagend.

„Die Verbindung war sehr schlecht", sagte Ilka.

„Was hat er gesagt?"

„Ich soll dir sagen, dass er dich lieb hat." Sina senkte den Blick zu Boden. Ihre Hände lagen reglos in ihrem Schoß.

„Mama, können wir ihn nicht mal besuchen?", schlug sie aus lauter Verzweiflung vor. „Du weißt doch, wo er ist!" „Das geht nicht." Ilka nahm ihre Tochter in den Arm und zog sie an sich. „Du musst mir glauben, dass es nicht meinetwegen ist. Wenn es nach mir geht, kannst du Papa sehen, so oft du willst, aber dort, wo Papa jetzt ist, wäre es viel zu gefährlich für uns."

Ilka presste die Lippen zusammen und stand auf. Sie ging ans Fenster, sah in die Ferne, über die Wiesen zum Horizont. Sie wollte nicht, dass Sina ihre Tränen sah, doch in diesem Augenblick tauchte Sina schon neben ihr auf.

„Warum weinst du?" Sie rückte noch ein Stück näher.

„Weil du mir immer noch die Schuld gibst, dass Papa und ich nicht mehr zusammen sind", flüsterte Ilka. „Aber es war Papas Entscheidung, dort hinzugehen, wo er gerade ist." Jetzt flossen auch bei Sina die Tränen.

„Tut mir leid, Mama", schluchzte sie, umarmte ihre Mutter und drückte sie so fest wie schon lange nicht mehr.

****

Nachdem sie Sina ins Bett gebracht hatte, ließ sich Ilka Badewasser ein. Sie sehnte sich nach einem Bad, mit viel Schaum, Kerzenlicht und einem Glas Wein. Danach würde sie sich wohler fühlen. Sie wollte sich gerade in die Wanne legen, als das Telefon erneut klingelte. Es war Elfi.

„Hallo Ilka, hast du morgen Abend schon etwas vor?"

„Nein, bisher nicht."

„Gut, dann hast du jetzt etwas vor", sagte Elfi, als hätte sie nichts anderes erwartet. „Ich würde dich gern ins Kino einladen."

„Was läuft denn?"

„Maria, ihm schmeckt's nicht. Ich habe das Buch gelesen. Toll, sag ich dir." Ilka wollte etwas sagen, aber ihre Mutter ließ sie erst gar nicht zu Wort kommen.

„Die Karten sind schon reserviert und ein Kindermädchen habe ich auch schon für dich; Kira, die Tochter meiner Nachbarin. Sie war ja schon ein paar Mal bei euch."

„Du denkst wirklich an alles, Mama", sagte Ilka anerkennend. „Und wenn ich jetzt keine Zeit gehabt hätte?"

„Dann wäre mir schon etwas eingefallen", entgegnete Elfi.

„Ich schicke dir Kira gegen Sieben vorbei und wir treffen uns gegen viertel vor Acht vor dem Kino."

„Ja, ist gut", sagte Ilka mit einem Blick zur Badewanne. „Bis morgen."

Während das Wasser noch einlief, lag sie bereits in der Wanne und ließ sich von dem Rosenduft der Kerze einhüllen. Sie trank einen Schluck Chianti, stellte das Glas ab und schloss die Augen. Bis vor kurzem hatte sie geglaubt, dass sie ihr Leben wieder in den Griff bekommen hatte. Doch allmählich kamen ihr Zweifel.

Tausend Dinge schossen ihr durch den Kopf; die Trennung von Tobias, das Jahr danach, die Probleme mit Sina und nicht zuletzt die beiden Morde, die alles überschatteten. Die bisherigen Erkenntnisse waren alles andere als ermutigend und wenn sie nicht bald Ergebnisse präsentieren konnte, würden die ersten Zweifel an ihren Fähigkeiten nicht ausbleiben. So eine Chance würde sie nicht noch einmal bekommen, dessen war sie sich sicher.

Und nach dem zweiten Glas war sie sich sicher, dass sie es durchstehen würde.

Kapitel 18

Freitag, 3. November

Ilka hatte ihre Jacke noch nicht ausgezogen, als Cem auch schon ins Büro platzte. Es war erst kurz nach acht. Um diese Zeit hätte sie Cem am allerwenigsten erwartet.

„Mein Gott, haben sie dir die Wohnung gekündigt?"

„Nein, meine Liebe, mir geht es nur glänzend!"

„Da hat aber jemand eine schöne Nacht gehabt", bemerkte Ilka in einem gleichgültigen Ton, der Cem sofort hellhörig werden ließ.

„Ärger?"

„Geht so."

„Ist es wegen deinem Ex?"

„Irgendwie schon." Sie drehte den Kugelschreiber gedankenverloren zwischen den Fingern. „Er hat gestern Abend angerufen."

Cem goss einen Kaffee ein und reichte Ilka die Tasse. „Weiß Sina davon?"

„Ja, sie hat's mitbekommen. Sie war natürlich enttäuscht, dass er nicht mit ihr sprechen wollte."

„Warum nicht? Ist doch schließlich seine Tochter." Ilka trank einen Schluck und seufzte.

„Während seines Anrufs war die Verbindung immer wieder unterbrochen, ich habe die Explosionen und Schüsse gehört. Vielleicht wollte er nicht, dass Sina das alles mitbekommt."

„Und wie hat Sina es aufgenommen?"

„Sie ist immer noch nicht darüber hinweg."

„Sie vermisst ihren Vater eben", meinte Cem und setzte sich vor Ilka auf die Schreibtischkante. „Das ist ganz normal in ihrem Alter."

„Weiß ich doch. Aber leicht ist es trotzdem nicht."

„Soll ich mal mit ihr reden?" schlug Cem vor. Ilka sah zu Cem auf. Ein Lächeln umspielte ihre Mundwinkel.

„Lieb von dir. Aber da muss ich allein durch. Wenn das hier endlich vorbei ist, habe ich hoffentlich ein bisschen mehr Zeit für sie." Ilka warf den Kugelschreiber vor sich auf den Tisch, nahm ihr Handy und erhob sich. „So mein Lieber, es wird Zeit, dass wir uns um Peters kümmern. Danach sehen wir weiter."

„Du willst nicht darüber reden, habe ich Recht?"

„Worüber?"

„Über Sina!"

„Ja, du hast Recht." Cem ließ sich durch Ilkas Frust nicht beeindrucken und ging auf direktem Weg zum Kühlschrank.

„Auch ein Glas?" Ilka starrte auf die weiße Flüssigkeit.

„Was ist das?" Cem hielt ihr das Glas direkt unter die Nase, worauf Ilka einen Schritt zurück wich.

„Ayran, verdünnter Jogurt mit Salz."

„Nimm das Zeug endlich von meiner Nase!"

„Das ist kein Zeug, sondern eine türkische Spezialität."

Ilka rümpfte die Nase.

„Hör zu, ich liebe die Türkei, das Land, die Menschen, fast alles eigentlich, bis auf das da!"

„Ja, schon gut", brummte Cem, setzte das Glas an den Mund und trank es mit einem Schluck aus.

„Wer nicht will, der hat schon!" meinte er.

„So sehe ich das auch", kam es prompt zurück. In diesem Moment ging die Tür auf.

„Hallo ihr beiden!" Anna Beringer gab Cem einen dicken Kuss auf die Lippen und wandte sich Ilka zu. „Ich habe was für euch. Und zwar das toxikologische Gutachten."

„Memento Mori, sagt euch das was?" Ilka und Cem tauschten einen Blick aus und schüttelten gleichzeitig den Kopf.

„Nein, ist das Latein?"
„Es ist nicht nur Latein, sondern auch ein Gift."
Ilka machte große Augen. „Er wurde also erst vergiftet."
„Ja, sieht ganz danach aus", sagte Anna. „Bekomme ich jetzt einen Kaffee?" Bevor Ilka überhaupt reagieren konnte, war Cem bereits zur Kaffeemaschine unterwegs.
„Erzähl' schon", drängte Ilka und bot Anna einen Platz an. „Was hast du rausbekommen?"
„Das Gift tauchte zum ersten Mal in der Nähe des Amazonas auf. Es stammt von einer Fächerpflanze, die nur in Südamerika vorkommt. Den lateinischen Name ‚Memento Mori' bekam das Gift erst viel später. Es was so viel heißt wie ‚Bedenke, dass du sterben musst!'"
„Hört sich gefährlich an", meinte Cem. „Wie wirkt es?"
„Es ist farb- und geschmacklos. Mit Mineralwasser oder anderen Flüssigkeiten gemischt, ist es kaum zu identifizieren. Gut dosiert wirkt es innerhalb weniger Minuten. Dem Opfer wird erst schwindelig und kurz darauf verliert es das Bewusstsein. Gut dosiert bleibt es auch dabei, ein bisschen mehr davon führt aber zu einem qualvollen Tod, es sei denn, man ertrinkt vorher!"
Ilka stieß einen verächtlichen Laut aus. „Dann war der Mörder sogar noch gnädig."
„Wenn du so willst, ja!"
„Wie habt ihr das herausgefunden? Ich dachte, solche seltenen Gifte sind schwer nachzuweisen?"
„Du musst nur wissen, wonach du suchst", erklärte Anna. „Ich kennen einen erstklassigen Toxikologen, der im Tropeninstitut in Hamburg arbeitet. Er war einige Jahre als Arzt in Brasilien und ist einer der besten seines Fachs. Er hat sich die Laborwerte von Steinberger noch mal angeschaut. Er war der Meinung, dass die Blutwerte nicht auf Chloroform oder andere bekannte Giftarten hindeuten würden. Und der Felix

hat schon eine Menge Gifte in seinem Archiv."

„Toller Typ, der Felix", sagte Ilka. Anna kam nah an Ilka heran und fügte, ohne das es Cem hören konnte, hinzu: „Und das nicht nur als Toxikologe!"

„Hast du eine Vermutung, wie man bei uns an das Gift kommt?"

„In der Apotheke jedenfalls nicht", meinte Anna.

„Wo kommt der Name eigentlich her?"

„Ursprünglich aus der Antike. Bedenke dass du sterblich bist. Irgendjemand hat es Cäsar zugerufen, um ihn vor dem Leichtsinn zu bewahren. Irgendein schlauer Typ hat sich dann gedacht, dass es auch ein guter Name für das Gift wäre. Ob das stimmt, keine Ahnung! So, ich muss jetzt weg. Danke für den Kaffee." Ein Lächeln für Ilka, ein Kuss für Cem, dann war sie verschwunden.

****

„Südamerika", murmelte Ilka. „Wie kommt so ein Gift von Südamerika nach Deutschland?"

„Mit dem Flugzeug oder mit dem Schiff", antworte Cem. „Wer so etwas braucht, findet immer einen Weg."

Mit einem Mal fiel es ihr wie Schuppen von den Augen. „Mit dem Schiff!" Sie warf Cem einen fordernden Blick zu. „Wer besitzt Schiffe, die dort regelmäßig verkehren?"

„Denkst du das, was ich denke?" fragte Cem.

„Ja, ich glaube schon. Du brauchst nur einen Vertrauten an Bord und schon hast du beim nächsten Einlaufen des Schiffes alles, was du willst."

„Hm", machte Ilka, lief um ihren Schreibtisch herum und setzte sich. „Das ist ja alles schön und gut. Aber, warum so umständlich? Er hätte doch auch ganz normales Chloroform nehmen können." Cem zuckte mit den Achseln.

„Angenommen, er war's und hat sich das Gift besorgt, um

Steinberger zu beseitigen. Wer aber hat Marion Wolff umgebracht? Daniel Peters jedenfalls nicht. Der hat ein hieb- und stichfestes Alibi. Er war in Berlin."

„Tja, gute Frage. Regner?"

„Der kannte sie doch gar nicht? Das behauptet er jedenfalls. In Marion Wolffs Haus haben wir nirgendwo seine Fingerabdrücke gefunden. Mal davon abgesehen, dass ich mir einen Kaschmir-Pullover bei ihm überhaupt nicht vorstellen kann."

„Demnach haben wir es mit zwei Mördern zu tun", folgerte Ilka. „Wir müssen herausbekommen, wer wirklich dahinter steckt. Wer hatte ein Motiv, Susanne Höfer umzubringen?"

„Das wird schwer, nach über zehn Jahren", murmelte Cem.

„Ja, aber der Mörder von damals könnte auch unser Mörder sein."

„Gut, wo fangen wir an?"

Ilka hob unschlüssig die Schultern. „Der Einzige, der mir spontan einfällt, ist Daniel Peters. Er könnte das Bindeglied zwischen den Morden an Wolff, Steinberger und Susanne Höfer sein."

Cem nickte zustimmend. „Dann nehmen wir Peters noch mal in die Mangel."

„Ja", sagte Ilka. „Wäre doch gelacht, wenn wir ihn nicht irgendwie aus der Reserve locken können. Rufe ihn bitte an und sag ihm, dass er morgen früh pünktlich um zehn hier sein soll. Und wenn er dir blöd kommt, sag ihm einfach, dass wir ihn sonst ganz offiziell mit Blaulicht abholen werden! Ich bin jetzt erst Mal weg."

„Darf ich fragen, was du vorhast?"

Ilka hatte keine Lust, sich zu rechtfertigen. „Ich gehe jetzt nach Hause. Ich habe noch einiges zu tun."

„Wie heißt denn der Glückliche?"

„Das geht dich gar nichts an, klar?" Ilka warf ihm einen giftigen Blick zu. „Besorge dir bitte einen Hausdurchsuchungsbeschluss für Daniel Peters' Haus. Stellt das Anwesen auf den Kopf, vom Keller bis zum Dachboden, Garage, Gartenhaus, die Autos, einfach alles. Überprüft auch die Telefonverbindungen. Ich will wissen, wen er in den letzten Wochen wann angerufen hat! Alles klar?"

„Ja, sicher", sagte Cem und bevor er etwas sagen konnte, platzte Patrick Dannenberg ins Büro. „Gut, dass ich euch noch antreffe!"

Mehr als ein gequältes Lächeln hatte Ilka nicht für ihn übrig.

„Hallo Patrick, was gibt's?"

„Schlechte Nachrichten", sagte er. „Wir müssen Höfer laufen lassen. Sein Anwalt hat einen Riesenaufstand gemacht." Er reichte Ilka ein Fax. „Habe ich gerade vom Haftrichter bekommen. Allein die Tatsache, dass er kein Alibi hat, reicht nicht aus, um ihn länger festzuhalten." Ilka überflog die Zeilen und reichte das Blatt an Cem weiter."

„Patrick, wenn wir ihn jetzt gehen lassen, kann es für ihn ziemlich gefährlich werden."

„Habt ihr Beweise dafür? Irgendetwas Handfestes, das ich dem Haftrichter präsentieren kann?"

„Beweise! Beweise!" rief Ilka verärgert. Sie konnte es nicht mehr hören. „Wenn's Beweise gäbe, hätten wir auch unseren Mörder. Wir gehen jedenfalls davon aus, dass Höfer in großer Gefahr ist. Er ist momentan außer dem großen Unbekannten die einzige lebende Person, die damals an dem Prozess beteiligt war."

„Habt ihr das überprüft?"

„Klar haben wir das!" Cem reichte Dannenberg den Bericht. „Bis auf Höfer haben alle das Zeitliche gesegnet."

„Aber das allein rechtfertigt keine weitere Inhaftierung", entgegnete Dannenberg. „Da wird der Richter nicht mitspielen!"

„Anna war vorhin hier", sagte Ilka, um einen letzten Versuch zu starten, ihren Chef zu überzeugen. „Sie hat bei Axel Steinberger Spuren von Gift gefunden, Memento Mori, ein seltenes Gift aus Südamerika, das man in Europa nicht so ohne weiteres bekommt."

Dannenberg setzte sich. „Und weiter?"

„Die Schiffe von der Reederei Peters verkehren oft in Südamerika. Einige davon auch in Brasilien. Es wäre durchaus denkbar, dass das Gift auf diesem Weg nach Deutschland gekommen ist." Dannenberg massierte sich die Schläfen, so wie er es immer tat, wenn er nachdachte. „Habt ihr diesen Peters schon vernommen?"

„Nein", mischte sich Cem ein. „Wir haben ihn für morgen früh ins Büro bestellt."

„Gut", sagte Dannenberg. „Ich werde versuchen, den Richter hinzuhalten. Aber versprechen kann ich nichts." Ilka nahm ihre Jacke vom Stuhl und warf sie sich über die Schulter. „Wenn's nicht klappt, dann sorge wenigstens dafür, dass er auf Schritt und Tritt beobachtet wird. Wir müssen wissen, wohin er geht, wann er die Wohnung verlässt und wieder zurückkommt. Einfach alles!"

Doch Dannenberg schüttelte nur mit dem Kopf. „Ilka, du weißt genau, dass wir nicht genug Personal haben, um ihn rund um die Uhr zu observieren." Ilka erwiderte nichts. Sie ging zur Tür und hatte die Klinke schon in der Hand, als sie noch einmal Patricks Stimme vernahm. Sie blieb stehen, ohne sich umzudrehen. „Ilka! Kein Alleingang auf eigene Faust. Das ist eine dienstliche Anordnung. Haben wir uns verstanden?"

„Selbstverständlich!" erwiderte sie und schloss die Tür hinter sich. „Ignorant!" murmelte sie auf dem Weg zum Parkplatz, „elender Ignorant."

Kapitel 19

Samstag, 4. November

„Hallo Mama!" rief Sina, als Ilka gerade die Haustür geöffnet hatte. Es schien so, als hätte Sina nur darauf gewartet, dass ihre Mutter nach Hause kommen würde. Sie rannte die Treppe hinunter direkt in Ilkas Arme.

„Darf ich fernsehen?"

„Und wie sieht es in deinem Zimmer aus?" Schlagartig war Sinas gute Laune verschwunden.

„Geht so."

„Was heißt das genau?"

„Den Schreibtisch habe ich aufgeräumt."

Ilka zog die Stirn in Falten. „Und darunter?"

„Davon hast du nichts gesagt!" Sina verschränkte entrüstet die Arme vor der Brust und zog eine Schnute. Gleich würde sie explodieren, dachte sich Ilka, doch Sina konnte sich gerade noch beherrschen.

„Du hast wirklich nur von dem Tisch gesprochen!"

Ilka konnte nur noch mit dem Kopf schütteln. Sina machte genug Blödsinn, auch wenn es sich für ein Mädchen in ihrem Alter noch im Rahmen hielt, aber wenn es um das leidige Thema Aufräumen ging, hielt sich Sina exakt an die Vorgaben ihrer Mutter.

Ilka drängte sich an ihr vorbei in die Küche und schaltete den Wasserkocher ein.

„Oma und ich gehen heute Abend ins Kino", sagte Ilka, während sie das Espressopulver in die Tasse gab. „Kira wird nachher vorbei kommen. Die magst du doch, oder?"

„Ja", sagte Sina. „Sie ist ganz nett. Kann ich jetzt fernsehen?" Ilka goss heißes Wasser in die Tasse, gab ein wenig

Zucker dazu und stellte sich mit dem dampfenden Espresso an den Küchentresen.

„Sina, ich verlange weiß Gott nicht zu viel von dir. Ich möchte nur, dass du dein Zimmer aufräumst und gut in der Schule bist."

„Ja ich weiß", sagte Sina, schon etwas ungeduldiger.

„Wenn ich das nächste Mal in deinem Zimmer staubsaugen will, und da liegt was auf dem Fußboden, was da nicht hingehört, dann sauge ich das weg. Alles klar?"

Sina rollte genervt mit den Augen. „Ja, Mama! Die Sendung ist um viertel nach sieben zu Ende. Dann räume ich auf!"

Ilka warf ihrer Tochter einen zweifelnden Blick zu. „Indianerehrenwort?"

„Indianerehrenwort", wiederholte Sina hastig, machte auf dem Absatz kehrt und hatte im nächsten Moment auch schon die Fernbedienung in der Hand.

„Und nicht einfach irgendwo in die Ecke schieben", rief Ilka ihr hinterher. „Sondern vernünftig wegräumen, klar?"

„Ja, Mama!" In dem Moment, als Sina den Fernseher einschaltete, klingelte das Telefon. Es war Elfi. „Hallo Ilka, tut mir leid, aber ich muss absagen. Diese blöden Kopfschmerzen wollen einfach nicht verschwinden."

„Ach herrje", entfuhr es Ilka. „Schade, ich habe mich schon so darauf gefreut."

„Ja, ich auch. Aber in meinem Zustand wäre ich keine angenehme Begleitung."

Kaum hatte Elfi das Wort ‚Begleitung' ausgesprochen, schoss ihr Antonio durch den Kopf. Und im nächsten Moment griff sie auch schon ihre Handtasche und zog die Eintrittskarte mit Antonios Nummer heraus. Sie wusste noch genau, wo sie sie an jenem Abend nach dem Kino hingesteckt hatte.

„Vielleicht findest du ja noch jemanden, der mitkommt. Es wäre schade um die Karten und den schönen Abend. Sei froh, dass du mal ein Kindermädchen hast und amüsiere dich."

„Ich werde es versuchen", sagte Ilka und sah mit einem Lächeln auf die Rückseite der Karte. Ich wüsste da einen, schoss es ihr durch den Kopf, doch sie dachte nicht im Traum daran, ihrer Mutter von Antonio zu erzählen. Später ja, aber jetzt nicht!

Nachdem Elfi aufgelegt hatte, wählte Ilka Antonios Nummer. Nach dem zweiten Klingeln nahm er ab.

„Sì?"

„Hallo Antonio, hier ist Ilka Hansen. Erinnern Sie sich noch?"

„Cara mia, wie könnte ich eine solch schöne Frau je vergessen?", kam es prompt zurück. Ein warmer Strom floss durch ihren Körper. Allein der Klang seiner Stimme war eine Klasse für sich und dieses Kribbeln, das sie schon bei ihrer ersten Begegnung gespürt hatte, war wieder da.

„Ich habe zwei Kinokarten für heute Abend, eine italienische Komödie. Hast du Zeit?"

„Stasera?"

„Ja, heute Abend, meine Mutter ist krank geworden." Für einen Moment war Stille am anderen Ende der Leitung, dann hörte sie ihn sagen: „Si Signorina. Um wie viel Uhr?"

„Der Film fängt um acht an. Viertel vor acht am Eingang."

„Ich werde da sein."

„Ich freue mich", sagte sie, dann legte sie auf und ging mit einem Lächeln auf den Lippen ins Schlafzimmer. Sie öffnete den Kleiderschrank, stand für Sekunden davor, als würde sie die Kleider das erste Mal sehen.

Schließlich entschied sie sich für einen schwarzen knielangen Rock, ein weißes Shirt und einen schwarzen Blouson. Schick, aber nicht overdressed, fand Ilka und begab sich ins Bad. Als sie sich im Spiegel betrachtete, musste sie über sich selbst lachen. Sie benahm sich wie ein verliebter Teenager und, was noch viel beunruhigender war, sie fühlte sich auch so. Vielleicht war es sogar der Anfang von etwas, was sie schon länger nicht mehr erlebt hatte. So wie sie sich fühlte, musste es so sein.

Komm, jetzt bleib ruhig, ermahnte sie sich, während sie ein wenig Make-up auftrug. Du gehst nur ins Kino, um dir einen schönen Film anzusehen. So weit, so gut, wäre da nicht die charmante Begleitung in Gestalt von Antonio gewesen. Schon bei dem Gedanken keimte ihre innere Unruhe wieder auf und die Zeit, bis Kira endlich vor der Tür stand, kam ihr unendlich lang vor.

****

Ilka ging durch die kleine Straße, die zur Kirche führte. Sie blieb vor dem Schaukasten des Kinos stehen und überflog die Filmplakate; ein Bergsteigerdrama, James Bond und Pippi Langstrumpf. Im nächsten Moment stand er neben ihr. „Grazie für die Einladung, bella donna", sagte er, gab ihr ein Küsschen links, eins rechts und lächelte sie an. Antonio hatte einen umwerfend niedlichen italienischen Akzent. Seine Worte gingen direkt vom Ohr ins Herz, berührten ihre Seele, ohne dass sie sich dagegen wehren konnte. Sie musste an ihre erste Begegnung denken, als er sich neben sie gesetzt hatte, an den ersten Blick in seine dunkelbraunen Augen. Er trug auch dieses Mal eine Jeans, ein weißes Hemd und ein Sakko, das er locker über die Schultern gelegt hatte. Er fuhr sich mit den Fingern durch das leicht gegelte Haar und deutete mit einer kurzen Kopfbewegung auf die Menschenschlange am Eingang. „Ziemlich voll heute."

„Ja", stimmte Ilka zu. „So kuschelig wie beim letzten Mal wird's nicht." Sie sahen sich in die Augen. Es war schon seltsam. Sie hatten sich seit der Spätvorstellung nicht mehr gesehen und doch kam es ihr vor, als wären sie schon ewig zusammen. Es dauerte eine ganze Weile, bis sie sich zu ihren Plätzen vorgekämpft hatten. Das Kino war bis auf den letzten Platz gefüllt.

Während des Films sprachen sie kaum miteinander und wenn sie es taten, gingen die Worte meistens im Gelächter der anderen unter. Hin und wieder ein verstohlener Blick, ein Lächeln oder eine flüchtige Berührung. Ab und zu bemerkte Ilka, wie Antonio nachdenklich auf die Leinwand sah, als würde er sich dort irgendwo wiederfinden.

Es waren die Passagen, in denen das Leben des Vaters der Braut gezeigt wurden; als Gastarbeiter im Ruhrpott, die Verachtung, die ihm damals entgegenschlug, in einem Land, das für ihn die Hoffnung auf ein besseres Leben bedeuten sollte. Doch sie traute sich nicht, ihn nach dem Grund seiner Nachdenklichkeit zu fragen.

Am Ende des Films warteten sie, bis die meisten Gäste den Kinosaal bereits verlassen hatten. Dann kam von ihm die Frage, von der sie insgeheim gehofft hatte, dass er sie stellen würde.

„Würdest du heute ein Glas Wein mit mir trinken? Ich kenne ein nettes Eiscafé ganz in der Nähe!"

„Ein Eiscafé um diese Zeit? Haben die nicht schon zu?"

„Komm", sagte er geheimnisvoll und reichte ihr seine Hand. Draußen vor der Tür warf Ilka einen Blick auf ihr Handy, das sie während der Vorstellung auf stumm geschaltet hatte. Auf dem Display sah sie Dannenbergs Nummer. Während sie darauf wartete, dass er ans Telefon ging, warf sie Antonio einen entschuldigenden Blick zu. „Tut mir leid, dass ich störe", hörte sie Patrick Dannenberg sagen. „Wir mussten Höfer laufen lassen. Dem Haftrichter war's einfach zu wenig."

„Kann man nichts machen", sagte Ilka. Wenn sie ehrlich war, hatte sie nichts anderes erwartet. „Wir sehen uns morgen." Sie drückte die rote Hörertaste, um das Gespräch zu beenden.

„Schlechte Nachrichten?" fragte Antonio.

„Ob's eine ist, wird sich bald zeigen", sagte Ilka ausweichend. Sie versuchte, die düsteren Gedanken zu vertreiben, wollte sich den schönen Abend nicht vermiesen lassen. Sie konnte hier und jetzt ohnehin nichts für Höfer tun. Sie folgte Antonio durch die schmale Gasse am Kino entlang.

„Es ist nicht mehr weit", sagte er, als sie die Marktstraße hinaufgingen. Er ging zielstrebig auf das Eiscafé auf der gegenüberliegenden Seite zu. Wie Ilka vermutete, hatte es längst geschlossen, doch Antonio schien es nicht zu stören. Er lief die Stufen zur Eingangstür hinauf, zog etwas aus seinem Sakko und machte sich an dem Schloss zu schaffen. Und plötzlich dämmerte es Ilka.

„Jetzt sag' nicht, dass der Laden dir gehört?" Antonio beantwortete die Frage mit einem Lächeln. Die Tür öffnete sich.

„Darf ich bitten?" Er trat zur Seite, um Ilka vorbeizulassen.

Er ging mit ihr an dem langen Eistresen vorbei zu einer halbrunden, mit rotem Stoff bezogenen Sitzgruppe und zündete eine Kerze an. Mit einer galanten Handbewegung bedeutete Antonio ihr, an einem der runden Marmortische Platz zu nehmen. Dann verschwand er hinter den Tresen, und kam mit einer Flasche Rotwein und zwei Gläsern zu ihr zurück.

Das flackernde Kerzenlicht spiegelte sich in ihren Gesichtern, während im Hintergrund Nevio ‚Amore per sempre' sang. ‚Amore per sempre' - Liebe für immer; romantischer hätte der Abend nicht sein können. Er hielt ihr das Glas entgegen. „Auf was stoßen wir an?"

„Auf einen wunderschönen Abend", sagte Ilka, in der Hoffnung, dass er ihr Zittern nicht bemerken würde, als die Gläser mit einem hellen Klang zusammenstießen.

„Und auf uns", fügte er hinzu. „In meinem Alter erlebt man

solche Momente nicht mehr allzu oft." Mir geht es genauso, dachte sie im Stillen, während ihr Herz wie verrückt pochte. Und dann hörte sie ihn leise sagen: „Sei la pìu bella ragazza, du bist die bezaubernste Frau, die mir seit langem begegnet ist." Ilka spürte förmlich, wie ihr die Röte in die Wangen schoss. Solch ein Kompliment hatte sie schon seit ewigen Zeiten nicht mehr gehört. „Na ja, so einen Mann wie dich findet man auch nicht an jeder Straßenecke." Sie beugte sich zu ihm herüber, legte ihre Hand auf die seine und sah ihm tief in die Augen. „Was denkst du gerade?"

„Dass wir uns unbedingt näher kennen lernen sollten", flüsterte er ihr zu.

„Fang du an!"

„Mein Leben ist wahrscheinlich nicht halb so interessant wie das einer Oberkommissarin." Ilka seufzte. „Im Moment geht alles drunter und drüber. Zwei Morde innerhalb weniger Tage gab's schon ewig nicht mehr in dieser Gegend!" Ilka nippte an ihrem Wein und sah Antonio tief in die Augen. „Bitte sei mir nicht böse, aber im Moment möchte ich nicht so gern darüber reden."

„Sì, ich verstehe. Entschuldige mich kurz." Er ging in die Küche, die direkt an das Café angrenzte und kehrte mit einem Teller Antipasti zurück. Ilka lief das Wasser im Mund zusammen, als sie die Köstlichkeiten vor sich sah; Prosciutto di Parma mit Melone, Oliven, Wildschweinsalami und kleine gefüllte Tomaten.

„Greif zu", sagte Antonio. „Ich hoffe, es schmeckt dir." Während sie aßen, erzählte Antonio von Vernazza, der Heimat seines Vaters, von dem magischen Licht des Sonnenuntergangs und der Via dell Amore, dem Pfad der Verliebten, der sich hoch über dem Meer durch die Berge schlängelte.

„Es ist wunderschön dort", schwärmte Antonio, „wohin du auch schaust, überall siehst du riesige Agaven, Feigenkakteen und Feigenbäume. Dazu die Berge, die weit ins Meer ragen und natürlich das türkisblaue Wasser."

Es war ihm anzusehen, mit welcher Leidenschaft er von der Cinque Terre erzählte. Seine Augen leuchteten und manchmal schaute er sie so verträumt an, als würde er sich wünschen, mit ihr dort zu sein.

„Und nicht zu vergessen, die Salami", fügte er hinzu und deutete auf ein Stück davon auf dem Teller. Ilka lächelte ihn an. Jede Sekunde dieses Abends erschien ihr wie ein schöner Traum. Allein seine Nähe verdrängte für kurze Zeit ihre Zweifel, ihr alltägliches Leben nicht mehr in den Griff zu bekommen.

„Mein Vater", fuhr er fort, „wurde in Vernazza geboren. Er war Wein- und Olivenbauer, wie sein Vater und die Generationen davor. Er hatte viele Jahre damit verbracht, Trockenmauern in den Felshängen zu errichten, um den Bäumen und Reben Halt zu geben. Es war eine mühselige Arbeit, weil die Hänge oft so steil und unwegsam waren, dass sie die Steine und die Erde mit den eigenen Händen hinauftragen mussten. Doch eines Tages mussten sie einsehen, dass sie von dem Ertrag nicht mehr leben konnten. Die einen verschlug es in die Häfen von Genua und La Spezia, die anderen zog es in die Berge von Carrara. Der Marmorabbau war zwar auch harte Arbeit, doch die Leute verdienten dort bei weitem mehr, als sie mit der Wein- und Olivenernte je eingenommen hätten." Antonio stieß einen Seufzer aus.

„Tja, und jetzt ist es leider so, dass die Trockenmauern, die einst von unseren Vätern und Großväter errichtet wurden, allmählich zerfallen." Antonio deutete auf Ilkas leeres Glas. „Möchtest du noch ein Glas?" Ilka nickte.

„Aber nur, wenn du weiter erzählst." Sie hörte ihn gern reden und wenn es nach ihr gegangen wäre, hätte es die ganze Nacht so weitergehen können.

„Langweile ich dich nicht?" fragte er besorgt.

„Nein, ganz und gar nicht." Sie prosteten sich zu, dann erzählte Antonio weiter. „Schließlich ging mein Vater fort, nach Deutschland, so wie viele vor und nach ihm. Es war in den Sechzigern, als man hier händeringend nach Gastarbeitern suchte. Meine Eltern begannen mit einem gepachteten Eiscafé, irgendwo im Ruhrpott, dort, wo viele italienische Gastarbeiter ihr neues Zuhause gefunden hatten. Als ich die Rückblenden in dem Film gesehen habe, kamen die Erinnerungen an damals wieder hoch. Die meisten kamen mit euphorischen Hoffnungen und wurden bitter enttäuscht." Für einige Momente wirkte er genauso nachdenklich wie im Kino.

„Es hatte Zeiten gegeben, in denen sie kaum das Geld für die Pacht aufbringen konnten, aber sie haben sich durchgebissen. Meine Mutter ist vor zwei Jahren gestorben, aber mein Vater steht immer noch eisern hinter der Eistheke und macht alle verrückt." Antonio lachte kurz auf und prostete Ilka zu. „Es würde ihm das Herz brechen, wenn ich weggehen würde."

„Das kann ich gut verstehen", sagte Ilka. Ihr Blick fiel mehr aus Zufall auf die Uhr, die Antonio am Handgelenk trug. Viertel vor zwölf!

„Oje", sagte sie, traurig darüber, dass ausgerechnet sie diesen Abend beenden musste. „Es wird Zeit, dass ich mein Kindermädchen erlöse. Das nächste Mal gehen wir zu mir, dann haben wir mehr Zeit. Es war ein schöner Abend."

„Grazie, Signora Commissaria", sagte Antonio. „Es war mir ein Vergnügen." Als er sie zum Abschied auf die Wange küsste, spürte sie alles; einen wohligen Schauer, das Kribbeln, das wohl nur Verliebte spüren konnten und den Kloß im Hals. Ilka zog einen Stift aus ihrer Handtasche, schrieb ihre Nummer auf die Rückseite ihrer Eintrittskarte und gab sie ihm. „Damit du später nicht sagen kannst, du hättest meine Nummer nicht gehabt!"

Nachdem sie Kira verabschiedet hatte, schloss sie die Haustür hinter sich und lehnte sich mit dem Rücken dagegen. Ihr Herz hüpfte. Sie konnte es immer noch nicht fassen, dass Antonio sich ausgerechnet für sie, eine allein erziehende Kripobeamtin, interessierte.

Kapitel 20

Sonntag, 5. November

Dennis Höfer kam sich verloren vor. Seine Augen brannten. Eine Zigarette lang blieb Höfer vor der Bar stehen. Das Flackern der roten Herzen in den Fenstern spiegelte sich in seinem Gesicht. Er schnippte die Kippe fort und trat durch die Tür. Als er den weinroten Samtvorhang zur Seite schob, sah er die Mädchen, die gelangweilt am Ende des Tresens an ihren Drinks nippten. Es war kaum ein Gast zu sehen. Irgendwo im Hintergrund dudelte leise Musik vor sich hin.

Höfer setzte sich, bestellte ein Bier, trank es in zwei Zügen aus. Er schob das leere Glas der drallen, grell geschminkten Bedienung entgegen. Auch ohne sie näher zu kennen, sah er ihr deutlich an, dass sie ein bewegtes Leben hinter sich hatte. Eine dicke Puderschicht füllte die Lebensfalten und ließ ihr Gesicht irgendwie künstlich erscheinen. Ihr feuerrotes Haar fiel in großen Locken über ihre Schultern. Einer der wenigen Gäste hangelte sich am Tresen entlang und torkelte durch den schweren Samtvorhang nach draußen.

„Einer von denen, die sich solange Mut antrinken, bis sie nicht mehr wissen, wie sie heißen", sagte sie achselzuckend. „Du gehörst nicht zu der Sorte, oder?" Höfer reagierte nicht auf ihre Frage.

„Machst du mir noch eins?"

„Na klar", säuselte sie und zwinkerte einem der Mädchen zu. Eines von ihnen glitt vom Barhocker, trat an seine Seite und setzte sich. Ihre Hand legte sich mit einer einstudierten Bewegung auf seinen Oberschenkel. Ihr roter Mund lag wie eine Oase in ihrem hell geschminkten Gesicht. Sie hatte langes schwarzes Haar, Augen in der Farbe des offenen Meeres und der bittersüße Geruch ihres Parfüms stieg ihm in die Nase.

„Hast du Lust?" Ihr Lächeln wirkte gespielt.

„Wie heißt du."

„Michelle. Und du?"

„Spielt keine Rolle", sagte Höfer und nahm ihre Hand. „Gehen wir!"

Das Zimmer, das sie betraten, war karg eingerichtet, wobei die größte Fläche durch das quadratische Bett eingenommen wurde. Dennis schaute zum Holzstuhl neben dem Waschbecken, während Michelle begann, sich langsam und gekonnt auszuziehen; erst die Pumps, dann die rote Bluse und schließlich den schwarzen Minirock. Er betrachtete ihre seidene Unterwäsche. Ihm gefiel die Art, wie sie ihre Hüften bewegte.

Eine Weile erfüllte nur die leise Musik aus unsichtbaren Lautsprechern das Zimmer. Sie zog ihn zu sich, legte sein Gesicht in das warme Tal zwischen ihren Brüsten und er fühlte sich wie ein Kind auf der Suche nach Geborgenheit. Sie griff in die Glasschale auf dem Nachttisch und hielt ihm ein Kondom entgegen. Er schüttelte den Kopf, nahm die Bluse vom Bett und warf sie Michelle zu.

„Zieh dich wieder an!" Sie streckte trotzig ihr Kinn nach vorn, sah ihm geradewegs in die Augen.

„Gefalle ich dir nicht?"

Höfer wich ihrem Blick aus.

„Was ist jetzt?" Michelle wurde unruhig. Da sie nicht so recht wusste, wie sie reagieren sollte, entschied sie sich, in die Offensive zu gehen.

„Willst du jetzt quatschen oder eine Nummer schieben?" Für einen Moment schien er von ihrer Direktheit überrascht zu sein, doch er hatte sich schnell wieder im Griff.

„Ich bezahle dich, also soll es dir doch egal sein, oder?"

„Ja, schon gut." Die Schärfe in seiner Stimme machte ihr Angst. Ihr Blick huschte zu dem weißen Knopf neben dem Bett. Sie war noch nie in die Bedrängnis gekommen, Hilfe zu rufen, doch jetzt rutschte sie ein Stück an die Klingel heran. Sie griff zur Zigarettenschachtel auf dem Nachttisch und hielt sie Höfer entgegen.

„Auch eine?" Er nahm sich schweigend eine heraus und wartete, bis sie ihm Feuer gab. Danach zündete sie sich selbst eine an, nahm einen tiefen Zug und blies Rauchringe in die Luft.

„Warum bist du gekommen?"

„Ich kann die Arschlöcher da draußen nicht mehr sehen", sagte er. Michelle lächelte und er hatte das Gefühl, dass es ein ehrliches Lächeln war.

„Soll ich gehen?"

„Kannst ruhig noch bleiben. Hier ist sowieso nichts los." Sie lehnte sich zur Seite, öffnete die Tür des Nachtschranks und holte eine Flasche heraus.

„Einen Whiskey? Geht auf meine Kosten."

„Ja, danke." Ein Lächeln umspielte seine Lippen. Er wartete, bis sie die Gläser gefüllt und ihm eins gereicht hatte. Dann sagte er: „Du bist in Ordnung – ehrlich." Michelle senkte ihren Kopf, doch sie ließ ihn nicht aus den Augen. „Du hast mir Angst gemacht, am Anfang jedenfalls." Höfer drückte seine Zigarette aus.

„Im Knast verlernt man schnell, wie man mit anderen umgeht", sagte er. „Überleben ist alles."

„Du warst im Knast?" Sie kniff die Augen zusammen und trank einen Schluck, um die plötzlich wiederkehrende Nervosität zu verscheuchen.

„Ja, zehn Jahre lang."

„Weswegen?"

„Meine Frau ist getötet worden und mir haben sie die

Schuld gegeben." Michelle zuckte zusammen. Sie umklammerte ihr Glas mit beiden Händen und starrte auf die goldbraune Flüssigkeit.

„Du brauchst keine Angst zu haben", sagte er. Seine Hände berührten die ihren. Sie spürte einen wohligen Schauer, ein Gefühl, das in ihrem Job eigentlich tabu war, aber sie konnte und wollte sich nicht dagegen wehren. Der Hüne vor ihr, mit seinen kurz geschorenen Haaren und Muskeln wie ein Bodybuilder weckte in ihr eine Zuneigung, die ihr schon lange abhanden gekommen war.

„Sie haben dich eingesperrt, obwohl du es nicht warst?" Michelle nippte am Whiskey. „Warum?" Er sah sie an, fixierte sie, als würde er ihr nicht trauen.

„Wie viel nimmst du für eine weitere Stunde?"

„Hundertfünfzig", sagte sie. „Ich muss das nehmen, sonst kriege ich Schwierigkeiten." Er zog drei Fünfziger aus der Jeanstasche. „Hier, ich will nicht, dass du Ärger kriegst." Michelle starrte auf die Geldscheine. „Bin ich dir so viel wert?"

Höfer ignorierte ihre Frage und hielt ihr stattdessen das Glas entgegen. „Bekomme ich dafür noch einen?" Sie zögerte. Sie war hin- und her gerissen zwischen dem Verlangen, ihn näher kennenzulernen und den Konsequenzen, die sie zu erwarten hatte, wenn sie sich einem Freier gefühlsmäßig näherte.

„Wenn dich jemand fragt, dann haben wir es gemacht", sagte sie leise. „Versprichst du mir das?"

„Okay."

Michelle goss Whiskey nach, nahm zwei Zigaretten aus der Schachtel, zündete sie gleichzeitig an und gab ihm eine. „Erzählst du mir, was damals passiert ist?"

Er nahm einem tiefen Zug. „Behältst du es für dich?"

„Klar!" Sie legte sich aufs Bett, stopfte sich ein Kissen unter den Kopf und sagte: „Fang an!"

Er schwieg eine Weile, versuchte sich zu erinnern, an den Anfang der Geschichte, seiner Geschichte. Doch es waren nur Fragmente, als wäre das Bild, wonach er suchte, in tausend Stücke zerrissen. Für einen Moment schloss er die Augen, konzentrierte sich auf das, was er vorhatte.

Dann blinzelte er in das rote Licht der Nachttischlampe und begann zögernd zu erzählen: „Susanne war meine große Liebe. Als wir uns kennen lernten, spürten wir sofort, dass es mit uns etwas ganz Besonderes war. Frag mich nicht warum. Verwandte Seelen, nennt man das wohl. Wir ließen uns einfach fallen, tranken Bier und genossen die Zeit, die wir miteinander verbrachten. Wir lagen auf dem Bett und träumten von einer kleinen Hütte irgendwo auf einer Insel in der Südsee, einem Ort, an dem uns niemand finden würde.

Dann entschlossen wir uns, ein ganz neues Leben zu beginnen. Wir hauten ab, ließen alles hinter uns; den Job, die Eltern, Freunde, einfach alles. Wir fuhren mit einem alten VW-Bus durch Europa, lebten von unseren Ersparnissen. Aber schon bald danach waren wir am Ende, keine Kohle, keine Zukunft, einfach nichts. Schließlich kehrten wir reumütig nach Stade zurück und wenn Susanne nicht da gewesen wäre, dann..." Höfer hielt inne und sah zu Michelle. Sie lag da, mit einem Glas Whiskey in der Hand und halb zugeknöpfter Bluse.

„Sie war es, die unser Leben in die Hand nahm. In den nächsten zwei Jahren nahmen wir so gut wie jeden Job an, der zu haben war. Wir schufteten oft bis in die Nacht hinein und legten jeden Cent beiseite. Eines Tages lernten wir einen Koch kennen. Er hatte gerade seinen Job verloren und war auf der Suche nach einer neuen Arbeit. Da kam Susanne auf die Idee, es mit einem Catering-Service zu versuchen. Am Anfang lief auch das schlecht, aber dann ging es immer

weiter bergauf." Höfer trank einen Schluck.
„Vor allem Susanne zweifelte nie daran, dass wir es schaffen. Wir konnten es uns sogar leisten, ein kleines Häuschen zu mieten. Und wir hätten es sogar noch viel weiter geschafft." Wieder unterbrach er sich und senkte den Blick zu Boden.
„Und was passierte dann?" forderte Michelle ihn auf. Höfer stieß hörbar Luft aus.
„Wir bekamen einen lukrativen Auftrag, der dreißigste Geburtstag eines reichen Typen. Er fragte nicht nach dem Preis, das war ihm egal, er verlangte nur absolute Perfektion, um mit seiner Kohle protzen zu können. Und die haben wir ihm geliefert; Scampis, Wildlachs, Vitello Tonnato, Austern, Brunello-Wein und Champagner bis zum Abwinken. Alles, was du dir denken kannst."
„Und was ist schief gegangen?" fragte Michelle, die es kaum noch abwarten konnte.
„Eigentlich nichts", sagte Höfer. „Alles lief gut. Der Typ war restlos begeistert. Er war sogar bei uns, mit einer teuren Flasche Whiskey und hat sich bedankt." Er zögerte, trank sein Glas leer und stellte es neben die Flasche auf den Nachtisch.
„Danach weiß ich nichts mehr. Als ich am nächsten Morgen meinen Rausch ausgeschlafen hatte, war sie tot. Sie lag im Wohnzimmer, eine bronzene Statue neben ihr. Ich sah das Blut und kurze Zeit später war die Polizei auch schon da."
„Und du hast keine Ahnung, wie das passiert ist?"
„Nein, ich weiß nur, dass wir den Erfolg ausgelassen gefeiert haben. Wenn sich das rum gesprochen hätte, wären wir endgültig aus dem Schneider gewesen."
„Träumst du noch oft von dieser Hütte in der Karibik?" Er schüttelte ohne zu überlegen den Kopf.
„Nein, das ist vorbei."
„So etwas kann wieder geschehen", sagte Michelle.

„Nein, das kann es nicht."
„Warum nicht?"
„Weil einem die große Liebe nur einmal begegnet."
Ihre Zigarette glimmte auf, bevor sie sie ausdrückte. Rauch verschleierte ihr Gesicht.
„Du musst jetzt gehen", sagte sie, während sich der Rauch verflüchtigte. „Wir waren schon viel zu lange hier oben." Michelle stand auf.
„Wenn du mal wieder Gesellschaft brauchst, weißt du ja, wo du mich findest." Höfer nickte.
„Es wird Zeit." Er ging zwei Schritte auf die Tür zu und blieb stehen. „Es war nett mit dir", sagte er.
„Ja, mit dir auch", sagte sie. „Und nicht vergessen. Wir haben es gemacht, wenn dich jemand fragt!"
„Der Sex mit dir war göttlich", sagte er und lächelte sie an. „Und wie war ich?"
„Grandios", erwiderte Michelle. „Und jetzt geh'!"

****

Als Höfer wieder allein unten auf der Straße stand, verlor sich sein Blick in all dieser Dunkelheit. Langsam bewegte er sich Richtung Innenstadt. Obwohl er hier viele Jahre verbracht hatte, kam es ihm vor, als würde er einer fremden Welt entgegengehen.
Höfer überquerte die Straße und wandte sich noch einmal um. Er sah zu den blinkenden Herzen in den Fenstern und versuchte zu begreifen, was ihm soeben widerfahren war. Er hatte einer Hure sein ganzes Leben anvertraut. Er war plötzlich müde und so benebelt vom Whiskey, dass es ihm schwer fiel weiterzugehen. Er drückte seine Fingerspitzen fest an die Schläfen. Das höhnische Gelächter der Wärter war wieder da. Sie haben mir jeden Funken Hoffnung genommen, jeden rettenden Strohhalm vor meinen Augen zerbro-

chen, dachte er. Plötzlich kehrte es zurück, das Scheppern der Blechbecher an den Gitterstäben. Es war immer das gleiche Ritual. Einer begann, und die anderen stimmten mit ein. Der Widerhall verstärkte den Druck auf sein Gehirn, bis es zu zerspringen drohte. Mit schleppendem Schritt setzte Höfer seinen Weg fort.

Es war kurz nach Mitternacht. Um diese Zeit war auf der Straße niemand mehr unterwegs. Auch in den Häusern kehrte die Nacht ein. Hier und da war noch ein schwacher Lichtschein hinter zugezogenen Vorhängen zu erkennen, das bläuliche Flimmern eines Fernsehers, sonst nichts.

Es hatte zu nieseln begonnen. Höfer schlug den Kragen seiner Jacke hoch und lief weiter Richtung Innenstadt. Er hätte sich ein Taxi nehmen können, doch die kühle Abendluft tat ihm gut. Er dachte an Susanne, an die Abende, an denen sie zusammen ihre Zukunft geplant hatten. In der Ferne hörte er, wie ein Wagen ansprang und aus einer Parklücke fuhr. Höfer blieb am Straßenrand stehen, die Hände tief in den Hosentaschen vergraben und starrte ins Nichts. Es begann zu regnen. Er zog die Kapuze seines Pullovers über den Kopf. Die Erinnerungen an Susanne ließen ihn nicht mehr los.

Plötzlich vernahm er das Aufheulen eines Motors. Er stieß einen lauten Fluch aus, als das grelle Licht der Schweinwerfer seine Augen blendete. Das Letzte was er sah, waren diese beiden gleißenden Lichtpunkte. Ein ungeheurer Schmerz durchfuhr ihn. Er wirbelte durch die Luft, wie eine Puppe, die weggeworfen wurde. Sein Kopf schlug gegen den Randstein, doch das spürte er schon nicht mehr. Sein Körper blieb am Straßenrand liegen. Die Glieder waren unnatürlich gekrümmt. Blut sickerte aus der klaffenden Wunde an der Schläfe. Danach kehrte die Stille der Nacht zurück.

Kapitel 21

Montag, 6. November

Als Ilka am nächsten Morgen gegen neun Uhr die Polizeiinspektion betrat, wurde sie zu ihrer Überraschung schon erwartet. Patrick Dannenberg fing sie bereits auf dem Flur ab und winkte sie in sein Büro.

„Die Meldung kam gerade rein! Höfer hat's gestern Nacht erwischt. Er liegt auf der Intensivstation." Ilka überflog die Zeilen auf dem Fax und schaute Dannenberg wütend an. „Ich habe es dir gesagt, aber du hast mir nicht geglaubt." Dannenberg wischte sich mit einer Hand übers Gesicht. „Ich habe wirklich versucht, den Haftrichter davon zu überzeugen. Mehr konnte ich nicht tun." Ilka konnte es nicht fassen.

„Wie geht's ihm?"

„Schlecht. Sie haben ihn in ein künstliches Koma versetzt. Aber die Ärzte meinen, dass er durchkommen wird."

„Wann ist das passiert?"

„Kurz nach Mitternacht!" Ilka griff zum Hörer und drückte die Kurzwahltaste der Einsatzzentrale.

„Bitte, schickt sofort zwei Beamte ins Krankenhaus. Sie sollen Dennis Höfer rund um die Uhr bewachen. Niemand außer dem diensthabenden Arzt und die Krankenschwestern dürfen zu ihm."

„Glaubst du, dass da jemand auf Nummer sicher gehen will?" fragte Dannenberg, nachdem sie aufgelegt hatte.

„Wenn derjenige, der Höfer über den Haufen gefahren hat, erfährt, dass er noch lebt, schon. Ich glaube es zwar nicht, aber vielleicht hat Höfer ja doch etwas gesehen. Ich brauche erst mal einen Kaffee. Wir sehen uns später." Sie schloss die Tür und atmete tief durch. Viel schlimmer konnte es wirklich nicht mehr kommen.

„Gut, dass du da bist", waren die ersten Worte, die sie hörte, als sie in ihr Büro kam.

„Ich bin mir nicht sicher, ob das wirklich so gut ist", sagte Ilka, als sie Cem gegenüberstand.

„Wir haben Besuch."

„Besuch?" Ilka zog ihre Jacke aus und hing sie an die Garderobe. „Ich dachte, du hast Peters erst für zehn Uhr bestellt."

„Ich rede ja auch nicht von Daniel Peters, sondern von Michelle." Ilka verstand kein Wort.

„Geht's vielleicht ein wenig konkreter?"

„Kurz bevor Dennis Höfer gestern Abend überfahren wurde, war er mit einer Frau zusammen, eben mit dieser Michelle. Ihr richtiger Name ist übrigens Nadine Hausmann. Sie arbeitet in der Sunrise-Bar direkt an der B73!"

„Wo ist sie?"

„Im Nebenzimmer. Ich wollte mit der Vernehmung warten, bis du da bist!"

„Danke Cem. Wie ist eigentlich die Hausdurchsuchung bei Peters gelaufen?"

„Ich warte noch auf den Bericht der Spusi. Kann nicht mehr lange dauern! Die Telefonverbindungen werden auch noch überprüft."

„Ach Cem, bevor ich es vergesse." Sie tippte provokativ mit dem Finger gegen seine Brust.

„Was ist jetzt schon wieder los?"

„Kannst du nicht wenigstens einen Knopf mehr zumachen?"

„Warum? Bis jetzt hat sich noch keiner beschwert!"

„Das glaube ich dir aufs Wort", entgegnete Ilka und stieß einen tiefen Seufzer aus. „Aber wir sind hier nicht bei Miami Vice, sondern in Stade, und mit deiner behaarten Brust und dem Goldkettchen sieht du genauso aus, wie sich der Normalbürger einen Macho-Türken vorstellt!" Cem knurrte etwas Unverständliches vor sich hin, machte einen Hemdknopf zu und schaute Ilka mit großen, treuherzigen Augen an.

„Besser so?"

„Für den Anfang ganz okay", sagte Ilka.

Cem rollte genervt die Augen. „Können wir jetzt endlich zu ihr gehen?" Ilka grinste ihn frech an. „Klar, dann wollen wir mal hören, was uns die Dame zu sagen hat."

****

„Frau Hausmann?" Ilka streckte ihr die Hand entgegen. „Ich bin Ilka Hansen von der Kripo." Die junge Frau, die auf dem Stuhl vor ihrem Schreibtisch saß, war ungeschminkt, ihre Haare brav zu einem Pferdeschwanz gebunden. Ihre Augen waren leicht gerötet, was vermutlich am fehlenden Schlaf der letzten Nacht lag.

„Ich habe es heute Morgen aus dem Internet erfahren. Das mit Dennis Höfer."

„Haben Sie den Unfall gesehen?" fragte Ilka.

„Nein, aber er war gestern Abend bei mir. Bis kurz nach Mitternacht. Wie geht es ihm?"

„Nicht besonders", sagte Ilka. „Die Ärzte haben ihn vorsorglich in ein künstliches Koma versetzt."

„Was wollte er von Ihnen?"

„Es war nicht so, wie Sie denken", sagte Nadine. „Wir haben nur geredet. Er wollte nicht mehr."

„Ungewöhnlich, nicht wahr?"

„Ja, schon, aber er hat ohne Murren bezahlt."

„Worüber haben Sie sich unterhalten?" Nadine zögerte mit der Antwort. Stattdessen deutete sie zum Wasserspender. „Kann ich ein Glas bekommen?"

„Ja, natürlich." Ilka füllte ein Glas und gab es ihr.

„Am Anfang", begann Nadine, nachdem sie einen Schluck

getrunken hatte, „am Anfang hatte ich regelrecht Angst vor ihm. Ich wusste nicht, warum er so viel Geld ausgibt, nur um zu quatschen, aber während wir redeten und Whiskey tranken, änderte sich das. Am Ende war ich sogar ein wenig traurig, dass er gehen musste."

„Nadine, was genau hat er Ihnen erzählt?"

„Er hat von damals erzählt, von seiner Frau, wie sie sich kennen lernten bis zu dem Abend, an dem sie umgebracht wurde."

„Was ist an dem Abend geschehen?"

Nadine versuchte sich zu erinnern, erzählte Ilka alles, was sie von Höfer erfahren hatte. Nachdem sie geendet hatte, bat sie um ein weiteres Glas Wasser.

Ein Polizist kam ins Büro, zog Ilka beiseite und flüsterte ihr ins Ohr: „Daniel Peters ist da." Ilka schaute kurz zu Nadine, die gedankenverloren an ihrem Wasser nippte. „Er soll nebenan warten. Und lassen Sie ihn nicht aus den Augen, okay?" Als der Kollege gegangen war, wandte sie sich wieder der jungen Frau zu.

„Was machte er für einen Eindruck auf Sie? Haben Sie ihm geglaubt?"

„Ja, das habe ich", sagte Nadine ohne Zögern. „Ich kannte ihn nur ein paar Stunden, aber so einer bringt seine Frau nicht um. Nicht mal im Suff!" Nadine nahm den Becher in beide Hände und trank einen Schluck.

„Hat Höfer Ihnen den Namen des Mannes gesagt, für den er dieses Fest veranstaltet hat?"

„Nein, er sagte nur, dass es ein arroganter, stinkreicher Typ war."

„Und er konnte sich nicht mehr an den Abend erinnern, als dieser Typ bei ihnen war, um sich zu bedanken?"

„An den Anfang schon", meinte Nadine und schaute Ilka verunsichert an. „Sie hatten teuren Whiskey, den der Kerl als

Dank mitgebracht hatte und dann war's irgendwann vorbei. Als er am nächsten Morgen aufwachte, hat er seine Frau tot im Wohnzimmer gefunden. Mehr weiß ich wirklich nicht."

„Sie können jetzt gehen", sagte Ilka mit einem ratlosen Blick zu Cem. „Danke, dass Sie so schnell gekommen sind."

****

Daniel Peters war braungebrannt wie nach einem Karibikurlaub und trug eine weiße Leinenhose und ein Polo-Shirt von Ralph Lauren. Ein Lebemann, wie er im Buche stand, dachte Ilka. Jedenfalls solange, wie der alte Peters nicht in der Nähe war. Ilka war überzeugt, dass er immer noch alle Fäden des Geschäfts in der Hand hatte und jeden Schritt seines Sohnes mit zweifelndem Blick beobachtete.

Daniel Peters stand mit den Händen in den Hosentaschen am Fenster. Seine Augen funkelten sie zornig an.

„Schön, dass Sie auch mal kommen", begrüßte er sie sichtlich erregt. „Glauben Sie, dass ich nichts Besseres zu tun habe, als hier sinnlos meine Zeit zu vergeuden?"

„Ich würde jetzt auch gern woanders sein", erwiderte Ilka trocken. „Das können Sie mir glauben."

Für Augenblicke dachte sie an Antonio, an den Abend im Kino, die Stunden im Eiscafé, den Blick in seine Augen, als sie sich vor dem Café verabschiedet hatten. Ilka zwang sich zurück in die Realität.

„Setzen Sie sich bitte", sagte sie, bemüht, sich von Daniel Peters Wut nicht anstecken zu lassen. „Herr Peters, sagt Ihnen der Name Memento Mori etwas?"

„Nein. Was soll das sein?"

„Ein seltenes Gift aus Südamerika."

„Na und? Was habe ich damit zu tun?"

„Ihre Schiffe verkehren regelmäßig in Südamerika. Speziell in Brasilien, oder?"

„Natürlich, aber das sind ganz normale Handelsbeziehungen, wie sie jede Reederei pflegt." Er stieß einen verächtlichen Laut aus. „Wissen Sie eigentlich, wie viele Schiffe in dieser Gegend täglich unterwegs sind?"

„Ja, ich weiß", sagte Ilka. „Aber da ist noch etwas anderes. Ihre ehemalige Sekretärin Marion Wolff. Ich nehme Ihnen nicht ab, dass Sie nichts von dem Prozess wussten." Er bemühte sich, keine Reaktion zu zeigen, doch Ilka bemerkte das flüchtige Zucken der Mundwinkel. Er war nervös, das spürte sie deutlich.

Ilka trat ans Fenster, schaute über den Parkplatz zur Baumreihe, die an die Straße grenzte. Sie wurde das Gefühl nicht los, dass er sie nach Strich und Faden belog.

„Kannten Sie Susanne Höfer?"

„Wen?" Ilka fuhr herum. Es brodelte in ihr. „Sie haben mich sehr gut verstanden, Herr Peters. Also, kannten Sie Susanne Höfer?"

„Nein, der Name sagt mir nichts."

„Nein, wirklich nicht?" Cem konnte sich kaum noch beruhigen. „Haben Sie nicht vor zehn Jahren den Catering-Service der Höfers damit beauftragt, Ihren dreißigsten Geburtstag auszurichten?" Ohne Vorwarnung packte Cem Peters so fest am Arm, dass dieser aufschrie.

„Waren Sie es nicht, der bei den Höfers auftauchte, um sich für den tollen Service zu bedanken?"

„Sind Sie verrückt geworden, Mann?" Peters verzog das Gesicht vor Schmerzen und starrte Hilfe suchend zu Ilka. „Sagen Sie ihm, dass er mich nicht anrühren soll!" Ilka schob Cem ein Stück beiseite und flüsterte ihm ins Ohr: „Keine Gewalt, okay? Du weißt, was passiert, wenn das herauskommt!"

Cem nickte, doch in seinen Augen spiegelte sich immer noch die Wut, die Peters in ihm entfacht hatte. In diesem

Moment hatte Ilka Angst um ihn; Angst, dass er sich vergessen könnte.

Sie konnte sich noch genau an den Tag erinnern, als der Sohn eines Bankiers entführt worden war. Schon bald hatten sie den mutmaßlichen Täter geschnappt, doch bei der Vernehmung hatte er eisern über den Verbleib des Jungen geschwiegen. Niemand hatte damals gewusst, ob der Junge noch am Leben war. Schließlich hatten die Kollegen keine andere Chance gesehen, als das Versteck gewaltsam aus ihm heraus zu pressen. Doch es war längst zu spät gewesen. Der Junge war tot.

Der Polizist wurde damals in einem spektakulären Prozess verurteilt, weil er während der Vernehmung mit Gewaltanwendung gedroht hatte. Juristisch korrekt, das wusste nicht nur Ilka, doch was wäre gewesen, wenn sie den Jungen dadurch hätten retten können? Ilka konnte nur zu gut verstehen, was im Kopf des Polizisten vorgegangen war, als er dem Täter gegenüber stand, das Bild seines eigenen Sohnes vor Augen. Wer konnte schon in solchen Momenten von sich behaupten, nicht emotional oder gar irrational zu handeln. Ilka wandte sich wieder an Peters.

„Wo waren Sie gestern Abend, so gegen Mitternacht?"

„Im Restaurant Rodriguez in der Innenstadt", kam es wie aus der Pistole geschossen zurück. „Ich war bis kurz nach eins dort. Das können gut ein halbes Dutzend Leute bezeugen! Warum fragen Sie mich danach?"

Ilka hätte es sich denken können, zog einen Stuhl zu sich und setzte sich Peters direkt gegenüber.

„Gestern Nacht wurde Dennis Höfer überfahren, der Mann, der durch Marion Wolffs Aussage für zehn Jahre hinter Gitter wanderte."

Cems Handy klingelte. „Ja? – Das ist ja interessant. Kannst du mir das eben rüberfaxen? Super! Danke."

Cem warf Ilka einen vielsagenden Blick zu und ging zum Faxgerät. Einige Sekunden später hielt er das Papier in den Händen. „Ilka, schau dir das an."

Ilka überflog das Fax und wandte sie wieder Peters zu.

„Herr Peters, Sie haben uns erzählt, dass Sie Steinberger nicht kannten, stimmt das?"

„Ja, das ist wahr."

„Wie erklären Sie sich dann einen Anruf, der von Ihrem Bürotelefon aus gemacht wurde? Von dort wurde Axel Steinberger am Abend vor seinem Tod angerufen. Exakt um 20.04 Uhr."

Daniel Peters faltete seine Hände wie zum Gebet und schaute abwechselnd zu Cem und Ilka.

„Ja, ich geb's ja zu. Ich habe ihn angerufen. Aber das war rein beruflich. Ich brauchte eine Rechtsauskunft wegen ausbleibender Zahlungen."

„Was für ein Zufall", fuhr Cem ihn an. „Warum haben Sie uns das nicht gleich gesagt?"

„Ich wollte nicht in den Fall reingezogen werden", sagte Peters. „Das ist doch wohl nachvollziehbar, oder?"

„Sicher", pflichtete ihm Ilka bei. Sie beugte sich so nah zu Peters hinab, dass sie den Atem ihres Gegenübers riechen konnte. „Aber das ist noch nicht alles."

Schweißperlen traten auf seine Stirn. Er schien die Kontrolle über sich selbst verloren zu haben.

„Außerdem", fügte Ilka hinzu, „haben wir uns Ihren Fuhrpark mal näher angeschaut. In dem Verbandskasten in Ihrem Porsche fehlen zu unserem Bedauern die Einweghandschuhe. Und genau die hat der Täter vermutlich getragen, als er Steinberger umgebracht hat. Was sagen Sie dazu?"

„Was für Handschuhe...? Ich..." Seine Stimme versagte. Er fuhr sich mit den Händen durch die Haare. „Ich weiß nicht, wo die Handschuhe geblieben sind. Vielleicht, als der

Wagen in der Werkstatt war oder was weiß ich..."

„Hat Ihr Vater den Wagen auch gefahren?" Er schüttelte den Kopf.

„Nein, er hielt nichts von solchen Autos."

„Ihre Frau?" Wieder verneinte er.

„Wollen Sie nicht endlich sagen, was passiert ist?"

„Ich... ich war's nicht. Ich habe niemanden umgebracht. Verdammt noch mal, warum sollte ich das tun?"

„Vielleicht, weil Steinberger Sie erpressen wollte und Sie ihn ein für alle Mal loswerden wollten", sagte Ilka und beließ es dabei. „Sie sind vorläufig festgenommen!"

Plötzlich straffte Daniel Peters seinen Rücken. Seine Blicke wanderten zwischen Cem und Ilka hin und her.

„Weswegen?"

„Sie stehen unter dem dringenden Tatverdacht, Axel Steinberger getötet zu haben!" Er sprang wie von der Tarantel gestochen hoch, doch Cem packte ihn am Arm und drückte ihn wieder auf den Stuhl.

„Das können Sie nicht machen!"

„Und ob ich das kann", zischte Ilka wütend.

„Ich will meinen Anwalt sprechen!", hörte sie ihn sagen.

„Ja, natürlich, kein Problem. Aber er wird Ihnen auch kein Alibi für den Mord an Axel Steinberger verschaffen!"

„Ich war's nicht", fauchte er Ilka an. „Wie oft soll ich das noch sagen?" Sie reagierte nicht darauf, konnte sein arrogantes Gehabe einfach nicht mehr ertragen!

Sie öffnete die Tür und winkte einen Beamten herbei. „Führen Sie den Herrn bitte ab!" Der Beamte nickt. Ohne einen Ton von sich zu geben, legte er Daniel Peters Handschellen an.

Kapitel 22

Montagmittag, 6. November

Ilka hielt es nicht mehr im Büro aus. Sie musste raus, an die frische Luft, um wieder einen klaren Kopf zu bekommen. Sie schnappte sich ihre Jacke, das Handy und die Autoschlüssel und lief mit schnellen Schritten über den Flur.

Sie war so mit sich selbst beschäftigt, dass sie beinahe mit Cem zusammenstieß, der gerade die Treppe hinaufkam.

„Du scheinst es ja eilig zu haben."

„Ich muss einfach mal raus", sagte Ilka. „An die Elbe."

„Kann ich mitkommen?"

„Klar", sagte sie mit der Andeutung eines Lächelns, drängte sich an ihm vorbei und ging zu ihrem Auto. Sie legte den Gang ein und wartete, bis Cem sich angeschnallt hatte.

„Können wir?"

Cem nickte, dann gab sie Gas.

Eine ganze Weile schwiegen sie vor sich hin, erst als sie auf der Deichstraße Richtung Altes Land fuhren, sagte Cem: „Daniel Peters hat ein Alibi. Während Höfer über den Haufen gefahren wurde, war er tatsächlich in diesem spanischen Restaurant. Dafür gibt's eine Menge Zeugen."

„Überrascht mich nicht", meinte Ilka emotionslos. Sie hatte nichts anderes erwartet. „War doch klar, dass wir ihn als erstes verdächtigen. Er ist nicht so blöd, ohne Alibi dazustehen!"

„Vielleicht hat er jemanden dafür bezahlt?"

„Wer weiß", meinte Ilka achselzuckend. „Zutrauen würde ich es ihm. Und Geld genug hat er auch. Was sagt die Spusi?"

„Der Scheinwerfer dürfte hinüber sein. Sie haben Glasscherben am Tatort gefunden. Und auch ein paar Farbreste. Vermutlich ein dunkelblauer Wagen. Die Fahndung ist schon raus. Auch an die Presse. Ein Auto mit einem defekten Scheinwerfer muss doch jemandem auffallen!" Danach setzte wieder Schweigen ein.

Ein paar Minuten später stellte Ilka ihren Wagen auf den Parkstreifen am Deich ab. Die Sonne war nur als schemenhafte Scheibe zu erkennen. Sie hockten sich auf die Uferbefestigung und schauten zu einem Fischkutter, der von gierigen Seemöwen umkreist wurde. Es war gerade Niedrigwasser. Die obere Hälfte der Steine war trocken, die unteren nass und mattschwarz. Sie waren glatt geschliffen von dem Wellengang.

Ilka warf einen Seitenblick zu Cem und sah, dass sich seine Stirn in Falten gelegt hatte. Das Zucken der Wangenmuskeln, die Augen, die permanent in Bewegung waren, nie lange auf einem Punkt verharrten, das alles deutete darauf hin, dass er innerlich hin- und hergerissen war.

„Woran denkst du gerade, Cem?"

Cem schaute sie leicht irritiert an. „Willst du das wirklich wissen?"

„Ich kann gut zuhören."

„Ich weiß", sagte Cem, ohne zu ihr zu sehen. Sein Blick ruhte auf der Elbe, als könnte das fließende Wasser seine Gedanken forttreiben.

„Manchmal denke ich daran, alles hinzuschmeißen." Ilka kannte Cem's Sehnsucht nach seinem Heimatland, doch jetzt, wo er es so klar aussprach, überraschte sie es doch ein wenig.

„Ich dachte, du wärst mit Leib und Seele Polizist?"

„Ja schon", druckste er herum. „Aber ab und zu kommen mir solche Gedanken halt."

„So wie jetzt gerade..."

„Ja, so wie jetzt." Er hielt kurz inne. „Ich war vier, als meine Familie Istanbul verließ und nach Deutschland kam", begann er von sich aus zu erzählen. „Die Bootswerft, in der mein Vater arbeitete, ging Pleite und von einem Bekannten erfuhr er, dass eine Schiffswerft in der Nähe von Hamburg immer Leute wie ihn bräuchte." Cem deutete mit dem Arm die Elbe aufwärts, wo sich die Sietas-Werft befand. „Vor zwei Jahren, als mein Vater in Rente ging, sind sie wieder nach Istanbul zurückgekehrt." Der wehmütige Klang seiner Stimme war unüberhörbar.

„Ich blieb. Hier habe ich alles, Freunde, meinen Job bei der Kripo und die Gegend gefällt mir auch." Dann erzählte er von der Sehnsucht, die immer dann aufkam, wenn er seine Eltern in Istanbul besuchte und von den Zweifeln, ob es richtig war, ihnen nicht gefolgt zu sein. Ilka ließ Cem erzählen. Es war selten genug, dass er mehr von seinen wirklichen Gefühlen preisgab als unbedingt nötig. Sie hörte ihm zu. Das, was sie zu sagen hatte, konnte warten. Dafür würde später immer noch Zeit sein. Er hob einen Stein auf und warf ihn ins Wasser.

„Die Türkei ist die Heimat meiner Familie. Sie leben alle dort, meine Eltern, meine beiden Brüder und deren Familien. Ich bin der einzige Abtrünnige, der nicht zurückgekehrt ist." Cem senkte die Stimme. „Als ich letztes Jahr bei ihnen war, wollten sie mich gar nicht wieder gehen lassen. Und ich gebe zu, dass ich auch darüber nachgedacht habe, dort zu bleiben."

„Hast du einen Traum, ich meine einen ganz großen, für den du vieles aufgeben würdest?"

„Klar habe ich den." Ilka fing Cem's Blick auf. Als er fortfuhr, leuchteten seine Augen, wie selten zuvor in den vergangenen Tagen.

„Ein kleines Hotel, mit zwanzig Zimmern, mit einem Pool

und einer Bar, wo sich die Gäste abends treffen können. Irgendwo am Meer, der Ägais, ohne Trubel, Schicki-Micki-Läden und All-Inclusive-Bunker. Ich würde den Leuten gern mein Land zeigen, so wie es ursprünglich war!"

„Klingt so, als wärst du schon mal an einem solchen Ort gewesen."

„Ja, das war ich. Es ist eine kleine Anlage, vielleicht anderthalb Autostunden von Antalya entfernt, in der Nähe eines Naturschutzgebiets. Dass die Gegend noch so ursprünglich ist, haben die Leute dort den Schildkröten zu verdanken. Sie kommen nachts an den Strand und legen ihre Eier ab."

„Klingt toll", warf Ilka ein.

„Ja, leider reicht mein Gehalt als Kommissar bei weitem nicht aus, um so etwas zu finanzieren. Aber so einen magischen Ort vergisst man nicht."

„Hast du Anna mal davon erzählt?"

„Von dem Hotel?"

„Von allem, was du mir eben erzählt hast."

„Ne, nicht wirklich." Ein Lächeln huschte über seine Lippen. „Aber wenn's mit dem Hotel nicht klappt, Kommissare und fähige Pathologen braucht man auch in Istanbul!" Sein Blick wanderte wieder über den Fluss zum anderen Ufer. „Meine Eltern würden Anna in ihr Herz schließen, ganz sicher, aber sie haben nun mal ein anderes Verständnis, was das Zusammenleben von Mann und Frau betrifft. Sie würden erwarten, dass wir heiraten, Kinder bekommen und ich das Geld verdiene, während Anna brav zu Hause bei den Kindern bleibt. Ich denke nicht, dass Anna das mitmacht."

Cem hielt inne. Offenbar setzte ihm der Gedanke an seine Eltern mehr zu, als er zugeben wollte. Er faltete die Hände und schaute zu den auslaufenden Wellen eines Containerschiffes. Sie spürte, wie es in seinem Gehirn arbeitete, wie sehr ihn die Sache innerlich aufwühlte. Sie stieß ihn mit dem

Ellbogen sanft in die Seite.

„Du liebst sie wirklich, nicht wahr?" Er sah zu ihr und nickte.

„Ja, das tue ich!" Einige Minuten saßen sie da, gaben keinen Laut von sich. Der Wind hatte zugenommen und trieb weiße Schaumkronen über das Wasser. Ilka schaute zum Himmel hinauf. Schwarze Wolken hatten sich zusammengeballt und es sah so aus, als würde es bald stürmisch werden. Ilka stand auf, reichte Cem die Hand und zog ihn hoch.

„Komm, lass uns gehen, bevor der Regen losgeht. Hast du Hunger?"

„Gute Idee. Was empfiehlst du?"

„Dönerbude oder Asia-Imbiss?"

„Ich bin Türke", stellte er klar. „Frage beantwortet?"

Die Frage hätte sie sich auch schenken können. „Dann lass uns eine kleine Spritztour nach Harsefeld machen. Wenn jemand was von uns will, kann er ja anrufen!"

„Sehe ich ähnlich, Chefin", sagte Cem und fing sich prompt einen Ellenbogenstoß in die Rippen ein, der um einiges heftiger war, als der, den Ilka ihm am Elbufer gegeben hatte. Auf dem Weg zum Auto legte Cem unerwartet die Hand auf ihre Schulter.

„Ilka?"

„Ja?"

„Danke, dass du zugehört hast."

„Es ist furchtbar, wenn niemand da ist, mit dem man reden kann", sagte sie. Sie hatte es am eigenen Leib erfahren, damals in Berlin, als sie in der Altbauwohnung darauf gewartet hatte, dass Tobias sich endlich melden würde. In jenen Momenten hätte sie gern jemanden wie Cem an ihrer Seite gehabt.

„Und jetzt komm", forderte sie ihn auf. „Sonst werden wir tatsächlich noch nass."

****

Eine halbe Stunde später parkte Ilka ihren Fiat direkt vor dem Dönerladen.

„Hallo Mehmet", begrüßte sie ihn, als würden sie sich schon ewig kennen. „Kalbsdöner mit alles ohne Zwiebeln. Und du, Cem?"

„Ich auch mit allem und viel Zwiebeln!"

„War klar!" zischte Ilka ihn an, und erntete dafür wieder mal sein freches Grinsen.

Weitere zehn Minuten später hielten sie ihre Döner in den Händen und bissen hinein. „Dieses Gift, von dem Anna sprach", nuschelte er mit vollem Mund, „wie heißt es noch gleich?"

„Memento Mori", half Ilka ihm auf die Sprünge.

„Ja, Memento Mori. Wenn ich meine Lieblingspathologin richtig verstanden habe, dann wirkt dieses Gift wohl dosiert nicht tödlich."

„Was willst du damit sagen?"

„Warum fährt ein hochnäsiger Typ wie Peters zu den Höfers, um sich mit einer Flasche Whiskey zu bedanken? Solche Typen zahlen - wenn überhaupt - und gut."

„Ich verstehe immer noch nicht."

„Ich spinne jetzt mal ein wenig rum, okay. So wie sich das von der Nadine angehört hat, ist Höfer irgendwann ohnmächtig oder bewusstlos geworden. Und das nicht vom Alkohol. Hast du dir Peters mal genauer angesehen? So einer säuft keinen Kerl wie Höfer unter den Tisch. Es sei denn, Peters hilft nach und mischt ihm was ins Glas."

„Memento Mori!" unterbrach Ilka.

„Ja, genau. Er setzt Höfer damit außer Gefecht und ist mit Susanne Höfer allein."

„Warum sollte er sie umbringen?"

„Die ewige Beziehungskiste? Vielleicht hatten sie ein Verhältnis und irgendwas lief dann anders als geplant. Was weiß ich, aber so ähnlich kann es gewesen sein."

„Ja, hört sich gut an", sagte Ilka. „Und dann ist da die Wolff, seine ehemalige Sekretärin, die Höfer belastet, und Steinberger, der Höfer einfach fallen lässt und schon sitzt der arme Kerl im Knast, ohne zu wissen warum!"

„Das passt!" sagte Cem. „Nur beweisen können wir ihm das von damals nicht. Und Zeugen gibt's keine, entweder sie sind tot oder liegen im Koma!"

Ilka stieß einen leichten Seufzer aus. „Okay, Daniel Peters bringt Susanne Höfer um. Warum? Beweise Fehlanzeige. Marion Wolff ist tot. Wer war das? Peters auf jeden Fall nicht. Der hat ein Alibi. Dann Steinberger. Die Handschuhe, der Anruf, das fehlende Alibi, das sieht wiederum nach Peters aus. Und dann Höfer. Wieder kann es Peters nicht gewesen sein! Ich habe keinen blassen Schimmer, wie das alles zusammenhängt."

„Nur gekannt haben sich anscheinend alle!" Cem atmete hörbar aus. „Das macht die Sache nicht weniger schwierig."

****

Ilka hatte sich gleich nach der Heimkehr auf die Couch gelegt, um ein paar Minuten die Augen zuzumachen. Dabei musste sie tief und fest eingeschlafen sein, denn sie hatte weder das Telefon noch Sina gehört. Plötzlich stand ihre Tochter vor ihr und tippte ihr auf die Schulter. „Mama?" Ilka fuhr hoch und als sie den Hörer in Sinas Hand sah, war sie sofort hellwach.

„Wer ist dran?"

„Habe ich nicht verstanden", sagte sie, reichte ihrer Mutter den Hörer und rannte wieder in ihr Zimmer hinauf.

„Hallo?"

„Frau Hansen?"

„Ja."

„Hier ist Lisa Wolff." Es dauerte einen Moment, bevor sie begriff, wer dort am anderen Ende der Leitung war.

„Lisa, was kann ich für Sie tun?"

„Ich habe einen Brief von meiner Mutter bekommen", sagte Lisa, deren Stimme so stark widerhallte, dass Ilka Mühe hatte, sie zu verstehen. „Sie hat ihn an meine Adresse in Santa Barbara geschickt. Ich war schon auf dem Weg nach Deutschland, als er mir zugestellt wurde."

„Sie sind schon wieder in Kalifornien?" fragte Ilka verblüfft.

„Ja. Ich habe das Haus einem Makler übergeben, der alles für mich regelt. Mein Platz ist hier in Santa Barbara."

„Haben Sie den Brief gelesen?" Es blieb einige Sekunden still in der Leitung, dann antwortete Lisa. „Ja, aber ich denke, damit können Sie mehr anfangen!" Ilka holte tief Luft. Für einen Moment schien die Verbindung unterbrochen zu sein, doch dann hörte sie Lisa sagen: „Ich kann hier nicht weg, aber ich habe Ihnen den Brief zugeschickt. Sie müssten ihn morgen früh bekommen." Lisa Wolff hatte längst aufgelegt, doch Ilka hielt den Hörer noch immer in der Hand. Vielleicht würde dieser Brief endlich Klarheit bringen. Plötzlich überkam sie das Verlangen, Antonio anzurufen. Sie kramte das Handy aus der Handtasche und während sie seine Nummer wählte, fiel ihr Blick auf die Uhr. Es war erst kurz vor halb neun und um diese Zeit war das Eiscafé mit Sicherheit gut gefüllt. Ilka brach den Anruf ab.

Vielleicht später, sagte sie leise zu sich und schob eine CD von BAP in den Player, um wenigstens die Stille zu beenden. Sie hatte sich oft ein wenig mehr Zeit für sich gewünscht, um in Ruhe über vieles nachzudenken und jetzt konnte sie nichts mit dieser Zeit anfangen. Es war zum verrückt werden. Sie dachte darüber nach, welche Möglichkeiten sich anbieten würden.

Ihre Mutter schied von vornherein aus. Sie hatte Elfi in letzter Zeit schon viel zu oft um etwas bitten müssen. Blieb nur noch, eine Flasche Wein aufzumachen, ab dem zweiten Glas mit dem Rauchen anzufangen und darüber zu philosophieren, wie sie ihr Leben besser in den Griff kriegen könnte, oder einfach ins Bett zu gehen, die Decke über den Kopf zu ziehen und sich wilden Träumen hinzugeben. Ilka entschied sich für den Wein und die Zigaretten. Vielleicht würde sie es schaffen, die Welt für einige Zeit auszusperren, an nichts zu denken, sich einfach treiben zu lassen.

Wenig später saß sie auf der Terrasse und schaute gedankenverloren in die Dunkelheit. Es war in den letzten Tagen merklich kühler geworden. Zum ersten Mal in diesem Jahr hatte sie ihren gusseisernen Außenofen angezündet und den Sonnenschirm aufgespannt, um die nächtliche Feuchtigkeit abzuhalten. Im Hintergrund lief ‚Do kanns zaubere', neben ihr ein Glas Wein und plötzlich schienen alle Sorgen und Ängste meilenweit entfernt zu sein. Dieses Lied wirkte Wunder, schon damals, als sie vergeblich auf Tobias gewartet hatte.

Kapitel 23

Dienstag, 7. November

Als Ilka am nächsten Morgen aufwachte, konnte sie es kaum erwarten, ins Büro zu fahren. Selbst Sina spürte am Frühstückstisch die Unruhe, die ihre Mutter erfasst hatte.

„Ist heute etwas Besonderes?"

„Nein, warum?" wich Ilka aus und trank einen Schluck Tee.

„Weil du dauernd auf die Uhr schaust."

„Ich erwarte eine wichtige Nachricht, mein Schatz. Das ist alles." Ilka hatte sich schon innerlich auf die Frage vorbereitet, was für eine Nachricht es denn sei, doch Sina beließ es dabei und sagte stattdessen nur: „Ach so." Sie nippte an ihrem Kakao, der, wenn sie in diesem Tempo weiter trank, wieder halbvoll stehen bleiben würde.

****

Kaum hatte Sina mit ihrem Rad das Grundstück verlassen, machte sich auch Ilka auf den Weg. Tatsächlich fand sie nach kurzem Suchen den Eilbrief aus Kalifornien in ihrer Post. Lisa Wolff hatte den Brief samt Umschlag in ein braunes Kuvert gelegt. Ilka betrachtete den Poststempel. Marion Wolff hatte den Brief am Morgen vor ihrem Tod in Stade aufgegeben. Ilka zog den Brief heraus, faltete ihn auseinander und las:

Liebe Lisa,

falls mir etwas zustößt, bitte ich dich, diesen Brief der Polizei zu übergeben. Ich könnte es nicht ertragen, dass die, die mein Leben zerstört haben, nicht zur Rechenschaft gezogen werden.

Ich weiß, dass wir uns in den letzten Jahren nicht mehr so gut verstanden haben. Ich würde mir wünschen, dass wir beide noch einmal von vorn beginnen könnten und wenn ich diese Sache hier heil überstehe, dann werde ich alles dafür tun, dass wir wieder zueinander finden.

Was ich damals getan habe, war falsch und verlogen. Auf Grund meiner Aussage ist ein Unschuldiger zu zehn Jahren Gefängnis verurteilt worden. Ich hätte ihn retten können, doch ich war zu feige, mich zu stellen. Bis heute, doch jetzt ist der Zeitpunkt gekommen, an dem du erfahren sollst, was vor zehn Jahren wirklich geschehen ist.

Ich war damals die Sekretärin von Daniel Peters. Ich wusste alles über ihn, über seine lieblose Ehe und seine Seitensprünge. Dann kam der Abend, an dem er seinen dreißigsten Geburtstag mit großem Getöse feiern wollte.

Er engagierte einen Catering-Service, aber nur, weil er was mit der Frau von Höfer angefangen hatte. Sie wollte mehr als nur eines von Peters' Lustobjekten sein. Zwei Tage später war sie tot. Noch am gleichen Tag bat mich Peters zu sich. Er sagte, dass er in der Klemme stecken würde und dass er meine Hilfe bräuchte. Er wollte, dass sie Höfer für den Mord an seiner Frau Susanne einsperren, und um ganz sicher zu gehen, sollte ich Höfer schwer belasten.

Peters bot mir Geld, eine Menge Geld sogar. Der alte Peters hatte alles mitbekommen. Er hat von allem gewusst. Mir war klar, dass Daniel Peters das Geld, das er mir gegeben hatte, unmöglich vor seinem Vater verheimlichen konnte. Der Alte hielt alle Fäden in der Hand. Um die Ehre seiner Familie und seinen eigenen Ruf zu retten, wäre er über Leichen gegangen. Mir war es damals völlig egal. Ich habe das Geld genommen, meine Lüge vor Gericht abgeliefert und danach geschwiegen.

Zehn Jahre lang habe ich nichts mehr gehört, mir eine neue Existenz aufgebaut, um die Vergangenheit auszublenden. Bis zu dem Tag, als Höfer freikam. Er hat mich gleich nach seiner

Entlassung angerufen. Er drohte, mir das Leben zur Hölle zu machen, mir, dem Hurensohn Peters und diesem verdammten Anwalt.

Ja, Lisa, das waren seine Worte. Heute Morgen hat sich Steinberger bei mir gemeldet. Höfer hat auch ihn angerufen, das habe ich sofort gespürt. Er will unbedingt mit mir sprechen. Ich werde jetzt zu dem Parkplatz am Wald fahren, aber vorher werde ich diesen Brief an dich schicken. Du sollst wissen, dass ich es zutiefst bereue, was ich getan habe. Aber es ist zu spät, die Zeit zurückzudrehen.

Ich liebe dich, mein Schatz,

Mama

Ilka hielt den Brief in den Händen und versuchte, sich in Marion Wolff hinein zu versetzen. Sie hatte zweifellos geahnt, dass ihr etwas zustoßen könnte. Warum sonst hätte sie diese Zeilen an ihre Tochter geschrieben? Als Cem gegen neun die Polizeiinspektion betrat, hatte sie Marion Wolffs Brief bereits zum zweiten Mal gelesen.

„Jetzt rate mal, was ich hier habe", rief sie ihm zu, als er in der Bürotür erschien.

„Mach's nicht so spannend."

„Das hier", sagte sie. „Ist das Geständnis von Marion Wolff! Hier, lies selbst!" Cem setzte sich mit dem Brief an seinen Schreibtisch. Als er ihn zu Ende gelesen hatte, sah er zu Ilka auf und zog überrascht die Brauen in die Höhe. „Sieh mal einer an. Dann hat der alte Peters sie fürs Schweigen bezahlt?"

„So sieht es aus." Cem kratzte sich an der Schläfe. „Wieder einer, der glaubt, für Geld alles kaufen zu können."

„Wir sollten den alten Peters noch mal kommen lassen",

meinte Ilka. „Am besten noch heute! Ich bin gespannt, was er zu Marion Wolffs Geständnis zu sagen hat."

Cem stimmte mit einem leichten Kopfnicken zu.

„Eine Sache verstehe ich nicht", sagte er nach einer Weile des Nachdenkens. „Warum sie überhaupt dort hingefahren ist? Sie hätte doch wissen müssen, dass es gefährlich werden könnte." Ilka zuckte mit den Schultern.

„Keine Ahnung. Vielleicht wollte sie nicht schon wieder weglaufen. Sie wollte endlich ihr Gewissen befreien und alles der Polizei erzählen. Und genau das war ihr Todesurteil!"

„Ja", stimmte Cem zu. „Steinberger hat sie zu dem Waldstück gelockt. Er wollte sie zur Vernunft bringen, und als Marion Wolff nicht einlenkte, hat er sie erschlagen und in die Scheune gezogen. Wahrscheinlich wollte sie alles auffliegen lassen und das hätte ihn garantiert seine Anwaltszulassung gekostet. Das konnte er nicht zulassen! Auf alle Fälle hat Höfer erreicht, was er wollte. Er wollte sie quälen bis aufs Blut, Wolff, Steinberger und Peters, alle, die ihm damals Unrecht getan haben."

„Tja, dann können wir den Fall Wolff wohl endgültig zu den Akten legen", meinte Ilka. „Bleibt uns nur noch der Mordanschlag auf Höfer und der Mord an Steinberger."

„Ich dachte, der wäre abgeschlossen?" fragte Cem leicht irritiert. Er verschränkte die Arme vor der Brust und versuchte, Ilkas Blick aufzufangen. „Daniel Peters, schon vergessen?"

Ilka schüttelte den Kopf. „Ich habe ein komisches Gefühl bei der Sache. Ich weiß nicht warum, aber das finde ich schon noch heraus."

Cem goss sich einen Kaffee ein, setzte sich hinter seinen Schreibtisch und schnappte sich die Tageszeitung.

„Mehr Werbung geht wirklich nicht", grummelte er vor sich hin und schlug die nächste Seite auf. Er überflog die Immobilienanzeigen.

„Was glaubst du, was ein stinknormales Einfamilienhaus nahe Zentrum kostet?" Er schüttelte ungläubig den Kopf, während er sich die Antwort gleich selbst gab.

„Fast vierhunderttausend Euro! Unglaublich!" Plötzlich stutzte er.

„Hey, sieh dir das mal an!" Er winkte Ilka zu sich und tippte mit dem Finger auf ein Inserat. „Ist das nicht die Villa der Steinbergers?" Ilka warf einen raschen Blick auf das Foto des Hauses.

„Da hat's aber jemand ganz schön eilig", bemerkte sie spöttisch. „Seltsam, oder?"

„Fragen wir sie doch einfach", schlug Cem vor. „Bin gespannt, was sie uns zu erzählen hat."

****

„Sie schon wieder?" Insgeheim hatte Ilka mit dieser Art von Begrüßung gerechnet.

„Es tut mir leid, Frau Steinberger", sagte sie in freundlichem Ton. „Aber wir hätten doch noch ein paar Fragen." Teresa Steinberger warf Cem einen zweifelnden Blick zu.

„Mein Kollege Cem Kayaogu. Dürfen wir reinkommen?" Kommentarlos ließ sie die beiden hinein und begleitete sie ins Wohnzimmer. Offenbar hatte sich Teresa gut von dem Tod ihres Mannes erholt. Im Gegensatz zum letzten Besuch trug sie ihre roten Haare offen und in den engen Jeans und dem schwarzen Top könnte man sie ohne Zweifel für ein angesagtes Model halten. Ilka und Cem nahmen auf der weißen Ledercouch Platz. Ilkas erster Blick galt wieder den sonnendurchfluteten Aquarellen an den Wänden, dann wandte sie sich an Teresa. Sie hatte sich dazu entschlossen, nicht lange um den heißen Brei herum zu reden. „Frau Steinberger, warum wollen Sie das Haus so plötzlich verkaufen?"

„Sie meinen, so kurz nach Axels Tod?"

„Ja, das meine ich?"

„Axel und ich spielten schon lange mit dem Gedanken, das Haus zu verkaufen. Der Makler hat schon vor Wochen alles vorbereitet, aber Axel wollte noch warten. Er meinte, dass die Immobilienpreise im Moment ziemlich im Keller wären und dass es besser sei, noch ein halbes Jahr zu warten."

„Es scheint so", meinte Cem nachdenklich, „dass Sie es gar nicht abwarten können, das Haus loszuwerden." Teresa Steinberger strich sich eine rote Locke hinters Ohr.

„Jetzt, wo Axel nicht mehr da ist, will ich hier nicht länger bleiben als unbedingt notwendig." Ilka und Cem wechselten einen raschen Blick. Es war an der Zeit, Teresa Steinberger ein wenig nervös zu machen.

„Sie haben uns erzählt, dass es zwischen Ihnen und Ihrem Mann nie zu einem heftigen Streit gekommen ist. Mittlerweile haben wir herausgefunden, dass es bei weitem nicht immer so harmonisch zwischen Ihnen zuging."

Teresa lächelte gezwungen. „Das kann nur von Hertha kommen. Was hat Sie Ihnen erzählt?"

„Wir würden es gern von Ihnen hören", forderte Ilka sie auf. „Worüber haben Sie sich gestritten?"

Teresa rollte genervt die Augen.

„Ich habe sein Handy gefunden", gab sie zähneknirschend zu. „Er hat es in der Küche liegen gelassen. Ich habe mir die SMS angeschaut, obwohl ich schon lange wusste, dass er mich betrügt." Teresa zögerte einen Moment, holte tief Luft und sagte: „Ich hatte mir geschworen, das zu ignorieren, aber an diesem Abend war's einfach zuviel für mich. Ich habe ihm eine Szene gemacht, habe ihm gesagt, dass er es bereuen würde, wenn er mich weiter wie Dreck behandelt."

„Aber es hat ihn nicht sonderlich beeindruckt, oder?" fragte Cem nach.

„Nein", sagte sie tonlos.

„Warum haben Sie ihn nicht verlassen?" fragte Cem verwundert. „Warum haben Sie das alles über sich ergehen lassen?"

Teresa zuckte hilflos mit den Schultern. „Ich weiß es nicht..." Dann senkte sie den Blick zu Boden.

„Was haben Sie jetzt vor?" wollte Ilka wissen. „Ich meine, wenn Sie das Haus verkauft haben?"

„Ich werde nach Pienza in die Toskana ziehen. Freunde von uns haben mir dort eine Wohnung angeboten. Ich werde wieder mit dem Malen beginnen, um auf andere Gedanken zu kommen."

Cem richtete sich auf und fragte in einem bewusst zynischem Tonfall: „Mit dem Startkapital von 350.000 Euro dürften Sie eine ganze Weile über die Runden kommen, nicht wahr?" Sie blieb seltsam gelassen, als hätte sie genau mit dieser Frage gerechnet. Von tiefer Trauer über den Tod ihres Mannes war nichts zu spüren.

„Es ist Ihr Job, solche Fragen zu stellen", sagte sie ruhig, ohne auf Cem's Provokation einzugehen. „Aber mehr kann ich Ihnen dazu nicht sagen."

„Danke", sagte Ilka und erhob sich. „Das war's auch schon."

****

Als Cem und Ilka in die Inspektion zurückkehrten, wartete Johannes Peters bereits neben einem Kollegen von der Streife im Flur.

„Er hat einen ziemlichen Aufstand gemacht", flüsterte einer der Beamten Ilka zu. „Wir haben ihn direkt von einem Geschäftstermin geholt. Sollen wir vor der Tür warten?" Ilka nickte dem Beamten zu und wandte sich an Johannes Peters. Er trug einen schwarzen Anzug, darunter ein weißes Hemd mit dunkelblauer Krawatte. Sein graues Haar hatte er akkurat nach hinten gekämmt. Seine schmalen Augen funkelten sie wütend an.

„Würden Sie mir bitte sagen, warum Sie mich her bestellt haben?"

„Gern", sagte Ilka trocken. „Setzen Sie sich bitte."

„Ich glaube nicht, dass das nötig ist", fauchte er.

Ilka hatte allmählich genug von dieser Reeder-Familie, die sich anscheinend für etwas Besseres hielt. Sie trat so nah an Peters heran, dass sie sein herbes After-Shave riechen konnte.

„Bitte setzen Sie sich!" Widerwillig nahm er Platz.

„Würden Sie mir jetzt endlich sagen, weshalb ich hier bin?" Sein Tonfall war immer noch schroff, doch seine Augenlider flackerten nervös.

„Sie haben uns angelogen", sagte Ilka ihm direkt ins Gesicht. „Sie haben von Anfang an gewusst, dass Ihr Sohn eine Beziehung zu Susanne Höfer hatte und dass er ihr Geld gegeben hat. Aber wenn Sie wollen, können wir unsere Unterhaltung gern morgen früh fortsetzen, nachdem Sie eine geruhsame Nacht in der Zelle verbracht haben. Was halten Sie davon, Herr Peters?" Ilkas Drohung verfehlte ihre Wirkung nicht. Er starrte in ihre Richtung, schien sie aber kaum wahrzunehmen.

„Was wollen Sie von mir hören?" fragte er leise.

„Die Wahrheit, Herr Peters, die von damals und die von heute!"

Mit zitternder Hand ergriff er das Glas, das ihm Cem hingestellt hatte. Der harte, unerbittliche Mann war ganz offensichtlich am Ende seiner Kräfte.

„Mein halbes Leben", begann er so leise, dass sich Ilka nach vorn beugen musste, um ihn zu verstehen. „Mein halbes Leben habe ich damit verschwendet, aus meinem Sohn einen anständigen Menschen und Geschäftsmann zu machen.

Aber ich habe in jeder Hinsicht versagt, nicht nur damals, als er was mit der Susanne Höfer anfangen musste, die ihn danach erpresste, sondern auch jetzt, als dieser Höfer auftauchte und alles wieder aufwühlte.

Ich habe all die Jahre geschuftet, um die Reederei zu dem zu machen, was sie heute ist. Doch mein Sohn hatte nur das schöne Leben im Sinn. Ihm ging es nur um Frauen und teure Partys. Ich habe ihn gewähren lassen, solange unser Geschäft und das Ansehen der Firma nicht darunter litten. Aber irgendwann war auch das vorbei." Er trank das Glas in einem Zug aus und bat Cem um ein neues.

„Das Reedereigeschäft ist Vertrauenssache. Wenn die Kunden spüren, dass die Person, die ihnen gegenüber sitzt, nicht seriös und vertrauenswürdig ist, kann man den Laden zumachen." Er hielt inne, bis Cem ihm ein weiteres Glas Wasser reichte. Er trank einen Schluck und versuchte, Ilkas Blick aufzufangen. „Mein Sohn war auf dem besten Weg, alles zu zerstören." Ilka zögerte einen Moment, doch als Peters den Blick zu Boden senkte und schwieg, sagte sie:

„Und als Susanne Höfer immer mehr Geld wollte, habe Sie beschlossen, sie aus dem Weg zu räumen. Danach haben Sie Marion Wolff und Axel Steinberger fürstlich entlohnt, damit die beiden den Prozess so manipulieren, dass ja kein Verdacht auf Ihren Sohn fällt. War's so?"

Johannes Peters hockte reglos da, den Blick starr auf den Boden gerichtet. Ilka stand auf und ging auf den alten Reeder zu. „Herr Peters, war es so?"

Er nestelte nervös an seiner Krawatte, schaute kurz zu ihr auf. „Ich habe ihn vor die Wahl gestellt, sein Leben ein für alle Mal in den Griff zu bekommen oder die Firma zu verlassen." Ilka ließ nicht locker.

„Das war keine Antwort auf meine Frage."

„Ich habe den beiden Geld gegeben", sagte er schließlich.

„Viel Geld, damit sie auf meiner Seite stehen und später noch ein bisschen mehr, damit sie für immer schweigen, ja, dazu stehe ich, aber ich habe Susanne Höfer nicht umgebracht!" Seine Hände krampften sich ineinander.

„Wer dann?" mischte sich Cem ein. „War es Ihr Sohn?"

Johannes Peters antwortete nicht. Er richtete sich kurz auf, fuhr mit beiden Händen über sein Gesicht, über die Haare, um dann wieder in sich zusammenzufallen. Er warf Ilka einen verzweifelten Blick zu. Seine Augen waren gerötet, füllten sich mit Tränen.

„Daniel ist doch trotz allem mein Sohn, verstehen Sie das nicht?"

„Doch", sagte Ilka. „Sehr gut sogar." Sie öffnete die Tür. „Sie können jetzt gehen."

Kapitel 24

Dienstagabend, 7. November

Am Abend schlenderte Ilka an der Harsefelder Kirche und den alten Klostermauern vorbei zum Park. Sie setzte sich auf eine Bank am Ententeich und versuchte, sich auf etwas Schönes zu konzentrieren, doch die Anspannung der letzten Tage wollte einfach nicht weichen. Sie wünschte sich Antonio an ihre Seite, sehnte sich nach jemandem, an den sie sich anschmiegen konnte.

Es war einer dieser Momente, in denen sie alles stehen und liegen lassen und mit Antonio durchbrennen könnte. Selbst wenn er keine Zeit hatte, wollte sie jetzt wenigstens seine Stimme hören. Sie nahm das Handy und wählte seine Nummer. Schon nach dem zweiten Klingeln nahm er ab.

„Ciao Bella, wie geht es dir?"

„Kann ich dich heute noch sehen? Auf einen Capuccino vielleicht?" Für einige Sekunden vernahm sie nur ein Stimmengewirr, dazwischen Antonio, der irgendetwas auf italienisch in den Raum rief, bevor er schließlich sagte: „Sì, mi piacerebbe molto."

****

Der Himmel an diesem kalten Novembertag lag wie eine graue Decke über dem Land. Draußen auf der Terrasse waren die Stühle längst zusammen geschoben und mit Ketten gegen Diebstahl gesichert worden. Als Ilka das Eiscafé betrat, fiel ihr auf, dass fast alle Plätze besetzt waren. Es war nicht einfach, Blickkontakt zu Antonio aufzunehmen. Als er sie sah, huschte ein Lächeln über sein Gesicht. Er begrüßte sie so überschwänglich, dass es alle im Lokal mitbekommen mussten. Er drückte sie an sich, Küsschen rechts, Küsschen links und strahlte wie ein Honigkuchenpferd.

„Antonio! Nicht vor allen Leuten", flüsterte sie, doch ihm schien es offensichtlich nichts auszumachen.

„Alle sollen sehen, wie glücklich ich bin", sagte er strahlend und drückte sie einen Tick fester an sich. „Du siehst großartig aus!" Ilka musste schmunzeln. Antonio schaffte es immer wieder, sie aus dem Alltag zu reißen. Sie gab sich geschlagen. Gegen diese pure Lebensfreude kam sie nicht an.

„Setz dich an den Tresen", sagte er. „Pia bringt dir einen Capuccino." Er rief seiner Bedienung ein paar italienische Worte zu und verschwand in den hinteren Teil des Restaurants.

Ilka setzte sich an einen Tisch und wartete, bis Antonio eine Bestellung weitergegeben hatte. Dann setzte er sich neben sie. „Schön, dich wieder zu sehen." Er berührte nur mit den Fingerspitzen ihre Wange, ganz zart und verführerisch, und schon war sie hin und weg.

Die Bedienung hatte gerade zwei Capuccino an ihren Tisch gebracht, als Ilka einen Anruf von Cem erhielt.

„Hi Cem, was gibt's?"

„Sorry, dass ich schon wieder störe."

„Was ist jetzt schon wieder los?" Ilka hielt sich mit einem Finger das linke Ohr zu, um Cem besser zu verstehen.

„Wir haben gerade eine Vermisstenmeldung rein bekommen!"

„Seit wann kümmern wir uns darum?"

„Dieses Mal schon", sagte Cem. „Es sieht so aus, als wäre Max Regner mit seiner Tochter durchgebrannt."

„Verdammt", entfuhr es Ilka. „Weiß Dannenberg schon davon?"

„Ich habe ihn auf seinem Handy erreicht. Direkt vor dem Theatereingang. Er war schwer begeistert. Wir sollen sofort zu Regners Ex fahren und eine Fahndung einleiten."

„Okay, wo treffen wir uns?"

„In einer halben Stunde auf dem Parkplatz am Hafen. Von dort ist es nicht mehr weit."

„Okay, bis gleich, Cem!"

Ilka steckte ihr Handy zurück in die Tasche und schaute Antonio traurig an.

„Entschuldige, Antonio, aber ich muss los!"

„Was ist passiert, Bella?"

„Vermutlich Kindesentführung!"

„Oh!" sagte er nur.

„Tut mir leid, Antonio, aber..." Er legte einen Finger an ihre Lippen, zum Zeichen, dass sie sich nicht weiter rechtfertigen müsste. Sie gehorchte, auch wenn es ihr schwer fiel.

„Das kommt davon, wenn man sich auf eine Kommissarin einlässt", sagte er augenzwinkernd. „Aber daran gewöhne ich mich auch noch."

„Ich rufe dich an, sobald ich kann, versprochen."

„Ich kann es kaum erwarten, Bella." Sie gab ihm einen Kuss auf die Wange, dann schlängelte sie sich durch die Gäste hindurch nach draußen. Auf dem Weg zum Auto wählte sie hastig die Nummer ihrer Mutter.

„Mama, würdest du mir noch einen letzten Gefallen tun und Sina ins Bett bringen? Ich habe hier gerade einen Notfall rein bekommen!" Normalerweise kamen an dieser Stelle die üblichen Fragen und gut gemeinten Ratschläge, doch die Dringlichkeit in Ilkas Stimme schien Elfi dieses Mal davon abzuhalten.

„Ich bin in zehn Minuten bei ihr! Kein Problem!"

„Danke Mama, ich habe dich lieb."

„Ich dich auch", hörte sie ihre Mutter sagen. „Pass auf dich auf." Ilka atmete auf. Wenigstens um Sina brauchte sie sich keine Sorgen machen. Ihre Gedanken schweiften in diesem

Moment zu Max Regner. Sie konnte sich nur zu gut vorstellen, wie er sich gefühlt haben musste, als er Steinberger wieder gegenüberstand; diesem arroganten Scheißkerl, der es nicht geschafft hatte, ihm seine Tochter zurückzubringen. Als sie den Motor startete, lehnte sie sich für Sekunden zurück, verfluchte ihren Job, dass es Handys gab und dass der nächste schöne Abend im Eimer war. Dann atmete sie tief durch und gab Gas.

****

„Frau Julia Regner?" Die Frau, die ihnen öffnete, trug einen schwarzen Pullover und Jeans. Ihre schulterlangen, blonden Haare hingen strähnig herab. Sie starrte die beiden aus geröteten Augen an.

„Haben Sie Alexandra gefunden?" Ilka schüttelte leicht mit dem Kopf. „Dürfen wir kurz reinkommen? Ich bin Ilka Hansen von der Kripo Stade und das ist mein Kollege Cem Kayaoglu."

„Ja... ja sicher." Julia Regner führte sie ins Wohnzimmer und deutete auf zwei Korbstühle.

„Bitte setzen Sie sich. Einen Kaffee oder Tee?"

„Nein, danke", sagte Ilka. „Frau Regner, sind Sie sicher, dass Ihr Mann Alexandra entführt hat?"

„Wer denn sonst", schluchzte Julia Regner, zog ein Taschentuch aus der Packung und schnäuzte sich. „Nach der Trennung hat er mir immer wieder das Leben zur Hölle gemacht."

„Warum haben Sie ihm gerichtlich verboten, seine Tochter zu sehen?"

„Haben Sie ein Kind?"

„Ja, meine Tochter ist in dem gleichen Alter wie Ihre."

„Dann würden Sie auch nicht wollen, dass Ihre Tochter dem eigenen Vater dabei zuschaut, wie er torkelnd durch das Haus läuft, oder?" Tränen schossen ihr aus den Augen. Sie wischte sich mit der Hand eine Strähne aus dem Gesicht und starrte Ilka an.

„Hätten Sie da nichts unternommen?" Sie wartete Ilkas Antwort nicht ab. „Und genau das ist der Grund, warum ich nicht wollte, dass er sie sieht." Für einen Moment irritierte sie Julias Aussage. Aus dem Mund von Max Regner hatte sich alles ganz anders angehört. Zwei Menschen, die sich einmal liebten, ein gemeinsames Kind hatten und immer für einander da sein wollten, prügelten jetzt aufeinander ein, gaben sich gegenseitig die Schuld für das Scheitern der Ehe. Ilka wusste nicht, wem sie nun glauben sollte.

„Wann haben Sie Ihre Tochter das letzte Mal gesehen?"

„Heute Morgen, bevor sie zur Schule ging. Ich wollte sie gegen zwei abholen, kam aber zehn Minuten zu spät, weil ich länger als gedacht auf der Arbeit war." Sie schnäuzte sich wieder.

„Was hatte Ihre Tochter an?"

„Schwarze Hose, weißen Pullover, Turnschuhe und eine rote Windjacke. Sie hatte auch noch ihren blauen Schulranzen dabei." Cem, der alles mitgeschrieben hatte, meldete sich zu Wort. „Haben Sie eine Ahnung, wo sie sein könnte? Gibt es einen Lieblingsort oder einen Platz, an dem sie sich gerne aufhält?"

„Nein", flüsterte sie kaum wahrnehmbar. „Wir waren im Urlaub gern auf dem Darß. Wir haben uns in Zingst ein Ferienhäuschen zugelegt. Dort sind wir früher oft gewesen. Aber das ist schon lange her." Julia Regner stopfte ihr Taschentuch in die Jeanstasche und zog ein neues aus der Packung. „Ich habe es vor einer Woche einem Makler übergeben. Ich will es nicht mehr haben!"

„Verraten Sie mir die Adresse?"

„Deichstraße 12, ganz in der Nähe von der Seebrücke."

„Danke, Frau Regner", sagte Ilka und erhob sich. „Wir melden uns, sobald wir Neuigkeiten haben!"

Julia Regner konnte sich nicht mehr beherrschen. Sie weinte, zitterte am ganzen Körper. „Warum macht er das? Wir hätten doch über alles reden können." ‚Wirklich?' schoss es Ilka durch den Kopf. Hätte sie wirklich mit ihm geredet, wenn er darum gebeten hätte? Wohl kaum, aber das spielte im Moment keine Rolle.

Ilka setzte sich neben sie und nahm sie in den Arm.

„Wir werden alles tun, um Ihre Tochter wieder nach Hause zu bringen, versprochen!"

****

Auf dem Weg zum Auto fragte Cem: „Großfahndung?"

„Ja", sagte Ilka. „Wir müssen die beiden finden, bevor noch Schlimmeres passiert. Und informiere bitte die Kollegen in Zingst. Sie sollen sich mal das Ferienhaus anschauen. Wir fahren zu Regners Wohnung. Vielleicht finden wir da ja etwas, das uns weiter hilft."

Während sie den Fiat Richtung Bundesstraße lenkte, musste sie unweigerlich an Sina und ihren Ex-Mann Tobias denken. Ilka war froh, dass sie sich wenigstens in diesem Punkt von Anfang an einig waren. Er durfte Sina sehen, wann immer er wollte. Dass er offenbar nicht sonderlich daran interessiert war, seine Tochter zu sehen, stand auf einem anderen Blatt. Ilkas Hände krampften sich um das Lenkrad. Zwei Morde, ein Mordanschlag und jetzt das. Hatte sich denn alles gegen sie verschworen? Max Regners Verhalten war durch nichts auf der Welt zu entschuldigen. Aber er durfte seine eigene Tochter nicht mehr sehen. Welcher Vater würde diesen quälenden Zustand schon aushalten? Regner jedenfalls hatte es nicht länger ertragen können. Ilka warf einen kurzen Blick auf Cem, der nachdenklich auf dem Beifahrersitz hockte und schwieg.

„Erst wird ihm das Kind weggenommen", sagte Ilka mehr zu sich selbst, „und dann erfährt er, dass sie auch noch das geliebte Häuschen an der Ostsee verkaufen will, ausgerechnet der Ort, wo sie die schönste Zeit ihres Lebens verbracht hatten. Damit hat sie die letzte Brücke eingerissen. Kein Wunder, dass er durchdreht."

Cem schaute Ilka zweifelnd an. „Glaubst du, dass er ihr was antut?"

„Seiner Tochter?" Ilka wusste selbst nicht genau, warum sie mit der Antwort zögerte. Ihr Bauchgefühl sagte ihr, dass er Alexandra nie etwas antun würde. Doch reichte das aus, ein simples Bauchgefühl, wenn es um das Leben eines Kindes ging? „Nein", sagte sie leise. „Und ich bete zu dem da oben, dass ich mich nicht täusche!"

****

Max Regner wohnte in einem grauen Mietshaus am Stadtrand. Vor der verschlossenen Tür schauten sich Cem und Ilka kurz an. Sie wirkte weder besonders stabil, noch besaß sie ein erkennbares Sicherheitsschloss.

„Gefahr in Verzug?" fragte Cem nur der Ordnung halber.

„Bei einer Kindesentführung auf jeden Fall", gab Ilka zurück.

„Schlüsseldienst?"

„Dauert zu lange und jetzt mach' das verdammte Ding endlich auf!" Im selben Augenblick trat Cem mit voller Wucht gegen die Tür, die daraufhin mit einem lauten Knall aufsprang. Im Flur roch es muffig, als wäre die Wohnung seit langem unbewohnt. Langsam bewegte sich Ilka voran, tastete nach dem Lichtschalter, doch das fahle Licht machte den Flur nur noch trostloser, als er ohnehin schon war. Ilka vernahm von irgendwoher Stimmen. Eine Klospülung setzte ein, vermutlich aus der Wohnung über ihr.

Als sie das Wohnzimmer betraten, wollten sie ihren Augen

kaum trauen. Max Regner schien am Existenzminimum zu leben. Was sie sahen, war eine abgewetzte Ledercouch, eine biedere Anrichte und ein Röhrenfernseher, der seine beste Zeit längst hinter sich gelassen hatte. Kalter Rauch hing in der Luft. Ilka trat ans Fenster und öffnete es. Staub wirbelte auf. Als der kühle Wind über ihr Gesicht strich, atmete sie tief durch.

Die Straße unter ihr war menschenleer, wie ausgestorben. Plötzlich schoss ein Golf um die Ecke. Aus dem Inneren des Autos drangen dumpfe Bässe zu ihr hinauf, dann kehrte wieder gespenstische Stille ein. Es war ein typisches Ghetto, wie es so viele am Rande der Städte gab. Hier lebten die gescheiterten Existenzen, fern des normalen Lebens, abgeschoben und unbeachtet, und Max Regner war einer von ihnen. Er hatte alles verloren. Die komplette Einrichtung war in einem erbärmlichen Zustand, im Wohnzimmer genauso wie in der schmalen Küche und im Schlafzimmer.

„Eine ganz arme Sau, wenn du mich fragst", sagte Cem, nachdem sie sich in der ganzen Wohnung umgesehen hatten.

„Ja", stimmte ihm Ilka kopfschüttelnd zu. „Viel tiefer kann man nicht fallen!"

„Soll ich die Spusi rufen?"

„Nein, ich glaube, das bringt uns nicht weiter."

„Wonach suchen wir eigentlich?" flüsterte Cem. Ilka zuckte die Schultern. „Keine Ahnung."

Sie beugte sich über eine aufgeschlagene Fernsehzeitschrift auf dem Tisch. „Das Programm von gestern", meinte sie.

„Dann war er gestern noch hier", sagte Cem.

„Nach dem Rauch zu urteilen, ja", pflichtete Ilka ihm bei. „Und heute Mittag hat er Alexandra vor der Schule abgefangen."

Ilka griff zum Handy und wählte die Nummer der Einsatzzentrale. „Hallo, hier ist Ilka. Haben sich die Kollegen in Zingst schon gemeldet?" Für einige Sekunden herrschte Stille am anderen Ende, dann meldete sich zu ihrer Überraschung Patrick Dannenberg.

„Hallo Ilka, ich bin's, Patrick. Wir wissen endlich, wo Regner ist. Er ist tatsächlich mit seiner Tochter nach Zingst abgehauen. Zeugen haben ihn dort gesehen."

Ilka schnappte nach Luft. „Hat er seine Tochter bei sich?"

„Ja", kam es zurück. „Sie ist bei ihm!"

Ilka hielt mit einer Hand den Hörer zu und flüsterte Cem zu: „Hast du heute Abend noch was vor?" Cem verstand kein Wort.

„Ich wollte eigentlich mit..." Weiter kam er nicht.

„Okay, jetzt hast du etwas anderes vor", fiel sie ihm ins Wort. „Du kannst unterwegs mit Anna telefonieren!" Ohne Cems Reaktion abzuwarten, nahm sie die Hand vom Hörer und sagte: „Wir könnten gleich von hier aus losfahren!"

„Worauf wartet ihr noch?", kam die prompte Antwort. „Und haltet mich auf dem Laufenden!"

„Klar, wie immer", sagte Ilka, „Und sag den Kollegen in Zingst, dass sie nichts unternehmen sollen. Wir kommen, so schnell es geht. Sie sollen nur observieren, solange die beiden das Haus nicht verlassen. Machst du das?"

„Wie du meinst, und jetzt fahrt endlich los!" Als sie das Gespräch beendet hatte, wandte sie sich an Cem.

„Komm, wir haben keine Zeit zu verlieren!"

Cem schaute sie irritiert an. „Darf ich fragen, wo es hingeht?"

„Nach Zingst, Deichstraße 12. Wenn wir uns beeilen, können wir in fünf Stunden da sein, durch die neue Autobahn vielleicht auch schneller!"

„Wir fahren mal eben nach Zingst", sagte Cem, wobei die Ironie in seiner Stimme unüberhörbar war. „Warum auch nicht. Es ist ja auch erst neun Uhr abends! Warum nicht mal eben an die Ostsee fahren!"

Ilka schlug ihm freundschaftlich auf die Schulter. „Ich wusste, dass ich auf dich zählen kann. Und jetzt komm!"

Kapitel 25

Mittwochmorgen, 8. November

Die Bauernkate lag am Ende einer ungepflasterten Gasse, die von der Deichstraße abzweigte und war in der Dunkelheit kaum zu erkennen. Als Ilka und Cem kurz nach ein Uhr in der Nacht dort ankamen, wurden sie bereits ungeduldig von einem Beamten der Zingster Polizei erwartet. Er schien schon seit Stunden vor Ort zu sein. Der schneidende Seewind hatte sein Gesicht in eine rote Kugel verwandelt und seine Augen waren schmal und gerötet vom fehlenden Schlaf.

„Frau Hansen, Kripo Stade?"

„Ja, und das ist mein Kollege Cem Kayaoglu."

„Krüger, Polizeistation Zingst."

Mehr sagte er nicht. Wahrscheinlich war er einfach nur erleichtert, dass sie endlich da waren.

„Haben Sie schon genauere Infos für mich?", fragte Ilka, nachdem der Polizist keine Anstalten machte, von sich aus zu berichten.

„Nein, nur das, was wir bereits durchgegeben haben. Nach Zeugenaussagen befinden sich zwei Personen in dem Haus, auf die Ihre Beschreibung passt. Ein Mann zwischen 35 und 40 und ein Mädchen, um die zehn oder zwölf Jahre alt. Seit wir Sie darüber informiert haben, hat sich absolut nichts getan. Kein Geräusch, kein Licht, kein Schatten hinter den Gardinen, so, als sei es unbewohnt." Die ungewöhnliche Stille war Ilka auch als erstes aufgefallen und wenn man genau hinhörte, konnte man sogar das Rauschen der Ostsee hören.

„Aber Sie sind sich sicher, dass die beiden Personen noch im Haus sind?" fragte Cem vorsichtshalber nach.

„Ja, natürlich", sagte der Beamte leicht ungehalten. „Wir sind nicht umsonst seit vier Stunden hier draußen." Er deutete mit einer ausladenden Handbewegung auf die zwei Polizeiwagen, die hinter einer Buchenhecke parkten.

„Tut mir leid", sagte Cem hastig. „So war das nicht gemeint."

„Schon gut", brummte der Beamte, ohne Cem eines Blickes zu würdigen. Stattdessen trat er einen Schritt näher an Ilka heran. „Wie wollen wir jetzt vorgehen? Soll ich das SEK rufen?"

„Nein, ich denke nicht, dass wir die Jungs brauchen."

„Hören Sie, Frau Oberkommissarin. Das hier ist kein Spiel!" Die Entrüstung war ihm deutlich anzumerken.

„Aber im Krieg sind wir auch nicht", giftete Ilka zurück. Er zog die Augenbrauen hoch, hielt sich aber mit weiteren Bemerkungen zurück.

Zwei Sanddornbäume und wild wuchernde Heckenrosen beherrschten den Garten. Hier wurde schon lange nichts mehr gemacht. Ilka musste sich auf die Zehenspitzen stellen, um einen Blick über die Hecke zu werfen. Erst jetzt bemerkte sie einen schwachen Lichtschein im runden Fenster des Dachgiebels. Oder war es nur eine Spiegelung des Mondes, der sichelförmig am wolkenlosen Himmel stand? Ihr Blick verharrte auf dem Giebelfenster. Ilka begann die Sache unheimlich zu werden. Sie starrte unentwegt zum Haus, auf die Tür und zu den Fenstern. Irgendwann musste er doch ein Lebenszeichen von sich geben. Ilka fingerte eine Zigarette aus der Schachtel. Erst jetzt fiel ihr auf, dass ihre Hände zitterten. Cem reichte ihr Feuer.

„Was hast du vor, Ilka?" Sie vernahm Cem's Stimme, aber die Worte hallten nur in ihrem Kopf wider. Sie antwortete nicht, drehte sich um und winkte Krüger zu sich.

„Ich werde versuchen, mit ihm zu reden!" sagte sie.

„Was wollen Sie?" Der Beamte schnappte nach Luft.

„Ich werde hingehen und mit ihm reden."
„Das ist viel zu gefährlich!"
Ilka ignorierte seinen Einwand. Stattdessen sagte sie: „Passen Sie auf, dass Ihre Leute in Deckung bleiben. Ich will nicht, dass er sie sieht, falls er es nicht schon längst weiß!" Doch Krüger dachte nicht daran, klein beizugeben.
„Hören Sie, Frau Oberkommissarin, sollen wir nicht doch lieber Verstärkung anfordern? Es wäre nicht das erste Mal, dass so ein Typ durchknallt."
„Ich kenne ihn", sagte Ilka, bemüht, ihre Anspannung so gut es ging im Zaum zu halten. „Er ist verzweifelt, aber nicht durchgeknallt!"
„Und was ist mit seiner Tochter?" Seine Stimme hob sich. Eine Spur von Gereiztheit war unüberhörbar.
„Er würde ihr niemals etwas antun!" entgegnete Ilka.
„Was macht Sie so sicher?" Jetzt platzte Ilka endgültig der Kragen. „Seien Sie endlich still!" fauchte sie ihn an. Mit Erfolg. Augenblicklich verstummte der Beamte und wandte sein Gesicht trotzig von ihr ab.
Ihr Herz pochte, doch sie zwang sich, ruhig und tief zu atmen. Cem tauchte neben ihr auf.
„Ich gehe jetzt hin", sagte sie. „Wir können nicht länger warten!"
„Okay, versuche es, aber sei verdammt noch mal vorsichtig."
Ilka nickte, während Cem's Hand ihre Schulter berührte. „Viel Glück."
Ilka zwang sich zu einem Lächeln. „Hoffentlich brauche ich nicht zuviel davon", sagte sie, dann ging sie los, Schritt für Schritt direkt auf die Eingangstür zu. Sie spürte die Blicke hinter sich, die von Cem, Krüger und den anderen Beamten, die mittlerweile aus ihren Streifenwagen ausgestiegen waren.
Ilka spürte weder den eisigen Wind, der ihr von der See

ins Gesicht wehte, noch die Müdigkeit. Sie zog den Reißverschluss ihrer Jacke hoch bis unters Kinn und trat einen weiteren Schritt nach vorn. Es waren nur noch wenige Meter bis zur Haustür und noch immer gab Regner kein Zeichen von sich. War er überhaupt noch im Haus, oder hatte er längst das Weite gesucht? Sie wollte dem Kollegen Krüger nichts unterstellen, aber so ganz traute sie seiner Beobachtungsgabe nicht.

Plötzlich hörte sie seitlich von sich ein Geräusch. Sie spürte, wie sich ihre Kehle zusammenschnürte. Sie warf einen raschen Blick in die Richtung und erkannte die dunklen Umrisse eines Beamten, der in gebückter Haltung weiter nach vorn pirschte. Ilka konnte es nicht fassen! Krüger, dieser verdammte Idiot! Regner konnte ihn nicht sehen, da das Haus an den Seiten von einer hohen Buchenhecke umgeben war, doch wer konnte schon voraussagen, was dieser Superpolizist noch alles anstellen würde. Ilka wartete, bis er zu ihr sah, dann bedeutete sie ihm mit einer harschen Armbewegung, dass er zurückgehen solle, doch anscheinend verstand dieser übereifrige Polizist immer noch nichts.

„Was ist los?" fragte er flüsternd.

„Gehen Sie zurück", zischte sie ihn an. „Oder wollen Sie hier ein Blutbad anrichten?" Krüger verharrte für Momente in seiner Haltung, murmelte etwas Unverständliches vor sich hin und schlich dann so gebückt, wie er gekommen war, zurück.

Ilka atmete tief durch und konzentrierte sich wieder auf das Haus. In dem Fenster rechts neben der Tür glaubte sie etwas zu erkennen. Eine Gardine hatte sich bewegt. Doch eine Gestalt war nicht zu erkennen. Überhaupt war sie sich nicht sicher, ob sie sich das nicht nur eingebildet hatte.

Vor ihrem inneren Auge sah sie noch immer Max Regner, wie er hilflos und zitternd in ihrem Büro gesessen war. Und dieser Mann sollte in der Lage sein, seine über alles geliebte

Tochter umzubringen? Wie hypnotisiert starrte sie zu dem Haus, in dem sich Regner verschanzt hatte. Sie stand da, wie eine lebende Zielscheibe. Was machte sie so sicher, dass er nicht durchdrehen würde? Jeden Augenblick konnte es passieren.

„Herr Regner, hören Sie mich? Ich will mit Ihnen reden!" Als sie keine Antwort bekam, rief sie lauter: „Ich bin allein und unbewaffnet!" Sie öffnete ihrer Lederjacke, zog sie aus und hielt sie von sich. „Herr Regner, schauen Sie her!" Wieder keine Reaktion.

Sie trat an die Haustür, klopfte und wartete. Ilka spürte, wie ihr Herz raste. Nicht stehen bleiben, mahnte sie sich. Jetzt bloß nicht schwach werden. Noch immer war kein Laut zu hören. Sie klopfte ein zweites Mal. Sie drückte die Türklinke, doch die Tür war verschlossen. Sie holte mühsam Luft. Die Stille machte die Lage noch unerträglicher. Sie fühlte den kalten Schweiß auf der Stirn. Was in aller Welt hatte er vor? Er saß in der Falle, aus der es keinen Ausweg gab. Doch er hatte seine Tochter bei sich. Wie weit würde er gehen?

„Herr Regner? Alexandra?" rief sie jetzt um einiges lauter. Es tat sich immer noch nichts, sekundenlang, doch dann vernahm sie ein Klicken oder mehr ein schabendes Geräusch, so als würde sich ein Schlüssel im Schloss drehen. Ihre Hand zitterte, als sie die Türklinke erneut niederdrückte. Dieses Mal gab sie ohne Widerstand nach. Sie wagte vor Aufregung kaum zu atmen.

Unwillkürlich musste sie an ihr Einsatztraining denken. Sie hatten alles bis ins kleinste Detail durchgespielt, observieren, sichern, doch die Wirklichkeit war mit nichts zu vergleichen. Ilka blieb auf der Schwelle der Tür stehen. Im nächsten Augenblick zuckte sie erschrocken zusammen. Ein Schatten tauchte neben ihr auf. Das Herz schlug ihr bis zum Hals. Dann hörte sie Max Regners Stimme.

„Kommen Sie herein, aber langsam." Ilka trat ein. Es roch muffig, nach abgestandener Luft. Regner führte Ilka ins Wohnzimmer. Es war spärlich eingerichtet, eine Couch, zwei Stühle und ein Tisch, auf dem eine Kerze brannte. Ihre Blicke trafen sich. Seine Augen waren schmal und glanzlos. Er war unrasiert und sein Haar stand wirr nach allen Seiten ab. Er schien schon seit langem nicht mehr geschlafen zu haben. Ilka schaute zu seinen Händen, den Taschen seiner braunen Cordhose, dem Hosenbund und dem grauen Flanellhemd. Es sah nicht so aus, als würde er eine Waffe bei sich tragen. Ilkas Nervosität legte sich ein wenig.

„Wo ist Ihre Tochter?" Regner deutete mit einer leichten Kopfbewegung nach hinten. Alexandra hockte auf der Couch, die Knie angewinkelt, ihre Arme um die Beine geschlungen, und starrte sie an. Sie trug immer noch ihre schwarze Hose und den weißen Pullover, so wie ihre Mutter sie beschrieben hatte. Die rote Windjacke und der Schulranzen lagen auf dem Fußboden. Ilka wollte sich Alexandra nähern, doch Regner stellte sich ihr in den Weg.

„Setzen Sie sich", sagte er in scharfem Ton und, Augenblicke später, als wäre ihm erst jetzt eingefallen, dass er eine Oberkommissarin vor sich hatte, fügte er leise hinzu: „Bitte." Ilka setzte sich und sah zu Alexandra. Sie saß da, mit einem weißen Stoffhündchen in der Hand und schaute mit großen Augen zu Ilka. Als würde er Ilkas Gedanken erahnen, sagte er: „Meiner Tochter geht es gut."

Alexandra nickte, als müsste sie die Aussage ihres Vaters bestätigen. Sie sah tatsächlich deutlich besser aus als ihr Vater. Sie wirkte weder apathisch noch übernächtigt, ihre Kleidung war sauber und die blonden Haare waren zu einem Zopf geflochten.

„Warum sind Sie mit Ihrer Tochter einfach abgehauen? Gab es wirklich keine andere Lösung?"

„Welche Chance hätte ich denn gehabt, meine Tochter bei mir zu haben?" Er saß da, leicht nach vorn gebeugt und die Hände im Schoß gefaltet. „Das Gericht hat es mir verboten."

„Vorläufig verboten", korrigierte Ilka.

„Sie glauben doch selbst nicht, dass sich daran etwas ändert?"

„Und welche Chancen haben Sie jetzt?" fragte Ilka bewusst provokant.

„Ich hasse es, wenn andere über mein Leben entscheiden." In seinen Worten schwang pure Verzweiflung mit. „Ich habe keinen Bock mehr auf diese beschissene Welt und jetzt hauen Sie ab!" Regner ballte die rechte Hand zu einer Faust. „Und nehmen Sie die Typen da draußen gleich mit!"

„Das kann ich nicht", sagte Ilka so ruhig wie möglich. Jetzt, wo sie ihm gegenüber saß, fühlte sie sich wieder sicherer. „Und das wissen Sie auch. Wenn Sie etwas für sich und Ihre Tochter tun wollen, dann ist dies hier garantiert das Falsche!"

Er schnaubte verächtlich. „Was hätte ich denn tun sollen?"

„Zum Beispiel einen Job suchen, das Leben wieder in den Griff kriegen und so allen zeigen, dass Sie bereit sind, um Ihre Tochter zu kämpfen. Aber nicht so!"

Er hockte, den Blick starr nach vorn gerichtet, da und schwieg. Ilka unternahm einen weiteren Versuch, ihn zur Vernunft zu bringen.

„Soviel ich weiß, sind Sie nicht vorbestraft. Wenn's verdammt gut für Sie läuft, kommen Sie mit einer Bewährungsstrafe davon. Aber nur, wenn Sie jetzt mit diesem Scheiß aufhören!"

Allmählich schien er zur Besinnung zu kommen. Er straffte seinen Oberkörper ein wenig und schaute zuerst Ilka an, dann Alexandra. Die Kleine kuschelte sich an ihn, gab aber immer noch keinen Laut von sich.

„Und was jetzt?" fragte er kaum hörbar.

„Herr Regner, ich muss Sie vorläufig festnehmen. Verstehen Sie das?"

„Und was wird aus meiner Kleinen?" In seinem Blick lag eine Hoffnungslosigkeit, die Ilka beinahe die Tränen in die Augen getrieben hätte. Er drückte seine Tochter an sich und strich ihr zärtlich über das Haar.

„Ich kann Ihnen nichts versprechen", sagte Ilka. „Aber wenn Sie jetzt freiwillig mitkommen und keinen Blödsinn mehr machen, wird der Richter das ganz sicher berücksichtigen. Wenn Sie Ihre Tochter nicht endgültig verlieren wollen, dann kommen Sie jetzt mit."

Regner atmete schwer. Plötzlich löste sich Alexandra aus ihrer Starrheit, richtete sich ein wenig auf und sagte: „Papa, ich will dich nicht verlieren." Es war nur ein Satz, den Alexandra von sich gab, doch es reichte, um den Widerstand ihres Vaters endgültig zu brechen. Er drückte seine Tochter noch einmal fest an sich. „Okay, gehen wir." Er stand auf, reichte seiner Tochter die Hand und zog sie hoch. Ilka atmete tief durch, griff zum Handy und wählte Cems Nummer.

„Ich bin's, Ilka. Alles okay, wir kommen jetzt raus! Und halt mir den Krüger zurück!"

****

Erst als Max Regner und seine Tochter im Streifenwagen auf die Rückfahrt nach Stade warteten, traute sich Krüger wieder an Ilkas Seite.

„Respekt, Frau Oberkommissarin."

„Danke", sagte sie so freundlich wie möglich, obwohl sie ihm am liebsten an die Gurgel gesprungen wäre.

„Würden Sie uns zwei Beamte zur Verfügung stellen, damit wir die beiden sicher zurückbringen können?"

Dieses Mal willigte Krüger ohne Murren ein. Wenigstens etwas, dachte sich Ilka im Stillen und wandte sich an Cem.

„Wird Zeit, dass wir nach Hause kommen! Was meinst du?“

Statt auf ihre Frage zu antworten, sagte er: „Ich bin stolz auf dich!“ und drückte sie ohne Vorwarnung an sich. Ilka war so irritiert, dass sie nichts erwidern konnte.

„Komm, ich fahre zurück“, bot er an. „Dann kannst du für eine Weile die Augen zumachen.“ Sie war tatsächlich hundemüde, doch sie hatte leider nur zu gut Cems Fahrkünste in Erinnerung. Irgendwie hatte er die türkische Fahrweise nie ganz ablegen können. Sie erinnerte sich gut an eine Fahrt in der Hamburger Innenstadt im letzten Monat. Die Fahrbahn hatte sich von drei, auf zwei und schließlich auf eine Spur verengt, doch Cem hatte nicht im Traum daran gedacht zu bremsen.

„Bei uns macht man das immer so“, hatte er mit unschuldsvoller Miene gesagt. „Wer als letzter bremst, kommt als erster durch!“ Grund genug also, ihm eindringlich ins Gewissen zu reden.

„Cem, ich habe dieses Auto erst ein halbes Jahr. Wenn du meinem ‚Baby‘ auch nur einen Kratzer zufügst, bist du erledigt, klar?“

„Klar“, erwiderte Cem. „Ich werde ihn behandeln, als wäre es mein eigener.“ Lieber nicht, dachte Ilka. Das Auto, das Cem im Moment fuhr, war ein zwölf Jahre alter Golf, der so verbeult war, dass man meinen könnte, jemand hätte ihn mit Kanonenkugeln beschossen. Trotzdem fingerte sie die Autoschlüssel aus ihrer Handtasche und warf sie ihm zu. Sie war viel zu müde, um sich noch länger dagegen zu wehren.

Kapitel 26

Freitag, 10. November

Johannes Peters quälte sich die Treppe hoch, die zu einem Dachzimmer führte. Er atmete heftig vor Anstrengung, als er die letzte Stufe erreicht hatte.

Es war sein eigenes kleines Reich; ein Tresen mit zwei Barhockern, ein schlichtes Holzregal für seine edlen Whiskey- und Rumflaschen und eine Sitzecke direkt am Fenster. Hier hatte er oft gesessen und beobachtet, wie seine Containerschiffe den Hamburger Hafen ansteuerten oder Richtung Elbmündung ausliefen. Auf seiner Stirn bildeten sich Schweißperlen. Noch einmal kehrten die Bilder aus der Vergangenheit zurück. Er hatte das Unglück nicht verhindern können.

All die Jahre hatte er seinen Sohn gedeckt, obwohl er Schande und Unheil über die Familie gebracht hatte. Daniel war ein Mörder, aber eben auch sein Sohn.

Johannes Peters goss sich einen Whiskey ein, zündete eine Zigarette an und schaltete das Licht aus. Es war ein Uhr nachts und der Himmel war mit Sternen übersät. Für gewöhnlich lag er um diese Zeit längst im Bett, aber in dieser Nacht war alles anders. Sein Blick schweifte hinaus über die Baumkronen hinweg zur Elbe. Er nahm das Glas in die Hand, wunderte sich, wie ruhig er war. Er betrachtete die goldbraune Flüssigkeit im Glas; feinster Kentuckey-Bourbon. Das Haus wirkte wie ausgestorben. Nur seine schweren Atemzüge waren zu hören. Doch die Stille, die ihn umgab, war trügerisch, das wusste er. Er hatte sich nie daran gewöhnen können, allein zu sein. Seit dem Tod seiner Frau beherrschte die Einsamkeit sein Leben. Seine Hälfte des Hauses war ohne sie leer und verwaist. Dass Daniel mit seiner Frau und den

Kindern in dem anderen Teil wohnte, änderte nichts daran, dass er sich des Lebens müde fühlte.

Die Vergangenheit hatte seine Familie, oder das, was davon übrig geblieben war, eingeholt. Er hatte keine Angst vor dem, was unweigerlich kommen würde. Er wollte nur noch eines: mit sich selbst ins Reine kommen. Für alles andere war es ohnehin zu spät. Lieber wollte er sterben, als mit einer Schande zu leben. Sie würden wie ein Rudel Wölfe über ihn herfallen, würden ihn zerfleischen, bis von ihm nichts mehr übrig blieb.

Er nahm die kleine, bauchige Flasche an sich, drehte den Verschluss auf und hielt die Öffnung über das Whiskeyglas. Tropfen für Tropfen vermischte er das Gift mit der braunen Flüssigkeit. Er setzte das Glas an den Mund und trank einen großen Schluck. Er spürte ein Kribbeln. Jetzt würde es nicht mehr lange dauern. Vielleicht zehn Minuten, maximal eine Viertelstunde.

****

Er hatte all die Jahre geschwiegen, über den Mord an Susanne Höfer und das Gift aus den Tropen. Johannes Peters' Blick wanderte zum Beistelltisch, zu dem schwarzen Telefon und der Visitenkarte, die er von der Kommissarin bekommen hatte. Jetzt, in den letzten Minuten seines Lebens und einem weiteren Schluck Bourbon, war er bereit, Dennis Höfers Handeln zu verstehen. Er hatte zehn Jahre seines Lebens für eine Tat büßen müssen, die er nicht begangen hatte.

Seine Augen brannten. Er spürte ein dumpfes Pochen im Kopf. Es kam nicht vom Whiskey, dass wusste er nur zu gut. Er öffnete das Fenster einen Spalt. Ein letztes Mal spürte er den Wind, bildete sich ein, das Wasser der Elbe riechen zu können. Plötzlich musste er an sein Leben auf dem Meer denken, an die fremden Länder, die er als Maschinist bereist hatte. Damals hatte er sich oft gefragt, wie es sei, Kapitän eines eigenen Schiffes zu sein. Zum Kapitän hatte es nicht gereicht, aber es war ihm immerhin gelungen, acht Containerschiffe sein Eigen zu nennen.

Doch was hatte es ihm letztendlich gebracht? Seine Frau war viel zu jung an Krebs gestorben und sein Sohn? Was war aus ihm geworden? Daniel hatte sich auf ein Spiel eingelassen, das er nicht gewinnen konnte. Und er fragte sich wieder, warum es ihm eigentlich nicht gelungen war, seinen Sohn auf den rechten Weg zu führen. Er hatte als Vater versagt und allein diese Erkenntnis schmerzte.

Er lehnte sich zurück, trank das Glas in einem Zug aus und schloss die Augen. Er spürte, dass die Zeit gekommen war. Er befand sich auf einer Reise in eine Welt, in der er noch nie zuvor war. Es war die letzte Reise, die er in seinem Leben antreten würde. Sein Herz raste. Schweiß drang aus jeder Pore seines Körpers, doch das alles war nicht so schlimm wie dieses Gefühl totaler Hilflosigkeit. Jetzt gab es kein Zurück mehr. Seine Augen quollen zu unnatürlicher Größe auf. Er durfte den richtigen Zeitpunkt nicht verpassen. Er wollte sich die letzten Atemzüge aufheben, um sein Gewissen zu erleichtern und dann wollte er für immer gehen. Jetzt war es soweit, sich ein letztes Mal in das Leben der anderen einzumischen.

Er griff zum Hörer und wählte Ilka Hansens Nummer. Er hatte sich für ihr Handy entschieden, weil er annahm, dass sie um diese Zeit nicht mehr im Büro sein würde. Nach dem zweiten Klingeln vernahm er ihre Stimme.

„Ilka Hansen, Kripo Stade?“ Er zögerte, wartete die nächste Hitzewelle ab, die durch seinen Körper rollte. „Johannes Peters“, meldete er sich mit zitternder Stimme.

„Ich habe Ihnen etwas Wichtiges zu sagen…“

****

Ilka lag schon im Bett, als sie den Anruf erhielt. Ihr stockte der Atem. Seine Stimme klang brüchig und heiser, als er sagte, dass ihm nicht mehr viel Zeit bliebe und sie bat, ihn nicht zu unterbrechen. Ilka hörte schweigend zu. Als seine Stimme verstummte, wartete sie einige Sekunden, dann rief sie in den Hörer: „Herr Peters... hören Sie mich... Herr Peters?" Ilka wiederholte ihre Worte, doch es kam keine Antwort mehr.

Ilka sprang aus dem Bett, zog sich in Windeseile an und wählte die Durchwahl zur Einsatzzentrale. Sie beorderte eine Streife und einen Krankenwagen zu dem Haus des Reeders. Sie musste es tun, obwohl sie spürte, dass jede Hilfe zu spät kommen würde. Dann rief sie Cem an. Sie hatte schon mit der künstlichen Stimme der Mailbox gerechnet, als sie doch noch seine verschlafene Stimme vernahm.

„Ja?"

„Ich bin's, Ilka. Fahr so schnell wie möglich zu Teresa Steinberger. Wir treffen uns dort!"

„Was um Himmels Willen ist passiert?" fragte er schlaftrunken. „Weißt du eigentlich, wie spät...?"

„Ich erzähle dir alles später", unterbrach sie ihn barsch. „Und jetzt mach dich auf die Socken!"

Kapitel 27

Samstag, 11. November

Teresa Steinberger wurde von zwei Beamten ins Büro geführt und ließ sich schweigend auf dem Stuhl nieder. Sie trug Jeans, einen schwarzen Rollkragenpullover und ihre Haare hatte sie hastig zu einem Pferdeschwanz gebunden.

Ilka hatte sich mit Cem im Nebenzimmer eingefunden. Gemeinsam sahen sie durch die einseitig verspiegelte Glaswand zu der Frau, die wie versteinert auf dem Stuhl hockte und ins Leere starrte. Die Tür ging auf und Patrick Dannenberg erschien.

„Johannes Peters ist tot", sagte er tonlos. „Er hat sich umgebracht, vermutlich Gift. Er wurde zur Obduktion in die Pathologie gebracht."

„Ich habe es befürchtet", sagte Ilka. „Als er mich anrief, hatte er das Gift wahrscheinlich schon genommen. Er wollte sichergehen, dass er tot ist, wenn wir kommen."

Dannenberg schüttelte verständnislos den Kopf. „Und er hat alles gewusst?"

„Ja, ich denke schon. Er hat seinen Sohn gedeckt und die Zeugin und den Anwalt bezahlt."

„Hat er dir erzählt, dass sein Sohn Susanne Höfer umgebracht hat?" Ilka nickte.

„Ja, er hat mir auch erzählt, dass sein Sohn ein Verhältnis mit Teresa Steinberger hat und dass sie gemeinsam den Mord an Axel Steinberger geplant haben."

„Während Daniel Peters in Berlin war, hat sie ihn umgebracht?" Dannenberg fuhr sich mit einer Hand über das lichte Haar. „Soweit ich mich erinnere", sagte Patrick nachdenklich, „sind wir davon ausgegangen, dass eine Frau kaum in der Lage ist, die Leiche vom Feldweg zum Teich zu ziehen."

„Ja, das stimmt schon, aber unsere Dame ist topfit. So ein Triathlon ist nicht ohne; 42 km Laufen, 180 km Radfahren und fast 4 km Schwimmen... Sie hätte es also problemlos bewältigen können."

„Gut, dann gehen wir rein und knöpfen uns die feine Dame mal vor", sagte Cem, doch Ilka hielt ihn zurück.

„Warte, Cem. Das Telefonat mit Johannes Peters zählt vor Gericht nicht."

„Und was schlägst du vor?", fragte Dannenberg, schaute über den Rand seiner Lesebrille und musterte Ilka eindringlich.

„Noch können wir ihr nichts beweisen, aber mit einem kleinen Bluff könnten wir es schaffen."

„Bluff? Geht's auch ein bisschen konkreter?"

„Wir sorgen dafür, dass sich Daniel Peters und Teresa Steinberger kurz begegnen."

„Wie stellst du dir das vor?" Es war offensichtlich, dass Dannenberg keinen Schimmer hatte, was Ilka vorhatte.

„Ich gehe zu ihr und beginne mit der Vernehmung. In der Zwischenzeit bringt ihr Daniel Peters her. Ich lasse die Tür zum Büro offen. Ich möchte, dass sich die beiden sehen. Ein paar Minuten später ruft ihr mich kurz raus, als hättet ihr Neuigkeiten, und wenn ich dann wieder zu ihr gehe, werde ich ihr erzählen, dass ihr Geliebter alles gestanden hat. Vielleicht knickt sie dann ein." Dannenberg schob ungehalten die Unterlippe vor und sah Ilka durchdringend an. „Riskant", murmelte er nach kurzem Nachdenken. „Aber wenn wir sie dadurch überführen können, hast du meinen Segen."

„Ich hoffe es", sagte Ilka.

****

„Frau Steinberger, warum haben Sie uns verschwiegen, dass Sie ein Verhältnis mit Daniel Peters haben?"

„Wer sagt das?"

„Das spielt keine Rolle", erwiderte Ilka ungehalten. „Wollen Sie weiterhin behaupten, Daniel Peters nicht zu kennen?"

Teresa ließ Ilkas Frage unbeantwortet. Dann eben nicht, dachte sich Ilka im Stillen.

„Der Tod Ihres Mannes hat Sie zu einer wohlhabenden Frau gemacht. Durch den Verkauf des Hauses und der Kanzlei und Dank der diversen Sparkonten, die wir gefunden haben, dürften Sie für eine ganze Weile ausgesorgt haben."

„Was wollen Sie damit andeuten?"

„Nichts", entgegnete Ilka trocken. „Das war nur eine Feststellung. Es wurden schon Leute für viel weniger Geld umgebracht." Teresa stieß nur einen verächtlichen Laut aus.

In diesem Moment erschien Cem mit Daniel Peters im Flur. Er blieb direkt vor Ilkas Tür stehen.

„Cem, bringe Herrn Peters schon mal ins Nebenzimmer", rief Ilka ihm zu. Blitzartig fuhr Teresa Steinberger herum und starrte zur Tür. Äußerlich war ihr kaum etwas anzumerken. Ein leichtes Zucken der Mundwinkel, mehr ließ sie nicht zu. Daniel Peters schien in den letzten Tagen um Jahre gealtert zu sein. Seine Bräune war verblasst und anstatt der teuren Ralph Lauren-Klamotten hing nun ein schwarzes, zerknittertes T-Shirt schlaff über der ausgeblichenen Jeans. Seine Haare, die noch vor kurzem perfekt gestylt waren, hatte er anscheinend seit Tagen nicht gewaschen.

Cem trat einen Schritt auf sie zu, wollte etwas sagen, doch Ilka bedeutete ihm mit einer knappen Kopfbewegung, die Tür zu schließen. Dann wandte sie sich wieder Teresa Steinberger zu.

„So, wo waren wir stehen geblieben?" Ilka blätterte mit gespieltem Interesse in der Akte, um Teresa noch nervöser zu machen, als sie es ohnehin schon war.

„Ach ja", sagte sie dann und schlug die Akte zu. „Sie behaupten also immer noch, Daniel Peters nicht zu kennen?" Teresa würdigte Ilka keines Blickes.

„Lassen Sie mich in Ruhe! Ich habe Ihnen nichts mehr zu sagen."

Ilka zuckte die Schultern. „Wie wäre es mit einer Nacht in U-Haft? Vielleicht fällt Ihnen dann etwas ein."

„So einfach geht das nicht", zischte Teresa, während sie Ilka einen finsteren Blick zuwarf.

„Wir können auch zwei Nächte daraus machen", sagte Ilka emotionslos. „Und das ist ganz einfach." Ilkas Handy klingelte. Auf dem Display erkannte sie Thomas Leitners Nummer.

„Hallo Thomas, was gibt's? ... Wirklich? ... Ich danke dir. Bis später." Ilka legte das Handy beiseite und musterte Teresa Steinberger mit zusammengekniffenen Augen.

„Es wurden Fasern von Kaschmirwolle in Ihrem Haus gefunden, identisch mit denen, die wir am Fischteich sichergestellt haben. Wie erklären Sie sich das?"

„Sie waren in meinem Haus?" schnaubte sie empört. „Dazu haben Sie kein Recht."

„Da irren Sie sich", sagte Ilka und schlug mit der flachen Hand so heftig auf den Tisch, dass Teresa zusammenzuckte. „Wollen wir das Spielchen nicht endlich beenden? Sagen Sie mir endlich, wie die Kaschmirfasern in Ihr Haus kommen. Kann es sein, dass Daniel Peters so einen Pullover getragen hat, als er bei Ihnen war?"

„Kaschmir... Fasern...", stammelte Teresa. „Ich weiß nicht, wovon Sie reden."

Patrick Dannenberg steckte seinen Kopf durch die Tür. „Ilka, kommst du mal eben?"

„Bin gleich zurück", sagte Ilka zu dem Beamten, der auf

einem Stuhl neben der Tür saß und dem Geschehen schweigend gefolgt war. „Passen Sie gut auf sie auf."

****

Im Nebenraum kümmerte sich Cem um Daniel Peters.

„Was wollen Sie noch von mir?" giftete er Cem an. „Sie haben mein Leben doch schon zerstört!" Ilka konnte es nicht fassen, dass er sich immer noch als Opfer sah. Niemand anderes als er selbst hatte die Verantwortung für sein Leben zu tragen.

„Setzen Sie sich", sagte Cem in scharfem Ton.

„Was wollen Sie von...?" Cem schnitt ihm mit einer forschen Handbewegung das Wort ab. „Merken Sie nicht, dass Sie sich immer weiter hineinreißen? Ihr Vater hat sich gestern Nacht das Leben genommen."

Daniel Peters sackte förmlich in sich zusammen, schüttelte ungläubig den Kopf. „Nein... nein, das kann nicht sein!" Er schloss kurz die Augen, dann starrte er Cem voller Zorn an. „Mein Vater wäre dazu nie in der Lage gewesen."

„Es ist aber so", herrschte Cem ihn an. „Ihr Vater würde noch leben, wenn Sie nicht alles versaut hätten und das wissen Sie auch."

„Bringen Sie mich wieder zurück in die Zelle", zischte er Cem an. Er wollte aufstehen, doch Cem hinderte ihn mit einem forschen Griff an den Oberarm daran.

„Kurz vor seinem Tod", sagte Cem, „hat Ihr Vater uns alles erzählt. Er wusste von dem Gift, dem Mord an Susanne Höfer und er wusste auch von Ihrer Beziehung zu Teresa Steinberger."

„Das ist eine Lüge!" Daniel Peters starrte ihn mit einem wirren Blick an.

„Nein, ganz bestimmt nicht. Sie haben Susanne Höfer umgebracht. An jenem Abend haben Sie so getan, als wollten Sie sich bei den beiden für den guten Service bedanken, aber in Wirklichkeit stand Ihr Plan längst fest. Während Sie Dennis Höfer das Gift in den Whiskey mischten, um ihn für eine Weile außer Gefecht zu setzen, konnten Sie sich in aller Ruhe um Susanne Höfer kümmern. Sie haben sie erschlagen. Später gab Ihr Vater Ihnen ein Alibi für die Nacht und gab Wolff und Steinberger viel Geld, damit der Verdacht auf Dennis Höfer gelenkt wird." Cem hielt Marion Wolffs Brief in die Höhe. „Marion Wolff hat vor ihrem Tod alles niedergeschrieben und ihrer Tochter geschickt."

Er starrte auf die handgeschriebenen Zeilen, obwohl er sie aus der Entfernung nicht lesen konnte.

„Diese Schlampe hat mir Liebe vorgegaukelt", stieß er hervor. „Aber sie wollte nur mein Geld. Sie hörte nicht auf, mich zu erpressen." Er sackte zusammen, verbarg sein Gesicht in den Händen. „Dieses geldgeile Luder hätte mich ruiniert, unsere Firma zerstört und meinen Vater ins Grab gebracht..." Danach versagte ihm die Stimme.

Cem setzte sich vor Peters auf die Schreibtischkante und verschränkte die Arme vor der Brust.

„Und Teresa Steinberger? Wie war es bei ihr?" Daniel Peters schwieg, doch Cem ließ nicht locker. „Ihr Vater", fuhr er fort, „hat auch mitbekommen, dass Sie und Teresa den Mord an Axel Steinberger geplant haben. Es muss ihm das Herz gebrochen haben, als er davon erfuhr."

Peters senkte den Blick zu Boden. Er atmete schwer. Für einen Moment glaubte Cem, dass Peters endlich gestehen würde, doch kein Ton kam über seine Lippen.

Cem sah ein, dass es keinen Sinn mehr hatte. Er winkte einen Polizeibeamten zu sich.

„Bringen Sie ihn bitte zurück in die Zelle."

****

„Jetzt rate mal, was ich hier habe", rief Dannenberg, als er in der Tür erschien. „Ist gerade per Fax von den Bargstedter Kollegen gekommen."

„Erzähl schon!", drängelte Ilka.

„Wir haben den Unfallwagen! Und rate mal, auf wen er zugelassen ist?"

„Na?"

„Der Wagen gehört Teresa Steinberger."

„Wo wurde er gefunden?"

„In der Garage eines Hobbymechanikers. Er wohnt in derselben Straße wie die Steinbergers, lebt von Hartz-IV und hat geglaubt, schnell ein paar Euro zu machen. Sie hat ihm Geld gegeben, um den demolierten Scheinwerfer zu reparieren. Er hat sie ziemlich genau beschreiben können; Anfang dreißig, gut aussehend, rötliches, langes Haar. Er hat irgendwie mitbekommen, dass ihr die Steinberger abgeholt habt und hat plötzlich kalte Füße bekommen."

„Das ist genau das, was uns noch fehlte", sagte Ilka erleichtert. „Bin gespannt, wie sie aus der Nummer wieder herauskommt."

****

Als Ilka in ihr Büro zurückkehrte, saß Teresa Steinberger unverändert starr auf ihrem Stuhl. Ohne sie zu beachten ging Ilka hinter ihren Schreibtisch und setzte sich. Sie lehnte sich zurück, tat so, als würde sie Teresa überhaupt nicht wahrnehmen und schaute sich die Akte Steinberger an. Es konnte nicht schaden, sie ein wenig zappeln zu lassen, dachte sich Ilka und ihre Strategie schien tatsächlich Wirkung zu zeigen. Teresa wurde nervös. Ihre Hände verkrampften sich ineinander. Plötzlich brach es aus ihr heraus.

„Jetzt sagen Sie schon, was los ist", entfuhr es ihr, doch Ilka tat so, als hätte sie Teresas Worte nicht gehört. Sie blätterte unbeeindruckt zur nächsten Seite um.

„Warum sagen Sie nichts?" Aus den Augenwinkeln bemerkte sie, wie Teresa versuchte, ihren Blick aufzufangen. Jetzt war der Moment gekommen, auf den Ilka gewartet hat.

„Was wollen Sie zuerst hören?", sagte sie in ruhigem Ton. „Das Geständnis Ihres Geliebten oder das des Mechanikers, der Ihren Wagen reparieren sollte?"

Teresa schloss für einen Moment die Augen, dann schaute sie Ilka mit leerem Blick an.

„Haben Sie eine Zigarette für mich?"

Ilka nahm eine Packung aus ihrer Handtasche und hielt sie Teresa entgegen. Am liebsten hätte sie jetzt auch eine geraucht, doch sie verkniff es sich.

„Warum ausgerechnet der Fischteich?" wollte Ilka wissen. Teresa Steinberger zündete die Zigarette an und nahm einen tiefen Zug.

„Die Fischteiche gehören den Peters. Sie haben die Teiche verpachtet. Daniel kennt dort jeden Zentimeter."

„Und wie haben Sie es geschafft, Ihren Mann dort hin zu lotsen?"

Teresa schaute zum Fenster, zog gedankenverloren an der Zigarette.

„Ich habe lange überlegt", begann sie leise, „wie ich es anstellen sollte. Wie der Zufall es wollte, hatte Axel an dem Abend noch einen Termin in Harsefeld. Ich rief ihn auf dem Handy an, erzählte ihm von einer Bilderausstellung, die ich gern machen würde und dass ich mit ihm etwas zu bereden hätte."

„Und das hat er Ihnen abgenommen?" unterbrach Ilka. „Sie hätten doch auch zu Hause darüber reden können?"

„Er wäre ja gar nicht mehr nach Hause gekommen", sagte Teresa. „Er wollte gleich nach dem Termin zur dieser Anwaltstagung fahren. Also trafen wir uns am Park, tranken etwas im Biergarten des Klosterkellers und als er kurz zum Klo ging, habe ich ihm das Gift ins Bier geschüttet. Ich wusste von Daniel, wann und wie schnell es bei einer bestimmten Dosis wirkte. Auf dem Weg zum Auto habe ich schon gesehen, wie es mit ihm bergab ging. Ich habe ihn dann auf den Rücksitz gelegt und bin zum Fischteich gefahren."

Teresa drückte die Zigarette aus. Tränen stahlen sich in ihre Augen.

„Warum musste er sterben?"

Teresa wischte sich mit dem Handrücken über die Augen.

„Er hat mich wie Dreck behandelt", schluchzte sie.

„Sie hätten sich einfach scheiden lassen können", warf Ilka ein.

„Ja, das hätte ich auch getan", sagte sie. „Doch dann erfuhr ich von Daniel, dass Axel ihn erpresste. Er wollte Geld, viel Geld. Er hat Daniel gedroht, zur Polizei zu gehen und alles zu erzählen, was damals geschehen war. Er konnte nie genug kriegen, schon damals nicht, als Daniels Vater ihn fürs Schweigen bezahlte. Dann haben wir den Entschluss gefasst, ihn..." Weiter kam sie nicht. Sie schlug die Hände vor das Gesicht und weinte.

Ilka wartete einige Sekunden, bevor sie fragte.

„Und Höfer?"

„Wir wollten endlich mit allem abschließen. Höfer hätte nicht eher Ruhe gegeben, bis er uns alle vernichtet hätte."

„Woher wussten Sie, dass Höfer gerade um Mitternacht von der Sunrise-Bar Richtung Innenstadt unterwegs war?"

„Daniel hat unter falschem Namen eine private Detektei engagiert, um ihn zu beschatten. Als er von der Detektei erfuhr, dass Höfer in die Bar gegangen ist, hat Daniel mich angerufen. Dann bin ich hingefahren und habe gewartet, bis er wieder heraus gekommen ist."

„Frau Steinberger, ich nehme Sie wegen Mordes an Axel Steinberger und des versuchten Mordes an Dennis Höfer fest."

****

„Hättest du das den beiden zugetraut?" fragte Cem, als der Beamte Teresa Steinberger abgeführt hatte.

„Ach, was weiß ich", sagte Ilka achselzuckend. „Wenn der Mensch so weit ist, dass er keinen anderen Ausweg mehr sieht, dann ist er zu allem fähig."

Cem wandte ihr den Rücken zu und goss sich einen Kaffee ein.

„Trotzdem ist das für mich immer noch ein Rätsel, wie man so weit kommen kann, dass man einen Mord begeht."

„Wenn wir die menschliche Seele so leicht durchschauen könnten, wäre unser Job um ein Vielfaches leichter. Habe ich Recht?" Cem stimmte ihr mit einem Kopfnicken zu.

„Okay, das war's dann wohl. Was machen wir jetzt?" Ilkas Blick schweifte zum Fenster, auf den tristen Parkplatz, zur Baumreihe dahinter, dann zurück zu Cem.

„Ich gehe jetzt nach Hause! Mir reicht es!" Sie nahm ihre Jacke von der Garderobe, warf sie locker über die Schultern und ging. Kaum hatte sie die Tür geschlossen, ging sie auch schon wieder auf. Ilka steckte ihren Kopf noch einmal durch die Tür.

„Ach ja, was ich noch sagen wollte: Wir sind ein verdammt gutes Team." Cem war so perplex, dass er nichts erwidern konnte. Sie lächelte ihm zu. „Bis morgen, Lieblingskollege!" Dann war sie endgültig verschwunden.

Kapitel 28

Montag, 13. November

Am diesem Tag kam Ilka erst am frühen Nachmittag ins Büro. Sie hatte zwar längst noch nicht ausgeschlafen und die Strapazen der letzten Tage hingen ihr noch immer in den Knochen, doch die nächsten Tage versprachen, wesentlich ruhiger zu werden. Als sie das Büro betrat, war von Cem noch nichts zu sehen. Doch an diesem Tag war es ihr egal. Auch er war am Ende seiner Kräfte gewesen. Sie hatte gerade ihre Jacke aufgehängt, als das Telefon klingelte. Es war Dannenberg.

„Gut, dass du da bist, Ilka. Kannst du mal eben rüberkommen?" Ilka seufzte innerlich.

„Kann ich mir kurz einen Kaffee kochen? Bin noch ein bisschen angeschlagen wegen gestern."

„Ich habe hier eine volle Kanne stehen", sagte Patrick. „Also bis gleich."

„Na super", stöhnte sie leise vor sich hin, schnappte sich einen leeren Becher und machte sich auf den Weg in Patricks Büro.

Zu ihrer Überraschung war Dannenberg nicht allein. Ihm gegenüber saß Hauptkommissar Stefan Breuer, der Leiter der Mordkommission. Doch es war kaum noch etwas von dem vor Kraft strotzenden Mittfünfziger übrig geblieben. Sein Gesicht wirkte eingefallen und es kam ihr so vor, als hätte er nach ihrem letzten Treffen im Café noch mehr an Gewicht verloren. Nur was seine Kleidung betraf, war er ganz der Alte, von Kopf bis Fuß in Schwarz.

Er reichte ihr lächelnd die Hand.

„Hallo Ilka, schön dich zu sehen."

„Ja, ich freue mich auch, Stefan."

„Geht's Christa schon ein wenig besser?" Kaum hatte sie es ausgesprochen, konnte sie aus den düsteren Mienen der beiden bereits die Antwort lesen. Ilka wollte noch etwas hinzufügen, doch Dannenberg verschaffte sich mit einem Räuspern Gehör. „Gieß dir erstmal einen Kaffee ein", sagte er. „Er ist frisch aufgebrüht." Nachdem Ilka Platz genommen hatte, übernahm Stefan Breuer das Wort.

„Der Grund, warum ich hier bin, ist folgender: Ilka, ich werde nicht wieder zu euch zurückkommen." Die Worte trafen Ilka wie ein Schlag. „Du hörst auf?"

„Ja, niemand weiß, was die Zukunft bringt, aber es ist besser, wenn ihr meine Stelle neu besetzt. Ich werde mit meiner Frau nach Ligurien ziehen. Sie liebt diesen Ort, die Zypressen, die Sonnenblumenfelder und das Essen... ich übrigens auch." Ein knappes Lächeln huschte über seine Lippen, bevor seine Miene wieder nachdenklich wurde. „Der Arzt meint, dass es das Beste für sie wäre. Allzu viel Zeit bleibt uns nicht mehr. Ich möchte einfach, dass sie das Leben so schön wie möglich in Erinnerung behält." Seine Stimme klang gefasst, doch seine innere Unruhe war unübersehbar. Seine Hände krampften sich ineinander. Ilka legte ihre Hand tröstend auf die seinen. „Ich an deiner Stelle hätte genau dasselbe getan", sagte sie mit zitternder Stimme. „Trotzdem werden wir dich vermissen."

„Danke Ilka", sagte Stefan. „Ich glaube, jetzt ist Patrick an der Reihe." Dannenberg nickte.

„Ilka, du und Cem, ihr habt einen guten Job gemacht", begann er. „Deshalb möchte ich, dass du Stefans Posten übernimmst." Ilka schluckte.

„Ich könnte mir keine bessere Nachfolgerin vorstellen", fügte Stefan hinzu. „Ich wüsste nicht, was ich besser hätte machen können."

„Wobei wir uns den Anschlag auf Höfer hätten sparen können!" warf Ilka ein. Sie brauchte Dannenberg gar nicht anzuschauen. Er wusste auch so, dass er gemeint war.

Er nestelte verlegen an seiner Krawatte und vermied es dabei, einen der beiden anzusehen.

„Ist angekommen, Frau Oberkommissarin", brummte er. „Wo waren wir stehen geblieben?" Die Antwort gab er sich selbst. „Ach ja, also, was sagst du zu dem Angebot?"

Sie fühlte sich geschmeichelt, doch gleichzeitig fürchtete sie, dieser Aufgabe nicht gerecht zu werden.

„Ich kann dir nichts versprechen", fuhr er fort.

„Die Gelder sind knapp, wie du weißt, aber die Stelle des Leiters ist der erste Schritt in Richtung Hauptkommissarin."

Ilka schüttelte energisch den Kopf.

„Nein, Patrick, das ist es nicht. Wenn ich es mache, dann nicht, weil ich hoffe, befördert zu werden. Sondern ich mache es nur dann, wenn ich überzeugt davon bin, dass ich es schaffe, ohne meine Familie zu vernachlässigen. Wie du weißt, bin ich nun mal eine allein erziehende Mutter und die letzten Tage waren echt nicht leicht."

„Wenn du den Posten annimmst, bekommst du auch noch jemanden dazu", versprach Dannenberg. „Und zwei Morde in so kurzer Zeit haben wir auch nicht alle Tage."

„Ich überlege es mir, okay? Ein paar Tage Bedenkzeit wirst du mir doch zugestehen?"

„Gut, aber warte nicht zu lange. Wenn du es nicht machst, müssen wir uns extern um einen Nachfolger kümmern."

Ilka versprach, sich in den nächsten Tagen zu entscheiden und verabschiedete sich mit einer herzlichen Umarmung von Stefan Breuer. Es machte sie unendlich traurig, ihn so leiden zu sehen.

****

Als Ilka in ihr Büro zurückkehrte, wurde sie von einem strahlenden Cem empfangen.

„Ist das nicht ein herrlicher Tag. Kein Mord, keine Vernehmung, nichts."

„Ja, richtig ungewohnt", stimmte Ilka zu.

„Eines gibt es doch noch", sagte Cem. „Höfer ist aus dem Koma erwacht."

„Ich fahre zu ihm und du schreibst den Abschlussbericht."

„Oje!" Cem stieß einen tiefen Seufzer aus. Ilka konnte sich ein Grinsen nicht verkneifen. Wenn er eine Sache nicht ausstehen konnte, dann war es der leidige Papierkram. „Da musst du jetzt durch!"

„Hab' schon verstanden", brummte Cem auf dem Weg zum Kühlschrank. „Und die Akte Regner können wir wohl auch gleich mit abhaken, oder? Er hat sich mit dieser Kurzschlussreaktion wohl endgültig alles versaut!"

„Das Sorgerecht kriegt er so schnell nicht wieder, wenn überhaupt", pflichtete Ilka ihm bei. „Seine Ex hat jetzt alle Trümpfe in der Hand!" Cem nahm einen Becher Ayran aus dem Kühlschrank, trank ihn halb aus und hielt ihn Ilka entgegen. „Jetzt mal probieren?"

„In tausend Jahren nicht!" entgegnete sie trocken.

„Okay, dann würde ich dich gern heute zum Essen einladen, zur Feier des Tages! Wie wäre das?"

„Ein anderes Mal gern. Aber heute geht's wirklich nicht. Ich fahre nur noch kurz zu Höfer, dann ist Schluss für heute."

„Schade, ich hab' schon einen Tisch beim Italiener bestellt. Anna hat sich auch schon gefreut."

Ich gehe auch zu einem Italiener, hätte sie beinahe geantwortet, doch dass behielt sie lieber für sich. Cem würde noch früh genug erfahren, dass sie auf dem besten Wege war, sich wieder neu zu verlieben.

„Sorry Cem, aber heute ist erst Mal meine Tochter an der

Reihe. Ich habe sie lange genug vernachlässigt."

„Verstehe", sagte Cem, keineswegs beleidigt. „Hast du etwas Besonderes vor?"

„Erst ins Kino, danach ins Eiscafé. Und wenn du auf die Idee kommen sollest, mich anzurufen, dann vergiss es schnell wieder. Mein Akku ist alle und ich werde ihn erst morgen früh wieder aufladen!"

„Habe schon verstanden", sagte Cem mit erhobenen Händen. „Grüß Sina ganz lieb von mir." Cem hatte seine Ecken und Kanten, erst recht, wenn wieder der Macho in ihm durchbrach, doch was Sina betraf, hatte er ein feines Gespür. Er mochte sie und das beruhte durchaus auf Gegenseitigkeit.

„Mach' ich. Wir sehen uns morgen!"

****

Als Ilka ins Krankenzimmer kam, fiel ihr erster Blick auf die Frau, die neben Höfer auf der Bettkante saß. Sie trug Jeans und ein schwarzes Sweatshirt. Ihr Gesicht war ungeschminkt. Jemand, der sie nicht kannte, wäre niemals auf den Gedanken gekommen, dass sie in einem Bordell arbeiten würde.

„Hallo Frau Hausmann", sagte Ilka.

„Überrascht?", fragte Nadine Hausmann und schob sich eine Haarsträhne hinters Ohr. Sie lächelte, und es wirkte echt, als gäbe es nichts, was sie bedrücken würde.

„Nein", sagte Ilka. Sie wusste von den Beamten, die Höfer bewachten, dass die Frau fast jeden Tag ins Krankenhaus kam und nicht von Höfers Seite wich. Ilka wandte sich an Höfer.

„Wie geht es Ihnen?" fragte sie, während ihr Blick über sein Krankenbett schweifte. Seine rechte Körperhälfte hatte es besonders schwer erwischt. Der Arm und das Bein waren dick verbunden und an seiner Schläfe verdeckte ein Pflaster die genähte Wunde.

„Geht so", kam es grimmig zurück. „Haben Sie das Schwein?"

„Ja", sagte Ilka. „Und den Mörder Ihrer Frau auch!"

„Wer war es?" fragte Höfer mit abweisendem Blick. Er versuchte sich ein wenig aufzurichten, aber die Schmerzen hielten ihn davon ab. Ilka erzählte ihm in knappen Sätzen, was damals wirklich geschehen war. Höfer hörte mit versteinerter Miene zu. Erst als ihm bewusst wurde, warum seine Frau sterben musste, wurde er unruhig. „Sie hat Peters erpresst?" Er hob seinen linken Arm, griff nach Nadines Hand und drückte sie fest. „Warum? Wir hätten es doch auch ohne dieses verdammte Geld von diesem Mistkerl geschafft", gab er tonlos von sich. Beim Versuch tief Luft zu holen, biss er sich auf die Unterlippe. Er tastete mit seiner gesunden Hand die gebrochenen Rippen ab und verzog das Gesicht.

„Hab' das Gefühl, als ob da jemand mit dem Messer in mir ist und dauernd zusticht."

„Das wird schon wieder", sagte Nadine und strich ihm zärtlich über die Stirn. Er drehte seinen Kopf zu Ilka.

„Wer hatte es auf mich abgesehen?"

„Teresa Steinberger", antwortete Ilka. „Sie waren vermutlich der Einzige, der ihr noch im Weg war!" Höfer schloss für einige Momente die Augen.

„Die Frau von diesem miesen Anwalt?" Ilka nickte. Es fiel ihr immer noch schwer, ihn einzuschätzen. Was ging wirklich in ihm vor?

„Der Staatsanwalt wird vermutlich Anklage gegen Sie erheben", sagte Ilka. „Wenn Sie Glück haben nur wegen Nötigung."

„Ich habe nichts gemacht, wofür ich mich rechtfertigen müsste", verteidigte sich Höfer. „Ich habe sie nur angerufen, damit sie wissen, dass ich wieder da bin."

Sie sah ihn scharf an. „War es wirklich so?"

„Wenn ich's doch sage!" Jetzt wandte sich Nadine an Ilka. „Seit wann ist das strafbar?"

„Das allein wohl noch nicht", sagte Ilka. „Aber wir haben einen Zeugen, der behauptet, dass Sie, Herr Höfer, Daniel Peters massiv bedroht haben."

Höfer stieß einen verächtlichen Laut aus. „Dann glauben Sie also einem Mörder mehr als einem ehemaligen Häftling?"

„Was ich glaube, spielt keine Rolle", erwiderte Ilka unmissverständlich und bewegte sich auf die Tür zu. „Mein Job ist hier zu Ende. Machen Sie es gut!"

****

Auf dem Weg zum Eiscafé fiel Ilka wieder auf, dass aus Sina immer mehr eine bildhübsche junge Dame wurde. Sinas elfter Geburtstag stand kurz bevor und schon jetzt fand sie den einen oder anderen Jungen gar nicht mehr so blöd wie noch vor ein oder zwei Jahren. Die Pubertät nahte mit Riesenschritten.

Ilka hatte Sina einen kunstvollen Zopf geflochten und sie hatten sich nach langen Diskussionen auf eine weiße Jeans und einen pinkfarbenen Pullover mit dem Aufdruck `Mini-Zicke` verständigt. Der kleinste gemeinsame Nenner, den sie finden konnten. Aber wahrscheinlich war es sogar besser, wenn Antonio von Anfang an wusste, worauf er sich bei ihr einließ.

Ilka spürte ein Grummeln im Magen, als sie mit Sina das Eiscafé Venezia betrat. Sie hatte Antonio zwar am Telefon vorgewarnt, ihn gebeten, sein italienisches Temperament in Sinas Gegenwart ein wenig zu zügeln. Vielleicht wäre es besser gewesen, Sina auf das Treffen mit Antonio vorzubereiten, doch den Gedanken hatte Ilka schnell wieder verworfen und stattdessen den Besuch im Café als Wiedergutmachung für den Stress der letzten Wochen vorgeschlagen. Ilka hielt es für klüger, Sina langsam an ihn zu gewöhnen. An diesem frühen Abend waren nur wenige Gäste im Café. Von Antonio war nichts zu sehen. Ilka wählte einen Platz am Fenster und schob Sina die Eiskarte entgegen.

„Suche dir eins aus."

„Egal, welches?" fragte Sina erstaunt. So ganz traute sie der Sache immer noch nicht.

„Egal welches, aber nur heute und natürlich ohne Alkohol."

Während Sina fieberhaft die Karte durchblätterte, um sich wahrscheinlich das teuerste Eis auszusuchen, schaute sich Ilka nach Antonio um. Und dann kam er mit zwei Tellern Antipasti in den Händen aus der Küche. Er strahlte, als sich ihre Blicke trafen und prompt setzte bei ihr das Kribbeln wieder ein. Er stellte die Teller auf den Tresen, gab der Bedienung ein Zeichen und steuerte geradewegs auf ihren Tisch zu.

„Buonasera, Ilka. Wie geht es dir?" Keine stürmische Umarmung, kein Küsschen links, keins rechts, so war es abgemacht.

„Danke, Antonio, sehr gut und dir?"

„Perfetto, es könnte nicht besser sein." Er wandte sich an Sina. „Ich bin Antonio, ein guter Freund deiner Mutter. Und wie heißt du?"

„Sina", kam es leise zurück.

„Sina", wiederholte er. „Ein schöner Name." Ilka wusste, dass ihre Tochter Fremden gegenüber stets zurückhaltend reagierte. Es dauerte manchmal ewig, bis sie ihr Schneckenhaus verließ und anderen gegenüber auftaute. Auch bei Antonio machte sie keine Ausnahme.

„Habt ihr euch schon entschieden?"

„Ich nehme das Tartuffo und du, Sina?"

„Das Clown-Eis", sagte Sina schon etwas lauter.

„Sí, Signorina." Er zwinkerte Ilka zu, dann ging er zurück

zum Tresen. Während er die Eisbecher zubereitete, schaute er immer wieder zu ihr. Ilka fühlte tief in ihrem Inneren, dass es für sie weit mehr war als eine flüchtige Romanze und sie hoffte inständig, dass er es ebenso sah.

„Er ist nett, Mama." Wie aus heiterem Himmel kamen die Worte über Sinas Lippen.

„Findest du?" Ilka bemühte sich, so gelassen wie möglich zu klingen. Sie schaute ihrer Tochter in die Augen und fragte sich, wie lange es dauern würde, bis Sina einen anderen Mann an ihrer Seite akzeptieren würde. Doch wenn es jemals einem gelingen sollte, Sinas Vertrauen zu gewinnen, dann war es Antonio.

„Ja, finde ich", sagte Sina. „Du doch auch, oder?"

Krimi aus dem Norden

im MCE-Verlag

Wolfgang Röhl

Im Norden stürmische Winde

Aufruhr in Söderfleth, einem Dorf in Norddeutschland: Eine skrupellose Windenergie-Firma plant einen Windpark. Das Dorf ist gespalten. Eine Bürgerinitiative macht gegen den Windpark mobil, und bald geschehen merkwürdige Dinge. Mit Hilfe des legendären Wachtelkönigs wollen die Protestler das Windparkprojekt kippen...

Paperback, 192 S., ISBN: 978-3-938097-11-3

Thorsten Beck

Tim Börne Trilogie

Der Anwald Tim Börne, allein erziehender Vater mit Kanzlei in Harburg, wird in spannende Kriminalgeschichten verstrickt. In der Trilogie ‚Harburg Blues, Ausgestempelt' und ‚Der chinesische Pfeil' geht es um korrupte Baufirmen, Mord in einem Fahrzeugwerk und um die chinesische Mafia.

Paperback, 255 S., ISBN: 978-3-938097-07-6

Anke Cibach

La Paloma für den Mörder

Der undurchsichtige Tod mehrerer Hamburger Hafenlotsen stellt Kriminalkommissar Bruno Bär vor ein Rätsel. Gibt es einen psychopathischen Serienmörder oder Verbindungen zwischen den getöteten Lotsen? Eine Antwort findet der Ermittler nach einer spektakulären Aktion in einem Kellergewölbe in der Speicherstadt.

Paperback, 222 S., ISBN: 978-3-938097-05-2

Krimi aus dem Norden

im MCE-Verlag

Cäcilia Balandat

Wort Gottes

Im beschaulichen Jork im Alten Land vor den Toren Hamburgs ist die Welt eigentlich noch in Ordnung – ganz besonders die der Kirche. Doch die Idylle wird kräftig ins Wanken gebracht, als der Diakon und Jugendarbeiter Klaus Merz ermordet in seinem Haus aufgefunden wird. Gefesselt auf einem Stuhl und drapiert mit Sex-Utensilien. Ist Rache das Motiv, und falls ja, Rache wofür...?

Paperback, 350 S., ISBN: 978-3-938097-21-2

Dietrich Alsdorf

Abels Blut

Die Hinrichtung eines jungen Liebespaares sorgte vor 175 Jahren in Königreich Hannover für erhebliches Aufsehen. Dieser authentische Fall beschäftigt den Stader Autoren Dietrich Alsdorf auch in seinem zweiten historischen Kriminalroman. Er erzählt von kriminellen Machenschaften eines Moorbauern und seines Sohnes, von Mord und Raubzügen, vom harten Leben in der unwirtlichen Moor- und Marschlandschaft des Elbe- Weser- Dreiecks.

Paperback, 316 S., ISBN: 978-3-938097-20-5

Cäcilia Balandat

Tatort Altes Land

Im Obsthof entdecken die beiden Freunde Rolf Mathies und Kurt Dammann – Obstbauern im Alten Land – die Tochter von Kurt bewusstlos und blutüberströmt. Marlin überlebt den Überfall, bei dem sie mit vielen Messerstichen traktiert worden ist. Der Angriff auf Marlin Damman ist der Beginn einer Reihe von Anschlägen, die alle der Familie Damman gelten...

Paperback, 294 S., ISBN: 978-3-938097-15-1

www.mce-verlag.de

MCE KRIMI